À PROPOS DE L'AUTRICE

Passionnée par l'écriture depuis toute petite, **Virginie Platel** a choisi d'embrasser la carrière de scénariste. Elle a contribué, entre autres, à l'écriture de séries à succès pour la télévision telles qu'*Un gars, une fille*, *Scènes de ménages*, *Mère et Fille*, etc., et à plusieurs fictions pour la jeunesse. Elle est également membre sociétaire de la SACD (Société des auteurs et compositeurs dramatiques).

Désireuse désormais de conter ses propres histoires, Virginie signe en tant qu'auteure des romans dans des genres différents : historique, policier, SF *time travel*, des comédies chicklit ou encore et surtout des romances.

Désirs de liberté

Collection : VICTORIA

© 2023, HarperCollins France.

HARPERCOLLINS FRANCE
83-85, boulevard Vincent-Auriol, 75646 PARIS CEDEX 13
Service Lectrices — Tél. : 01 45 82 47 47 - www.harlequin.fr
ISBN 978-2-2804-7251-7 — ISSN 2493-013X

Composé et édité par HarperCollins France.
Imprimé en juillet 2023 par CPI Black Print (Barcelone)
en utilisant 100% d'électricité renouvelable.
Dépôt légal : août 2023.

Pour limiter l'empreinte environnementale de ses livres, HarperCollins France s'engage à n'utiliser que du papier fabriqué à partir de bois provenant de forêts gérées durablement et de manière responsable.

VIRGINIE PLATEL

Désirs de liberté

Victoria

HARLEQUIN

« La passion charnelle reste la plus haute forme de quête spirituelle. »

FRANÇOIS CHENG

Prologue

Aurore plongea sa plume d'un geste incisif dans l'encrier en laiton, puis l'en retira, nimbée de sa substance bleu nuit. Après avoir virevolté un temps dans l'air, au gré de l'inspiration, elle toucha le papier blanc, libérant une larme sombre. Puis elle courut sur le vélin soyeux en produisant des crissements doux et frénétiques, une musique animée par l'imagination créatrice de son autrice.

Penchée sur son secrétaire, Aurore Delattre noircissait fiévreusement les pages de son nouveau roman. Sa plume s'inscrivait dans le prolongement de son être. De l'obscurité de l'encre jaillissait avec une prescience lumineuse et une fluidité insolente le récit mûri dans les tréfonds de son âme. Point de fébrilité ni d'hésitation ici, l'écrivaine relatait une histoire passionnée entre deux êtres. Une relation brûlante et charnelle qu'elle aurait tant désiré vivre, elle qui adorait être amoureuse.

Le point final inscrit à son chapitre, Aurore se laissa retomber en arrière sur sa chaise, la poitrine encore agitée des palpitations procurées par les émotions ardentes qu'elle venait de retranscrire. Elle reprit doucement son souffle et ses esprits. Sa romance l'avait emmenée loin de son petit salon parisien, où elle écrivait, blottie devant son secrétaire aménagé dans un ancien placard.

Elle fixa la lueur de sa chandelle qui achevait de se consumer projetant sur le papier des flaques lumineuses, tandis que l'ombre de l'automne en cette fin de journée finissait d'envahir la pièce. La flamme produisait une chaleur bienfaitrice, tandis que le froid devenait plus piquant. Aurore songea avec angoisse que sa capacité à se chauffer cet hiver tenait justement à la qualité de sa prose. D'où l'importance qu'elle demeurât lucide et exigeante à propos de son écriture, tout en se laissant porter par le flot de son inspiration et habiter par son histoire. Autant dire un délicat équilibre à trouver !

Aurore relut son dernier paragraphe, ratura plusieurs phrases pour les remplacer par d'autres, avec la volonté insatiable de traduire le plus précisément possible l'intensité et la pureté des sentiments de ses protagonistes. Elle ajouta encore quelques mots et, satisfaite, posa sa plume. Ses pensées restèrent, un temps, suspendues avec ses héros. Lorsqu'elle écrivait un roman, Aurore vivait avec ses personnages, elle ressentait les mêmes émotions qu'eux. Ils n'étaient plus des créatures de papier, mais des êtres de chair et de sang. Toute la difficulté consistait alors pour elle à restituer fidèlement leurs sentiments pour que le lecteur s'identifie à eux, l'autrice, à la fois témoin et intermédiaire, s'effaçant entre les deux parties.

Aurore laissa échapper un soupir. Cet attachement entre ces deux êtres était si fort, si puissant, si exalté…

Elle aurait tant désiré vivre une telle passion ; un amour véritable, absolu et partagé qui comblerait son existence. Jusqu'ici, ses relations l'avaient toujours déçue. La jeune femme croisa les bras et passa rapidement en revue le souvenir des hommes qui avaient vraiment compté. Après le décès de son père et le départ de sa mère, il y avait bien eu ce petit paysan dans la campagne où elle avait grandi, dont elle s'était éprise. Il n'était toutefois pas de sa condition, et sa grand-mère devenue sa tutrice l'avait pressée de l'éconduire. Il était cependant resté un ami avec qui elle adorait galoper dans les champs dans sa tenue d'amazone.

Puis, elle eut quelques aventures sans conséquence, avec de petits-bourgeois pour la majorité de ses amants, bien souvent artistes et un peu rêveurs. D'un tempérament volcanique, Aurore était portée à l'amour, mais sa réserve naturelle l'empêchait fort heureusement de passer à l'acte la plupart du temps. Et la bienséance lui imposait de la retenue. Il était de bon ton en effet d'inciter le jeune homme à se déclarer plutôt que de lui sauter dessus, c'était du moins ce qu'on avait tenté de lui inculquer au cours de son éducation. Le plus souvent, cependant, Aurore n'en faisait qu'à sa tête et ne répondait qu'aux élans de son cœur.

Puis, elle fut envoyée au couvent. Ce furent des années d'une terrible austérité qui eurent le mérite cependant de lui permettre d'affermir sa plume et de peaufiner son écriture. Les sœurs avaient toutefois tiqué en découvrant quelques-unes de ses histoires sentimentales, les qualifiant même d'hérétiques ! Elle avait souvent écopé de sévères punitions, mais Aurore n'en avait cure, se contentant désormais de garder ses récits pour elle-même dans l'attente de pouvoir les coucher librement sur le papier.

Au sortir du couvent, Aurore avait vu dans le mariage la possibilité de conquérir son indépendance et de s'affranchir de toute forme d'autorité, que ce soit celle des religieuses, ou de sa grand-mère. Laquelle était bonne avec elle, mais terriblement stricte et Ancien Régime. Au premier baron croisé avec lequel elle partageait un peu de complicité, elle avait dit oui.

Installée socialement, Aurore entendait alors mener ses affaires et sa maison comme elle le désirait, persuadée que l'amour finirait bien par s'inviter entre eux. Mais après quelques mois, hélas, elle devait admettre qu'il n'en était rien. Son époux se montrait tyrannique et égoïste, et sa désillusion fut brutale. Aurore n'avait rien de la femme soumise. Enfant unique, elle avait été élevée telle une aristocrate par sa grand-mère paternelle, aux origines nobles qui venaient contrebalancer la petite naissance de sa mère. Un bien curieux mélange qui avait conditionné sa façon d'être et de se comporter.

Si Aurore possédait des manières bourgeoises et un port altier, elle était également capable de monter à cheval en pantalon, ce que lui avait appris son militaire de père quand elle était enfant, d'affirmer son caractère rebelle et d'exprimer librement et sans retenue ses pensées. Ce qui, aux dires de certains, faisait d'ailleurs tout son charme. Elle ressemblait à une jument racée et sauvage condamnée à paître dans un enclos.

Son mariage ayant tristement échoué, elle s'était éloignée de son époux, le baron de Moissac, pour suivre un jeune homme, Jules Delestrelle, qui ambitionnait de devenir écrivain à Paris. Là encore, c'était surtout la promesse de liberté qui l'avait séduite, davantage que l'individu, bien qu'il soit doté d'un physique avenant, blond aux cheveux bouclés, quoiqu'un peu frêle. Étant parvenue à gagner de l'argent par elle-même, et désormais autonome, elle s'était séparée de lui peu après. Car c'était la liberté qu'elle affectionnait par-dessus tout. Même si cette liberté se payait fort cher !

Aurore avait en effet rapidement compris que si elle voulait demeurer à Paris, sans le soutien d'un époux ou d'un parent, elle devait conquérir son indépendance financière. L'écriture étant un domaine dans lequel elle possédait quelques talents, elle rejoignit donc naturellement le rang des journalistes œuvrant pour la presse. Ces jeunes pousses rédigeaient quelques articles pour subsister et se faire un nom de plume, tout en aspirant à composer des romans révolutionnaires et à inventer une nouvelle forme de romantisme.

Mais par un cruel paradoxe, tout le temps qu'elle vouait à l'écriture, elle le passait finalement à rêver de vivre un amour véritable qui comblerait son existence. Accaparée par sa passion, aurait-elle cependant du temps à lui consacrer ?

Le tintement de l'horloge la tira de ses songes. *18 heures, déjà !* Le moment était venu d'endosser son costume pour paraître. Shakespeare ne disait-il pas : « Le monde entier est un théâtre. Et tous, hommes et femmes n'en sont que les acteurs. Et notre vie durant nous jouons plusieurs rôles. » ?

Aurore avait en effet compris que, dans la société

littéraire parisienne, il fallait autant cultiver son image que sa plume pour exister, surtout si on désirait en vivre.

La jeune femme se rendit d'un pas décidé, mais à la vitesse que lui autorisait sa lourde robe à volants, dans sa chambre située dans la pièce attenante. Celle-ci était meublée d'un grand lit, d'une imposante armoire-penderie en bois et d'un miroir en pied qui lui avait coûté fort cher, surtout sa livraison. Pour ce qu'elle comptait faire, il se révélait toutefois nécessaire. Elle se dirigea vers une chaise sur laquelle étaient disposés des habits masculins. Elle se déshabilla alors, faisant valser sans état d'âme son corset – *un instrument de torture destiné à soumettre les femmes à la dictature de la mode !* Elle revêtit avec bonheur une chemise blanche à jabot, une paire de pantalons qui lui donnait une liberté de mouvement bien appréciable, un gilet de satin aux motifs brodés et une redingote cintrée. Elle s'employa ensuite à entourer plusieurs fois son cou de sa cravate en soie noire, se délectant de la sensualité du tissu glissant sur son col et de l'autorité qu'ils lui conféraient. Elle y accorda d'autant plus de soin que cet accessoire lui attribuait tout le degré de goût et d'esprit d'un homme du monde. De sa mise et de son nœud dépendait en effet qu'elle ait du style ou non. C'était un geste qu'elle avait maintes fois répété sur le cou d'un autre.

Ce nœud m'appartient à présent ! songea-t-elle en souriant.

Cette tenue reflétait aux yeux de la société son credo ; elle voulait simplement être un écrivain comme les autres. Peu importait l'ordonnance de police qui interdisait aux femmes de se vêtir en homme, c'était sa manière à elle d'exister.

Aurore rabattit les bords de son col cassé et amidonné sur sa cravate ainsi nouée et paracheva son œuvre d'une épingle ornée d'un petit rubis héritée de sa grand-mère.

Mais le moment de grâce absolu se produisit lorsqu'elle chaussa ses bottes de cuir souples et confortables.

Adieu, souliers étroits aux talons trop fins, adieu, corset, carcans et crinolines, symboles de l'enfermement de la condition féminine ! Mes orteils peuvent s'ébattre joyeusement à présent, je suis bien dans mes bottes, bien dans ma tête. Vive la liberté !

Ainsi parée, Aurore se sentait plus libre de ses mouvements. Elle était, de plus, en mesure d'infiltrer les cercles littéraires parisiens exclusivement masculins interdits aux robes, et sous-entendu, aux femmes. Elle était unique en son genre, mais aussi anonyme, ce qui constituait un privilège inestimable surtout lorsque, comme elle, on commençait à être connue. La notoriété lui était tombée dessus par surprise, grâce au succès de son premier roman et à quelques critiques d'écrivains célèbres qui l'avaient adoubée et reconnue comme de leur calibre. Elle était même devenue la coqueluche de son époque, autant qu'un objet de curiosité. Elle devait toutefois confirmer cet honneur par des écrits de grande qualité. Autrement dit, une gageure !

Aurore avait décidé que sa production littéraire ne serait pas son unique chef-d'œuvre, sa vie le serait également. La postérité, seule, départagerait qui des deux le mériterait davantage.

Elle noua ses cheveux fort bruns en un chignon bas,

qui lui permettrait de se coiffer d'un chapeau haut de forme. Enfin, elle ajouta une touche de maquillage. Ce n'était pas parce qu'elle était vêtue d'une manière masculine qu'elle devait sacrifier sa féminité ! Sa démarche, déjà, était on ne peut plus féline. Quant aux traits de son visage, elle les sublima d'un peu de poudre et d'un rouge à lèvres qui tranchait avec le noir de jais de sa tête et de sa redingote. Le bleu incandescent de ses yeux, était lui accentué par des sourcils fins et frondeurs, qui lui conféraient un regard que l'on disait doux et pénétrant, scrutant jusqu'au fond de l'âme.

Ainsi parée et cravatée, elle admira sa mise dans la glace. L'habit d'homme seyait bien à sa silhouette svelte. Les courbes de ses formes féminines, que ce soit celles de ses hanches ou de sa poitrine, dissimulée sous sa chemise, évoquaient toutefois sa véritable nature. Et cette ambiguïté n'était pas pour lui déplaire. Elle sourit. Faire fi des règles et des interdictions d'une société patriarcale l'amusait beaucoup. Le Code civil en vigueur depuis Napoléon considérait en effet les femmes comme mineures et soumises à la tutelle d'un père ou d'un époux. Le mariage apparaissait comme leur unique perspective, autant dire, une prison ! Elle ne manquait d'ailleurs jamais de dénoncer cette injustice sous couvert de fiction dans ses écrits.

Ce costume lui permettait d'autant mieux d'incarner son personnage ; sous cet habit, elle n'était plus Aurore Delattre, mais Nicola Delestre, un prénom asexué et un patronyme qui évoquait les belles lettres. Son éditeur et le journal *Le Figaro*[1] qui l'employait ne publiaient en effet pas de femme, ou alors sous leurs initiales ou sous un pseudonyme. Vêtue de la sorte, elle pouvait tout oser, comme répondre, donner son avis, ou séduire. Finalement, derrière ces artifices, elle pouvait être elle-même !

Cette tenue passe-partout lui conférait même une aura un peu sulfureuse dans le milieu artistique. Elle se faisait remarquer et l'on parlait d'elle dans les salons, ce qui contribuait à alimenter sa légende. Enfin, cela présentait des avantages sur le plan financier, puisque les habits d'homme coûtaient moins cher que ceux des femmes et elle pouvait les remettre plusieurs fois.

Une certaine tristesse tempéra toutefois son enthousiasme. Aurore regrettait de devoir se travestir pour se faire une place dans le milieu littéraire, les autrices étant moins considérées que leurs homologues du sexe opposé. D'ailleurs, plusieurs d'entre elles, à l'instar de son amie Catherine, usaient également de pseudonymes masculins pour écrire. Aurore prit une profonde inspiration et chassa ces sombres pensées. Elle songea, avec le sens de l'ironie qui la caractérisait, qu'ainsi retranchée derrière cet habit, elle pouvait plus aisément observer la nature humaine pour mieux la dépeindre. Sous sa redingote, la femme restait loyale à elle-même et à ce qu'elle aimait. Et surtout, Aurore demeurait fidèle à son cœur, dont elle suivait les penchants autant que l'instinct infaillible, ces deux éléments constituant sa boussole dans la vie.

---

1. *Le Figaro* de l'époque était alors différent d'aujourd'hui, c'était un journal littéraire, poétique et satirique.

Pour parachever sa mise, elle garnit ses poches de petits cigarillos. Elle les adorait, car ils lui procuraient des sensations vertigineuses, et ils lui conféraient une contenance et une aura de mystère quand son visage se perdait dans les volutes de fumée. Celles-ci dessinaient alors les contours de son être à la manière d'un *sfumato* de Léonard de Vinci, faisant d'elle un être encore plus saisissant tout autant qu'insaisissable.

Dernier avantage enfin, et pas des moindres, ainsi vêtue, elle suscitait moins d'œillades et autres tentatives de séduction plus ou moins déplacées de ses congénères. Elle était aussi plus à l'aise pour user de la sienne selon son bon vouloir. L'être androgyne qu'elle devenait pouvait autant être prisé des hommes qu'admiré des femmes. Elle se révélait d'ailleurs tantôt masculine dans son attitude, tantôt féminine dans son allure, sa sensibilité et son affection. On disait d'elle qu'elle avait inventé le troisième sexe, qui mélangeait les deux.[1]

Au fond, en agissant de la sorte, l'enfant abandonnée qu'elle avait été ne désirait-elle pas simplement aimer et être aimée en retour ?

Aurore transformée en Nicola saisit son chapeau haut de forme et franchit la porte de son appartement. La nuit parisienne s'offrait à elle, porteuse d'espoir, de mystère et de rencontres exaltantes, avec, qui sait, peut-être, la bonne ? Une seule suffirait pour lui permettre d'enfin vivre la grande passion à laquelle elle aspirait tant.

---

1. Ce que dira d'ailleurs Flaubert au sujet de George Sand, dont est librement inspiré le personnage d'Aurore Delattre, au même titre que plusieurs autrices de l'époque écrivant sous un pseudonyme masculin.

Chapitre 1

Prélude

Aurore ne fut pas fâchée de quitter le froid humide du dehors pour la chaleur agréable et feutrée de l'appartement de son amie, où se déroulait la soirée. Elle s'empressa de confier son chapeau haut de forme au domestique à l'entrée, son pardessus et ses gants, puis elle pénétra plus avant dans les lieux.

Elle balaya alors le salon de son regard scrutateur et constata qu'il avait été joliment décoré. Les rideaux de velours lie-de-vin bordant les voilages blancs aux fenêtres étaient à moitié fermés par des embrasses aux pompons dorés, ce qui n'était pas sans évoquer ceux d'un théâtre. Aurore esquissa un sourire en songeant à Shakespeare. Décidément ! De grandes gerbes de fleurs colorées garnissaient les tables basses et le dessus de la cheminée. Une cinquantaine de chaises recouvertes de velours rouge avaient été placées en cercle autour d'un piano à queue, prélude au concert qui allait suivre. En plus de l'imposant lustre de cristal, bougies et candélabres réchauffaient la pièce de leur lumière ambrée, lui conférant une atmosphère intimiste en dépit du monde qui se répandait peu à peu dans le salon. Enfin, des flûtes de champagne et de la belle vaisselle annonciatrice d'un buffet garni avaient été disposées à l'intention des convives.

Catherine avait pensé à tout, songea Aurore. En organisant cette soirée pour la crème du milieu parisien des arts et des lettres, elle espérait bien retrouver sa place dans cette société choisie. Surtout depuis que le scandale de sa liaison adultère avec le célèbre compositeur Florian Varga avait éclaté, faisant grand bruit dans cette petite coterie. Désormais officiellement séparée de son époux, et de retour d'exil avec son amant devenu légitime, Catherine tentait de renouer des relations, chose indispensable pour réussir dans une carrière littéraire. Aurore aperçut justement la jeune femme châtaine en grande conversation avec un homme plus âgé, éditeur de sa connaissance, une des pièces maîtresses sur l'échiquier des lettres parisien. Catherine riait à gorge déployée, une attitude exagérée, mais qui semblait flatter son interlocuteur. Aurore estima préférable d'attendre la fin de leur échange avant d'aller la retrouver.

Pour s'occuper les mains et se mettre dans l'ambiance, elle se saisit d'un cigarillo, avant d'opter plutôt pour une des coupes de champagne disposées sur un plateau d'argent que portait l'un des domestiques engagés pour la soirée. Elle observa alors avec plus d'acuité les différents participants, tous désireux de paraître. Les femmes avaient sorti leurs plus belles toilettes, arborant robes aux couleurs automnales, chapeaux et dentelles, et les hommes, à la barbe et à la moustache distinguée, aux redingotes élégantes, étaient tous impeccablement peignés et cravatés. Elle avait bien fait d'y consacrer un soin tout particulier.

Aurore croisa alors le regard du patron du *Figaro* qui l'employait, elle esquissa un demi-sourire tandis qu'il la saluait d'un air pincé. Elle irait le voir plus tard, hors de question qu'elle lui donne l'impression de lui manger dans la main ! Elle identifia encore l'un de ses anciens amants, ainsi qu'un jeune homme qu'elle aurait bien croqué, mais qui présentait, hélas, le défaut d'être marié. Les petites bulles aidant, elle commença à se sentir grisée. Dans cette atmosphère policée, les bavardages formaient un doux brouhaha, où seuls jaillissaient par intermittence les éclats de rire de Catherine. Aurore songea qu'elle était sans doute venue trop tôt, tous les convives n'étant pas arrivés. La soirée au sein de cette société guindée peinait à démarrer. Elle salua plusieurs de ses connaissances, perçut des regards curieux sur sa personne, de la part de femmes notamment, choquées de sa tenue, ou admiratives. Leurs réactions lui plurent : après tout, elle faisait tout son possible pour plaider leur cause, et elles sauraient bien un jour lui être reconnaissantes pour les services qu'elle leur avait rendus. Quoi qu'il en soit, force était de constater qu'elle ne laissait personne indifférent. Ce qui lui procurait une certaine fierté, comme une revanche personnelle sur la vie.

Elle dégusta à petites gorgées son verre de champagne, mais n'identifia personne susceptible d'éveiller son intérêt et avec qui elle désirait converser. Aucun génie de son temps à conquérir, aucun idéaliste avec qui refaire le monde et deviser fiévreusement sur les arts ou la politique. Aurore était en effet animée par un sens de la justice sociale, et elle avait à cœur également de défendre la liberté des hommes, et surtout celle des femmes. Aucun homme enfin à séduire. Elle était libre dans ses désirs, aussi lorsqu'elle désirait quelqu'un, rien ne l'empêchait de partir à sa conquête.

Elle suscitait parfois aussi une forme d'agressivité, de la part d'un certain nombre d'écrivains surtout, parce qu'elle était une femme et qu'elle empiétait sur leurs plates-bandes. *Des jaloux !* lui disait Catherine. Ou des moralisateurs, parce qu'elle n'avait pas la réserve que l'on attendait d'une créature de sexe féminin. Mais sans doute était-elle née trop tôt ? Elle espérait bien cependant que les choses changeraient un jour prochain.

Après avoir fait le tour de la pièce à deux reprises, Aurore constata avec déception qu'aucun des membres de l'assemblée n'apportait de nouveauté. À quoi s'était-elle attendue ? Elle savait de qui Catherine avait besoin pour rentrer dans les bonnes grâces de cette élite culturelle. Au fond, peut-être serait-elle mieux chez elle à travailler sur son roman qu'à perdre son temps ? Après quelques minutes encore d'un profond ennui, elle décida qu'elle irait dire deux mots à son hôtesse par politesse avant de reprendre ses affaires au vestiaire et de rentrer chez elle.

— Cette chère Aurore ! Comment va-t-elle ? Pardon, peut-être devrais-je dire « il ». Je ne sais plus où en est la mode à présent, s'exclama son interlocuteur en se gaussant.

Aurore se raidit en reconnaissant cette voix teintée d'aigreur, puis en avisant les traits tirés et blafards de son ancien amant, Jules Delestrelle, le jeune homme avec qui elle était arrivée à Paris. Ils avaient commencé à écrire ensemble, mêlant leurs corps, leurs mots et leurs pseudos, puis leurs routes avaient pris des chemins différents. *Pourquoi donc Catherine l'avait-elle invité ?*

— Pour tous ici, je suis Nicola Delestre, répliqua Aurore, sèchement.

— Oui, vous avez injustement castré mon nom, après avoir pourtant souhaité conserver la notoriété qu'il vous apportait.

— Que l'on doit à mon travail bien plus qu'au vôtre, très cher ! Vous avez la mémoire courte. Et puis, il était trop long, comme les nuits à vous attendre, tandis que vous vous encanailliez dans je ne sais quel cabaret.

— Je vous fais confiance pour vous défaire rapidement de ce qui vous ennuie ! Vous avez bien su rompre avec moi sans ménagement… Rien ne paraît vous affecter cependant, même pas le temps qui passe.

— Je ne vous retourne pas le compliment, très cher. Vous semblez dévasté sans moi, répliqua Aurore d'une voix calme teintée d'ironie.

— Je porte les stigmates des affres de la création littéraire. Vous ne semblez guère connaître cela… Vous n'en avez pas besoin après tout, vos charmes sont vos armes.

Aurore arqua un sourcil. Devinant qu'il était allé un peu loin, Jules se ravisa soudain.

— Je veux dire que chez vous les mots jaillissent avec une telle aisance… C'en est déconcertant !

— Serait-ce un compliment ?

— C'en est un, en effet ! Je déteste être fâché avec vous. Et je dois bien admettre que vous avez fait du chemin depuis notre rencontre : romancière, dramaturge, épistolière, critique littéraire, et journaliste bien sûr…

— Que voulez-vous, je ne supporte pas de rester à regarder le plafond en reprisant les chaussettes de mon cher et tendre.

Jules éclata de rire.

— Vous me manquez, Aurore. J'aimerais vous revoir… Apaisés, en amis.

— Eh bien, nous verrons cela… Mais ne comptez pas sur moi pour parler de vous à mon éditeur, vous ne l'avez jamais fait pour moi.

Il se crispa. Elle ajouta encore, lui portant l'estocade :

— Vous voyez, contrairement à vous, moi j'ai de la mémoire !

Sur ce, elle lui adressa un clin d'œil et le planta là, la mine défaite. Tout en savourant cette petite victoire teintée d'amertume, elle se dirigea alors vers la jeune femme blonde qui venait d'entrer, et dont un homme plus âgé ôtait le manteau avec empressement. Son visage était aussi beau que travaillé, sa tenue étincelante, destinée à resplendir. C'était l'une des comédiennes les plus en vue du moment. En apercevant Aurore, elle s'écarta aussitôt de son chevalier servant pour venir lui saisir les mains, avec un sourire éblouissant.

— Nicola ! Vous ici ? Alors que vous me délaissez, minauda la jeune femme en surjouant la tristesse. Je ne vous vois plus au théâtre. Que se passe-t-il ?

— Pardonnez-moi, ma chère. J'ai été fort prise par mes écrits, mais je viendrai vous embrasser un de ces jours dans votre loge, je vous le promets !

— Mais j'y compte bien !

Les deux femmes échangèrent un sourire complice, avant de se tourner vers d'autres saints.

Leur échange et l'attitude sulfureuse d'Aurore ne devaient cependant pas laisser les hommes autour d'elle indifférents. Aurore saisit une autre coupe de champagne et fit glisser le liquide pétillant sur sa langue, avant que les petites bulles ne viennent chatouiller sa gorge et libérer leur douce folie. Elle commençait enfin à s'amuser. Un des individus qui les avait observées s'avança alors vers Aurore.

— Nicola Delestre, je présume ?

— C'est moi-même, en effet.

— Pourquoi arborer un tel accoutrement ? Bien qu'en vous se rencontrent la nymphe Salmacis et le bel Hermaphrodite, dit-il en la contemplant, troublé, derrière ses bésicles.

— Très bonne question. Et je vous en pose une autre : pourquoi une femme doit-elle user d'un pseudonyme masculin pour pouvoir être éditée ou avoir le droit de fréquenter les salles de théâtre, de concert ou certains salons interdits aux femmes ?

— Vous marquez un point, très chère ! Passez donc me voir un de ces jours prochains pour discuter plus avant, je suis certain que nous pourrions nous entendre…

Il lui donna sa carte, celle d'un éditeur influent, concurrent du sien. Aurore battit des cils, mais choisit de demeurer impassible.

Il ajouta alors :

— Le moins que l'on puisse dire, c'est que vous faites parler de vous, et c'est une bonne chose !

— En bien ou en mal, tant que l'on parle de vous c'est que vous existez, n'est-il pas ?

— Certes ! À condition toutefois de ne pas sacrifier sa réputation sur l'autel de la célébrité. Il se murmure en effet que des caricatures circulent à votre sujet...

— Je m'en moque comme de mes premières culottes !

— C'est aussi ce qui fait votre notoriété dans toute l'Europe ! lâcha son interlocuteur pour abonder dans son sens.

— Vous voyez ! Alors, pourquoi m'arrêterais-je ?

L'homme éclata de rire une fois de plus.

— Vous êtes impayable !

C'est le moment que choisit l'hôtesse de la soirée pour l'attraper par le bras et l'éloigner.

— Ma chère Aurore ! Que je suis heureuse de vous voir ici ! (Elle lui murmura alors à l'oreille :) Je vous extirpe de quelque assommant personnage, n'est-il pas ?

— Oh ! j'avais la situation bien en main, ne vous inquiétez pas ! (Elle songea même que la discussion était intéressante et l'intervention de son amie, quelque peu importune pour le coup.) Comment allez-vous ? Reprenez-vous pied dans la vie parisienne ?

Les deux femmes s'entretinrent du retour de Suisse de Catherine, puis de sa volonté de restaurer sa condition dans les cercles artistiques et culturels de Paris, après le scandale de sa liaison.

— Pour le moment, tout se déroule au mieux ! Et j'ai bon espoir de pouvoir confier mon dernier roman à un éditeur ; ce monsieur que vous venez de croiser. Il ne prend plus personne, mais pour moi il ferait une exception ! avoua Catherine tout excitée à son amie, pour le moins dubitative.

— Quelle excellente idée que cette soirée musicale ! approuva Aurore, peu désireuse de lui ôter ses illusions.

— Non seulement le récital privé est la mode à Paris, mais, de plus, je réserve une petite surprise à mes invités.

— Vous m'intriguez… Dites-m'en plus ! murmura Aurore avec avidité.

— Figurez-vous que Florian a obtenu que l'un de ses amis pianiste et compositeur nous fasse l'honneur de jouer pour nous ce soir.

— Ainsi donc, nous n'aurons pas le plaisir d'écouter le grand Florian Varga ? s'enquit Aurore, un peu déçue.

— Pas ce soir, mais attendez de découvrir ce jeune compositeur tout droit venu de l'Empire autrichien, il est d'ailleurs très prisé dans la société viennoise. C'est une pure merveille !

— Tant que cela ?

— Ah ! Il possède un don, vous verrez !

— Alors là, vous m'intéressez ! répondit Aurore, le regard pétillant.

— J'en étais sûre ! Vous me direz votre sentiment… Le voilà justement qui entre ! Nous allons pouvoir prendre place.

Pendant que Catherine s'envolait pour convier les invités à s'installer sur les sièges autour du piano, Aurore observa la « pure merveille ». L'homme était assez grand, les cheveux châtains, souples et ondulés, les traits harmonieux encadrant un nez fin et aquilin. Il possédait en outre des lèvres appétissantes et un regard clair et romantique qui l'intriguait beaucoup. Il était élégamment vêtu, portant un gilet de couleur crème sur une chemise blanche, assorti à sa cravate onctueusement nouée, ainsi qu'une redingote noire ouverte.

Il traversa l'assemblée sans même la voir, comme absorbé dans ses pensées ou dans un autre monde connu de lui seul. *Il doit être concentré*, songea Aurore pour justifier qu'il ne l'ait pas remarquée. Puis, il s'assit sur le tabouret de piano après avoir relevé les pans de son habit d'un geste théâtral, ce qui fit rire la galerie et cassa le côté cérémonieux de l'instant. L'homme ne semblait pas départi d'humour, ce qui était un bon point pour lui ! Après tout, l'humour n'était-il pas l'intelligence qui s'amuse ?

Le silence se fit, uniquement ponctué par quelques toussotements, puis l'homme posa élégamment ses doigts longs et effilés sur les touches du piano et les fit courir sur toutes les octaves.

Aurore songea que cette jeune génération paraissait déjà avoir appréhendé toutes les immenses possibilités de cet instrument récent, datant de la fin du siècle précédent. Un peu comme des alchimistes de la musique, capables de transformer des notes en or. Les femmes de la haute bourgeoisie ou de l'aristocratie se plaisaient à recevoir chez elle un pianiste qui se produisait pour une assemblée choisie. Paris était en passe de devenir la capitale mondiale des pianistes, et les virtuoses y affluaient de toute l'Europe en quête de reconnaissance et de gloire. Et cet homme ne devait pas y faire exception.

Contre toute attente, il n'entama pas une valse viennoise comme attendu, mais balaya le clavier de ses mains en jouant quelques arpèges. Puis il partit dans une improvisation, tentant visiblement de cerner l'atmosphère de la pièce pour mieux la restituer dans sa musique.

De sa place, sur le côté, Aurore disposait d'une vue imprenable sur le clavier et le profil de son exécutant. Elle put donc admirer à loisir ses mains fines survolant les touches d'ivoire avec grâce et élégance. Il devait posséder une certaine force pour les frapper, en rondeur cependant, tout en donnant cette impression d'aisance et de légèreté. Tout paraissait facile avec lui, tout coulait de façon fluide et naturelle sous ses doigts. Il semblait jouer comme il respirait.

Après cette entrée qui ravit l'assistance, il attaqua une valse viennoise brillante et lui imprima un élan et une dynamique enlevée. Aurore avait presque envie de se lever pour danser !

Peu à peu, elle considéra l'interprète avec davantage d'intérêt, lui trouvant même beaucoup de charme. À l'issue de cette valse, dont il avait fortement marqué le tempo, sans doute là encore afin d'emporter l'enthousiasme complice et amusé de l'assemblée, il prit un temps, imposant un nouveau silence. Son visage devint sombre, ses yeux clairs, nébuleux, mais habités à la fois. Comme s'il plongeait en lui-même. Ses mains se posèrent alors doucement sur le piano pour interpréter un prélude de sa composition, ainsi qu'il l'annonça de sa belle voix grave teintée d'un ravissant accent autrichien.

Dès les premières notes, Aurore fut bouleversée. Elle fut comme emportée dans un autre univers. Tout y était pur, émouvant, empreint d'une certaine tristesse, presque tragique. Une forme d'innocence enfantine mâtinée de l'expérience d'un adulte qui avait connu les vicissitudes de l'existence et sans doute beaucoup souffert dominait sa musique. Le pianiste incarnait une sorte de Pierrot lunaire qui semblait avoir atterri un peu par miracle sur la planète des hommes. Elle avait l'impression d'être voyeuse d'un univers très personnel. Le pianiste livrait avec pudeur ses émotions les plus intimes, il se mettait véritablement à nu devant l'assistance. Aurore en eut des bouffées de chaleur. Elle se sentit investie de sa musique, pénétra dans ses pensées les plus profondes et perçut sa belle âme.

Aurore considérait que la musique avait cette faculté magique et ce pouvoir de parler directement au cœur et de véhiculer des émotions sans passer par la parole. Pour elle, la musique était l'art absolu, bien supérieur à l'écriture même qui ne pouvait pas toujours restituer fidèlement les sentiments, alors que les mélodies avaient cette possibilité !

Mais surtout, elle comprit qu'elle avait devant elle un pur génie, capable de composer une partition d'une telle beauté, que c'en était un miracle. C'était d'une évidence fulgurante ! Et, tandis que ses notes touchaient son cœur, Aurore se sentit chavirer, profondément troublée par le charme renversant de son interprète. Lequel jouait tout en nuances, force, et délicatesse, cependant. Tandis qu'elle frissonnait de plaisir, en entendant une cascade de notes perlées pénétrer dans son oreille, elle se demanda ce que cela lui ferait de sentir ses doigts sur sa peau. Cette perspective la fit frémir davantage.

Après un moment hors du temps, la musique se tarit dans un bruissement. La dernière note résonna longuement dans le silence, Aurore en eut les larmes aux yeux. Puis, l'assistance se mit à applaudir frénétiquement le pianiste. Des hommes se levèrent pour l'acclamer, bientôt imités par leurs compagnes. Aurore elle-même ne put s'empêcher de se mettre debout, suivant l'élan de son cœur.

Le musicien s'inclina à plusieurs reprises pour saluer et, lorsqu'il se tourna dans sa direction, leurs regards se croisèrent et s'aimantèrent quelques secondes. Celui du compositeur était doux, enfiévré, mais non dénué d'une certaine dose de modestie, presque gêné d'être ainsi encensé. Celui d'Aurore était brûlant, ému, terrassé par l'évidence de son génie, la révélation de sa sensibilité, tout autant que par la beauté de son âme. Sans compter que l'enveloppe physique n'était pas mal non plus ! En vraie romantique, elle se serait bien jetée au cou du pianiste pour l'embrasser. Il lui sourit. Après quoi, un certain temps fut nécessaire à Aurore pour recouvrer ses esprits.

L'assistance s'était précipitée sur le buffet ou le compositeur, au choix. Aurore était demeurée assise, incapable de se lever, les jambes coupées par l'émotion. Lorsqu'elle y parvint, elle s'élança vers Catherine, bouleversée.

— Présentez-moi, je vous prie ! l'implora-t-elle, haletante.

Catherine la dévisagea en souriant.

— Eh bien, je constate qu'il vous a fait de l'effet ! N'avais-je pas raison ?

— Oh ! Mille fois ! Ce Rodolphe Mayer est un pur génie dont on parlera encore dans un siècle ou deux ! s'exclama Aurore, conquise.

Les deux femmes s'avancèrent vers le pianiste, en pleine conversation avec un couple. Lorsque Rodolphe croisa le regard d'Aurore, il s'interrompit. Ses yeux glissèrent alors sur son habit et, pour la première fois, Aurore regretta de ne pas avoir d'atours féminins affriolants qui auraient pu susciter son intérêt, voire attiser son désir. Au lieu de cela, elle sentit une crispation dans son visage, il pinça les lèvres et retourna à sa discussion.

— On dirait que je l'effraie…, souffla Aurore, déçue, à son amie.

— Il faut convenir que vous êtes un peu… hors norme, ma chère. Votre réputation quelque peu sulfureuse lui est peut-être aussi parvenue aux oreilles.

— C'est bien la première fois que je le regrette ! maugréa Aurore, amère.

Lorsque, enfin, Rodolphe se libéra de ses interlocuteurs, il s'inclina poliment devant les deux femmes.

— Rodolphe, laissez-moi vous présenter la célèbre Nicola Delestre…, débuta Catherine.

— Appelez-moi Aurore, rectifia aussitôt l'intéressée en lui adressant un sourire contrit et en lui tendant la main.

Le pianiste feignit de l'embrasser sans la toucher, comme le voulait l'usage. Au passage, Aurore se délecta de sentir ses doigts chauds entre ses mains légèrement moites du fait de son émotion. Elle ressentit des frissons à travers tout son corps.

— Avez-vous apprécié ma musique ? questionna Rodolphe.

— Elle est… au-delà des mots ! s'exclama Aurore.

Et Dieu sait ce que cela signifiait pour elle ! Une

étincelle s'alluma dans son regard. Elle sut alors qu'il avait compris ; elle avait réussi à lire en lui à travers sa musique.

Il hésita et se reprit en se refermant.

— Vous m'en voyez ravi !

Il avait répondu simplement, comme par habitude.

— Ainsi donc, vous êtes venu de Vienne pour conquérir Paris ? ironisa Aurore.

— Cet esprit de conquête correspondrait plutôt à l'ambition de mon père, s'exclama Rodolphe avec une sincérité désarmante.

— Intéressant ! répliqua Aurore, retrouvant sa vivacité et sa verve coutumière. Dans ce cas, quel but poursuivez-vous ?

— Si je pouvais vivre de ma musique, autant que dans la musique, j'en serais comblé ! avoua-t-il, peu désireux, semblait-il, de dissimuler son dessein à cette femme qui avait su lire en lui sans partition.

— Eh bien, c'est tout le mal que l'on vous souhaite ! approuva Catherine, en léger décalage.

Aurore sentit chez cet homme un besoin irrépressible de plaire et d'être aimé, un peu comme elle finalement. Florian Varga vint alors tirer son ami par la manche pour lui présenter un directeur de salle de concert.

Rodolphe s'inclina pour saluer les deux femmes et partit.

— Et attendez que je vous dise : il est, paraît-il, célibataire ! ajouta encore son amie, au comble de l'excitation.

Aurore reçut l'information, mais elle ne savait pas vraiment à quoi s'en tenir avec lui. Elle avait trouvé leur

échange poli, presque compassé et assez froid tout de
même. Il ne faisait aucun doute qu'il semblait quelque peu
dérouté par son habit. Mais ce qui ennuyait davantage
Aurore, c'est qu'elle n'avait pas réussi à le cerner. Elle
disposait pourtant d'un redoutable sixième sens pour
déchiffrer autrui. Certes, il avait un charme fou et un
talent indescriptible, son intelligence et sa distinction ne
lui avaient pas échappé non plus, mais il avait érigé une
barrière infranchissable entre eux. Elle en fut d'autant
plus troublée. Il possédait visiblement une énorme
carapace. Aurore disposait d'un avantage toutefois :
grâce à sa musique, elle avait perçu sa très belle âme.

Alors qu'elle le regardait s'éloigner, Rodolphe dut
sentir sa présence, car il se retourna. Ils échangèrent
alors un regard aimanté qui trahit une attirance certaine.

Dès lors, Aurore sut qu'elle ferait tout pour le revoir…

Chapitre 2

Allegro

Le lendemain, Aurore se leva tôt après avoir peu dormi, tous ses sens et ses émotions l'ayant maintenue en éveil.

Elle se rendit à une réunion d'auteurs rue Navarin, à laquelle elle avait été conviée en raison de ses succès littéraires, au sein de l'appartement parisien de Louis Desnoyers, le directeur du journal *Le Siècle*. Lorsqu'elle en sortit, elle était doublement ravie, à la fois par l'issue de cette réunion et à la perspective de retrouver son amie Catherine. Elle avait hâte en effet de glaner les derniers potins sur la soirée de la veille, et surtout d'en apprendre plus sur ce pianiste autrichien qui l'avait tant émue.

Lorsque le domestique lui ouvrit la porte, elle ne lui laissa pas le temps de l'annoncer. Elle lui fourra d'autorité son chapeau haut de forme dans les mains et courut dans le salon rejoindre Catherine. Elle la trouva affalée sur l'une des chaises de velours rouge en train de donner des directives à plusieurs serviteurs. Lesquels s'affairaient à replacer le piano à queue dans l'angle

de la pièce, selon la luminosité et l'emplacement qui
seyaient le plus à son compagnon pianiste. Elle avait
l'air exténuée, sa coiffure était défraîchie et son visage,
blême. Il faut dire qu'elle s'était beaucoup investie la
veille pour que sa soirée soit réussie, et elle l'avait été !
En grande partie d'ailleurs grâce au talent d'un certain
Rodolphe Mayer.

Portant un pantalon, Aurore n'eut aucun mal à franchir
en quelques enjambées la distance qui la séparait d'elle.

— Replacez ce piano au centre, Catherine ! Et
j'exige que vous rappeliez M. Mayer sur-le-champ !
s'exclama-t-elle de sa belle voix grave, qui contrastait
avec sa taille menue.

Catherine tourna la tête et s'anima en la voyant.
À la profondeur de ses cernes, Aurore constata qu'elle
semblait certes éreintée, mais heureuse.

— Ah, vous voilà ! Je pensais que vous passeriez la
journée à vous remettre de vos émotions…

Aurore rapprocha un siège de son amie, avant de
s'y asseoir à califourchon, d'une manière quelque peu
cavalière.

— Je l'aurais fait volontiers si le devoir ne m'avait
appelée ! Je suis en effet allée défendre notre noble cause…

— Celle des femmes ? interrogea Catherine, dubitative.

— Non, celle des auteurs !

Elle lui raconta alors avec enthousiasme qu'elle avait
rejoint les rangs de quatre-vingt-cinq personnes du
milieu littéraire, dont Honoré de Balzac, Victor Hugo,
Théophile Gautier, Alexandre Dumas. Cela afin d'élire
le premier président de la Société des gens de lettres.

Son interlocutrice se rembrunit en entendant la

liste des célébrités qui composaient cette assemblée. Aurore perçut même l'ombre fugace de la jalousie passer sur son visage. Il faut dire qu'elles étaient certes amies, mais aussi rivales dans l'écriture. Toutes deux avaient d'ailleurs pour point commun d'œuvrer sous un pseudonyme masculin. En revanche, si les romans de Nicola Delestre étaient encensés par la critique, ceux de Catherine Delorvel, signés Paul Daniel, recevaient un accueil mitigé. Aurore était persuadée cependant que, avec l'aura de scandale qui l'entourait à présent, son amie ne tarderait pas à être portée aux nues.

— N'est-ce pas merveilleux ? fit-elle, toujours aussi extatique.

— C'est formidable ! répondit Catherine, sans de toute évidence en penser un traître mot. Mais je n'ai pas bien saisi en quoi consistait cette assemblée…

Aurore tenta alors de résumer brièvement les choses.

— La SGDL permettra de veiller sur les intérêts moraux et matériels des auteurs et de pouvoir éventuellement secourir les écrivains dans le besoin.

— Du moins, pour ceux qui en sont membres…, précisa Catherine.

— Oui, mais bon c'est un détail… (Catherine leva les yeux au ciel en signe de désapprobation.) La société jouera le rôle d'agent, et nous pourrons percevoir des droits sur les reproductions de nos textes dans les journaux. Vous rendez-vous compte ? Personnellement, je suis ravie de cette avancée.

Catherine esquissa un sourire qu'elle voulait bienveillant.

— Vous avez raison, c'est une excellente chose ! C'est

juste qu'il y a tant de luttes à mener… Ne serait-ce que pour défendre la cause des femmes désireuses de se faire éditer. Votre société ne pourrait-elle nous permettre de publier nos écrits sous notre propre nom ?

Aurore lui saisit les mains avec ferveur.

— Ce sera notre prochain combat, je vous le promets ! Je ferai tout pour qu'il en soit ainsi, vous pouvez compter sur moi !

— Vous êtes bonne. Si seulement je pouvais posséder votre formidable énergie et votre volonté !

— Ce n'est pas toujours un avantage, vous savez ! Surtout vis-à-vis de la gent masculine…

Se disant, Aurore retourna sa chaise et s'assit d'une manière plus conventionnelle, en croisant les jambes.

— En parlant de cela, avez-vous bien dormi ? questionna Catherine d'un ton badin, mais lourd d'insinuations.

— Vous ne me connaissez que trop bien… Je n'ai pas fermé l'œil ! La musique de Rodolphe Mayer n'a cessé de me hanter…

— Ne vous avais-je point dit qu'il était doué ?

— C'est au-delà du don, c'est du pur génie ! Et faites-moi confiance, je sais les reconnaître… (Elle hésita.) Vous a-t-il parlé de moi après mon départ ?

Catherine battit des cils puis répondit après un temps :

— J'étais occupée à prendre congé de mes invités, je ne pourrais vous dire… Mais je crois que Florian et lui ont eu un bref échange à votre sujet.

Aurore, qui ne tenait pas en place, décroisa ses jambes pour s'avancer sur son siège.

— Oh ! racontez-moi tout ! Je vous en prie…

Catherine, visiblement gênée, se mordit les lèvres.

— Il semblerait qu'il ne vous ait pas trouvée très sympathique.

Aurore rougit. Elle voulut protester, mais aucun son ne sortit de sa bouche.

— Il avait effectivement entendu parler de votre réputation. C'est un homme très traditionnel, d'après Florian.

— Des a priori, voilà ce que c'est ! Il faut que je lui montre qui je suis, qu'il me connaisse réellement, et non d'après les racontars et les caricatures qui circulent sur mon dos.

— Des caricatures ? répéta Catherine, surprise.

— Je l'ai appris hier soir, en effet. Mais cela ne m'atteint pas ! Enfin, je n'y voyais pas d'inconvénient, jusqu'ici. Mais à présent… (Elle se leva et se mit à tourner en rond.) Je dois à tout prix convaincre Rodolphe qu'il fait fausse route et qu'il aurait tout intérêt à faire ma connaissance !

— Souhaiteriez-vous vous lier avec lui ? avança doucement Catherine, tout en connaissant pertinemment la réponse.

— J'aimerais beaucoup le revoir, confia Aurore avec une sobriété qui ne lui ressemblait guère.

Elle n'osait avouer tout haut l'ardeur de son trouble, son admiration pour son génie, sa tendresse pour sa musique, et son attirance enfin pour sa personne. C'était si soudain ! Cela l'avait complètement retournée.

Cependant, et comme une évidence, elle sentait qu'ils avaient un bout de chemin à faire ensemble, peut-être même davantage. Un peu comme si son âme avait trouvé un écho dans la sienne. Le tout à travers sa musique, car l'homme disposait d'une telle carapace qu'il n'avait rien laissé percevoir de lui. Et cela l'agaçait prodigieusement, elle qui avait le don de percer les gens jusqu'au fond du cœur.

— Pourriez-vous m'y aider ? hasarda-t-elle d'une voix inhabituellement tremblante.

Le pouvoir avait, semble-t-il, changé de camp. C'était Catherine cette fois qui le détenait. Elle réfléchit un instant, pesant probablement le pour et le contre. Elle connaissait en effet son amie et les ravages qu'elle pouvait faire dans les rangs masculins. Et puis, Rodolphe était le protégé de son compagnon, pouvait-elle lui permettre de se l'adjuger alors qu'il était à peine arrivé dans la capitale des arts ? N'avait-il pas de relation mieux placée à envisager pour son ascension ? Ce n'était pas à elle d'en juger, cela dit. Après une mûre, mais brève réflexion, elle demanda :

— Aimeriez-vous vous joindre à nous demain à l'opéra ?

Une bouffée d'excitation envahit Aurore.

— Oh ! Catherine ! Ce serait avec une immense joie…

Elle en aurait presque pleuré. Jamais elle ne s'était sentie autant pousser des ailes. Elle avait le sentiment d'éprouver un émoi d'une intensité comparable à celui que l'on ressent à l'adolescence. C'était assez déstabilisant et absurde, mais bon sang ce que c'était bon !

— Je vous ferai porter votre billet demain dans la matinée, reprit la maîtresse de maison.

— Ce sera parfait !

Revenant à la réalité, Aurore s'enquit alors :

— Au fait, désirez-vous de l'aide pour tout ranger ?

— Oh ! ne vous inquiétez pas pour cela ! Je le fais tranquillement, à mon rythme.

— Dans ce cas, je vais vous laisser ! s'exclama Aurore, comme mue par un étrange ressort.

Catherine sourit.

— Vous êtes impayable ! Puis-je vous demander où vous comptez vous rendre avec un tel élan ?

— Je file chez ma modiste ! J'ai l'intention de préparer une petite surprise, dont ce cher homme se souviendra…

Catherine, dubitative, ajouta non sans humour :

— Si vous envisagez de porter la robe, n'oubliez pas d'ôter vos bottes…

Au même moment, Rodolphe Mayer donnait une leçon de piano dans son appartement. Il faisait les cent pas dans la pièce, en écoutant la mélodie.

— Pas si vite… Respirez ! L'avez-vous chantée ? Il convient de respecter le phrasé, lui laisser le temps de se développer, prendre chair et déployer toute son étendue dans l'espace sonore.

Il mima avec de grands gestes la mélodie qui devait s'amplifier puis s'effacer, comme une vague. Puis une autre idée le traversa.

— Ces doigtés que vous utilisez ne sont peut-être pas les plus adaptés… Montrez-moi cela.

Vêtu d'un gilet ivoire sur une chemise blanche à jabot, il s'approcha de son élève. C'était une fille menue prénommée Helena. Elle avait les cheveux tirés en arrière, un visage très pâle, une petite robe à volants vieux rose ornée de rubans. Elle semblait très jeune et surtout triste de le décevoir. Il s'en aperçut et adoucit sa voix.

Depuis son arrivée à Paris, Rodolphe avait pour habitude de donner des cours de piano à des aristocrates, ce qui constituait l'essentiel de ses revenus. Il se comportait toutefois très différemment avec cette jeune fille. Entre eux existait un rapport plus tendre que celui liant ordinairement un professeur à son élève. Il se sentait protecteur vis-à-vis d'elle, et il n'osait jamais vraiment l'admonester lorsqu'elle n'exécutait pas correctement le travail demandé. Il utilisait moult précautions pour lui parler et ne pas la heurter, en dépit de la frustration qu'il éprouvait pour son manque de sensibilité à la musique.

— Pardonnez-moi si je m'emporte, mais ce n'est pas contre vous, comprenez-le bien ! C'est pour le bien de la musique. Il faut être exigeante avec vous-même et viser un idéal, une perfection que l'on n'atteint finalement jamais ou rarement, lors de moments de grâce, fugaces, comme le bonheur dans l'existence…

En disant cela, il s'appuya au piano et son esprit s'envola ailleurs. En réalité, ses pensées le ramenaient sans cesse à la soirée de la veille, lorsqu'il avait rencontré cette femme vêtue à la manière d'un homme. On la lui avait présentée comme une vile corruptrice mais, excepté l'habit un peu provocant qu'elle portait, tout chez elle avait démenti cette réputation sulfureuse qu'on lui attribuait. Il avait perçu dans ses yeux bleus une telle intensité, un tel appétit de vivre, une douceur veloutée aussi. Il avait l'impression que son regard l'avait transpercé jusqu'au fond du cœur !

Et lorsqu'elle avait évoqué sa musique… « Elle est

au-delà des mots », avait-elle dit. C'était étrange de la part d'une autrice de parler ainsi. Surtout de la part d'une telle célébrité ! D'autant que son instrument à elle, c'était la plume ; ses notes de musique, les mots qui en lieu et place de partition composaient son roman. Elle considérait donc sa musique comme supérieure à son écriture. Cet aveu empreint de modestie l'avait profondément touché. Lui, qui tendait toujours vers cette perfection qu'il n'atteignait jamais, voilà que cette illustre autrice plaçait ses compositions au-delà de ses propres écrits.

Mais peut-être était-ce une manœuvre stratégique destinée à le séduire ? Peut-être incarnait-il la nouveauté pour elle et une forme d'exotisme ? Une chose était certaine, il devait se tenir le plus éloigné possible d'elle. Non seulement pour ne pas lui faire perdre son temps, mais surtout pour se protéger. Son aura, son regard bleu si magnétique ne l'avaient pas laissé indifférent. Loin de là ! Ils le tourmentaient même depuis la veille.

Il observa la frêle fille assise devant le clavier, une tendre biche, un oisillon comparé à cette gracieuse panthère. D'après ce qu'il avait appris à son sujet, Nicola Delestre avait déjà été mariée et s'était séparée de son époux pour venir tenter sa chance à Paris. Elle avait ensuite accompli un parcours remarquable pour une femme. Elle avait conquis le monde des arts à la force de sa plume. Rodolphe tentait de faire de même aujourd'hui avec sa musique, obéissant aux ordres d'un père qui avait tout sacrifié pour son éducation. Il lui avait permis d'apprendre le piano, alors qu'il venait d'une famille modeste. Il s'était saigné pour ses leçons et avait placé tous ses espoirs en lui, quand il aurait été plus utile que Rodolphe travaille pour aider ses parents à subvenir à leurs besoins.

Mais la musique, c'était sa vie. Il ne pouvait plus reculer à présent, et surtout ne pas chuter. Il avait un pied en l'air, prêt à marcher sur Paris, comme il l'avait fait sur Vienne, il ne pouvait qu'avancer pour demeurer en équilibre. Le moment était mal venu pour lui de se disperser et de prendre des risques inconsidérés. Et ce, d'autant plus, qu'il s'était engagé…

— Voulez-vous que je reprenne du début ? s'enquit la jeune pianiste d'une toute petite voix.

Helena attendait depuis plusieurs minutes qu'il revienne à leur leçon et vers elle.

Rodolphe passa une main dans ses cheveux ondulés.

— Juste après la tourne, ce sera bien.

Il s'approcha de la partition et modifia quelques doigtés.

— Voilà, essayez comme ceci, ce sera plus fluide. Et donnez-lui de l'élan, à cette phrase musicale, par pitié. Faites-la vivre ! Ne soyez pas si sage, si disciplinée… La musique doit exister entre les mesures, manquer dans les silences, s'élever au-delà de la portée. Comprenez-vous ?

La jeune fille opina timidement de la tête, mais ses grands yeux trahissaient une forme d'incompréhension.

Comme elle restait définitivement hermétique à ses propos, Rodolphe prit alors sur lui et sur sa pudeur habituelle pour se livrer :

— Pour ma part, j'ai coutume d'imaginer la musique comme un être de chair et de sang, avec sa liberté, son libre arbitre, son propre cœur qui doit battre à l'unisson avec le vôtre. La musique nous transcende, elle est au-delà de nous, elle nous dépasse. Comment dire ? Elle est… *au-delà des mots* ! finit-il par concéder, à court d'arguments et de termes justes pour tenter de la décrire et de faire comprendre sa conception à sa jeune élève.

En reprenant les paroles d'Aurore, il ressentit un frémissement dans tout son être. Comme si l'évocation des mots sortis de la bouche pulpeuse de cette femme suffisait à mettre en ébullition la sève de l'arbre gelée par l'hiver.

— Voulez-vous que je rejoue tout le passage ? interrogea Helena.

Rodolphe regarda la jeune fille, petite coquille vide, bien que charmante, et secoua la tête.

— Il est l'heure à présent. Votre mère va bientôt arriver. Nous reprendrons demain.

— Que dois-je travailler d'ici là ? demanda Helena, d'un ton très scolaire.

— Eh bien, tout ce que nous nous sommes dit. Chantez la mélodie avant de la jouer. Continuez d'exercer votre vélocité sur vos gammes, mais surtout interprétez l'œuvre comme vous la ressentez au fond de vous-même. Ah ! Et une chose encore : lorsque vous frappez la touche, essayez d'adopter un toucher plus doux, rond et aérien, comme ceci, pas quelque chose de mécanique.

— Mais il faut bien de la force pour jouer la note ! argumenta la jeune fille.

— La percussion du marteau suffit, si vous vous y prenez bien. Regardez…

Il lui en fit la démonstration, imprimant avec son

inimitable toucher de velours différentes nuances, usant des sons comme d'autant de couleurs sur la palette sonore à sa disposition.

— Pensez à la toile resplendissante et aux teintes que vous projetez. Ne parle-t-on pas de tonalité en musique d'ailleurs ? Vous devriez visiter des expositions de peinture, cela vous éveillerait !

La jeune fille le dévisagea avec des yeux vides d'expression. Il prit une profonde inspiration et renonça.

Son élève n'était pas prête à entendre ses paroles, elle était trop dans la technique. Même si la technique était la base de la musique, elle devait avant tout être au service des émotions. Rodolphe savait qu'Helena n'avait aucun talent, aucune prédisposition particulière pour le piano, que c'était peine perdue, mais sa mère le payait bien et surtout… il était censé l'épouser.

Il venait juste de remettre sa veste, lorsqu'une femme imposante et volubile, très apprêtée afin de marquer son rang et son appartenance à l'aristocratie viennoise, fit irruption dans son salon.

— J'arrive ! J'arrive ! s'écria-t-elle tout essoufflée.

— Madame Knackel…, répondit froidement Rodolphe, crispé, bien que sous un vernis de politesse.

— Helena a-t-elle été sage ?

— Très sage… Voire trop.

La femme le fixa d'un œil vide avant de s'enquérir :

— A-t-elle bien révisé ses gammes ? Je les lui ai fait répéter chaque jour depuis votre dernier cours, et même plusieurs fois pour être sûre que ça rentre ! s'exclama son interlocutrice.

Elle semblait s'en féliciter, alors qu'elle avait au

contraire étouffé dans l'œuf tout élan artistique chez sa fille, au même titre qu'elle annihilait sa personnalité.

Il comprit mieux pourquoi Helena était si dénuée de l'audace qui lui aurait justement permis de prendre son envol dans la musique. Il songea qu'une Nicola Delestre, elle, était tout le contraire. Elle s'était affranchie des contraintes pour libérer son écriture, et il l'en admira d'autant plus.

— A-t-elle bien exécuté ses gammes ? insista la femme vulgaire en face de lui.

— Oui, je dois admettre qu'elle les maîtrise sur le bout des doigts.

Madame Knackel sourit de toutes ses dents déchaussées.

— Vous m'en voyez ravie !

Elle sortit une enveloppe garnie de son sac bourse et la lui remit de ses mains gantées.

— J'ai mis un peu plus que le compte…

— Ce n'était pas nécessaire, madame Knackel, vraiment ! se récria Rodolphe, qui détestait avoir le sentiment qu'il vendait son intégrité artistique pour de l'argent.

— Mais si, voyons ! Ainsi, vous pourrez vous acheter un nouveau costume lorsque vous viendrez souper chez nous demain soir pour discuter des fiançailles avec Helena.

Rodolphe sentit son sang se glacer à l'évocation de ses noces. C'était là encore la volonté de son père de le voir s'unir avec ces gens de l'aristocratie viennoise, au motif qu'ils disposaient d'un grand appartement et de multiples relations à Paris. Cette union était un mariage d'intérêt. Certes, la jeune fille était gentille, mais elle n'avait aucune personnalité, littéralement écrasée par celle, envahissante, de sa mère.

— Vous viendrez, n'est-ce pas ? questionna avec insistance Mme Knackel.

— Bien entendu ! répondit-il évasivement, tout en se demandant s'il ne faisait pas là une terrible erreur.

— J'ai eu peur que vous n'ayez un concert ou que sais-je. Me voilà soulagée ! Pensez, j'ai déjà acheté la dinde !

Rodolphe se mordit la lèvre pour ne pas rire en rapprochant inconsciemment le volatile de son interlocutrice. Il raccompagna la mère et la fille, qui la suivait docilement, à la porte. Puis Mme Knackel s'immobilisa et attendit.

Rodolphe devina qu'elle souhaitait quelque chose, mais il ignorait quoi. Elle désigna alors sa fille du menton, en lui faisant les gros yeux. Le musicien comprit le message, il esquissa un demi-sourire et dit :

— Eh bien, à demain, Helena ! Passez une bonne soirée.

La future belle-mère en titre parut satisfaite de la tendre déclaration de son gendre, tandis que sa fille baissait les yeux en rougissant, et les deux s'engouffrèrent dans l'escalier étroit. Il entendit encore la voluptueuse bonne femme s'écrier :

— Ces marches ! Je les ai en horreur ! Pardon, monsieur !

Puis il vit avec plaisir la silhouette amicale de Florian Varga surgir sur le palier. Il le fit aussitôt rentrer et s'empressa de claquer la porte derrière eux.

— Ah, mon ami ! Je suis ravi de te voir, souffla-t-il, soulagé d'être en bonne compagnie.

— La journée a été pénible, on dirait…, constata l'homme guilleret face à lui, dont les cheveux lui tombaient sur les épaules. Aurais-tu eu quelque élève récalcitrante aujourd'hui ?

Rodolphe scruta la figure avenante de son ami et lui répondit :

— Oh ! que non ! Bien trop docile au contraire !

Varga comprit l'allusion et pinça les lèvres.

— Et toi, mon ami, que me vaut ta visite ? reprit Rodolphe.

— Comme je passais dans le quartier, je suis venu moi-même te remettre ton billet pour l'opéra de ce soir.

— Est-ce toujours à la salle Ventadour dans le 2e arrondissement ?

— Toujours ! C'est le seul écrin pour l'opéra disponible à Paris pour le moment.

Rodolphe saisit le billet que lui tendait Varga et lut :

— *Lucie de Lammermoor* ?

— C'est l'adaptation française de l'opéra *Lucia di Lammermoor* de Gaetano Donizetti. Elle fait un véritable triomphe en ce moment !

— Eh bien, j'ai hâte de l'entendre ! répliqua Rodolphe, ravi.

Cette soirée tombait fort à propos, elle lui permettrait de se changer les idées.

Florian parut cependant un peu ennuyé.

— Ah ! Au fait… Catherine a pris la liberté d'inviter une amie pour venir avec nous. Si tu n'y vois pas d'inconvénient, bien sûr.

— Ta compagne ne doit pas se sentir obligée de me mettre en relation avec toutes les donzelles célibataires de la place de Paris…, riposta Rodolphe, irrité.

Florian n'était pas informé de ses projets de mariage, et Rodolphe ne souhaitait pas pour le moment lui en parler. Il ne l'assumait peut-être pas encore, même s'il mettait un point d'honneur à ne pas briser la promesse qu'il avait faite à la famille Knackel, et à travers eux à son propre père.

— Ne t'inquiète pas. Catherine sait que tu es très pris par la musique, tes compositions, tes cours, etc. De plus, ton installation à Paris est récente, rien ne presse !

Rodolphe ne répondit pas et détourna le regard, peu désireux de mentir à son ami.

— Est-ce que je la connais ? demanda-t-il, par curiosité.

— Oui, en effet. Elle t'a été présentée hier soir lors du récital. Il s'agit de Nicola Delestre.

— Aurore…, souffla-t-il, contrarié.

— Si cela t'ennuie, nous pouvons annuler ou différer…

— Non ! Nous n'avons pas beaucoup en commun, mais après tout, elle vient pour Catherine, n'est-ce pas ?

— Tout à fait ! confirma Florian, décontenancé.

— Fort bien ! Alors, je m'en accommoderai, conclut Rodolphe.

Il songea que cette soirée ne serait pas de tout repos. Il aurait en effet fort à faire pour lutter contre le charme redoutable de cette femme, sous peine d'être tenté…

Chapitre 3

Andante appassionato

Paris, salle Ventadour, octobre 1839

Un ballet ininterrompu de calèches, cabriolets et voitures à cheval déposait devant le théâtre les spectateurs venus assister à la représentation de l'opéra de Donizetti[1] ce soir-là.

Arrivé le premier sur les lieux, Rodolphe battait le pavé en attendant ses amis, lesquels se faisaient un peu désirer. Il en profita pour contempler la façade rectangulaire de l'imposant bâtiment. Elle se composait de deux étages surmontés de mansardes, avec de hautes fenêtres encadrées de colonnes d'ordre ionique ou corinthien. Le rez-de-chaussée présentait quant à lui des arcades à la décoration dorique. Il s'amusa alors à comparer l'architecture de ces lignes droites et pures à

---

1. Gaetano Donizetti (1797-1848) est un compositeur italien. Très prolifique, il fut l'auteur de musique religieuse, de chambre ou orchestrale, et de près de 70 opéras.

la structure musicale d'une œuvre. *Certaines partitions de Bach lui ressembleraient assez*, finit-il par admettre.

Il fut soudain tiré de ses songes par la voix de son ami Florian Varga. Le compositeur tenait Catherine Delorvel par le bras. Le couple adultérin attirait des regards curieux et continuait de susciter quelques ragots, moins virulents cependant. Après avoir fait les choux gras du milieu artistique parisien, l'animosité envers eux s'était émoussée avec le temps au profit d'autres scandales et amants illégitimes. Rodolphe en était ravi, car il appréciait beaucoup Catherine et surtout il se réjouissait de voir son ami Florian enfin heureux. Il était toujours mortifié de voir à quel point rumeurs et ragots pouvaient faire et défaire les réputations, aussi vite que le vent.

— Votre ponctualité vous honore, Mayer ! lui lança Florian parvenu à sa portée. C'est si rare pour un artiste !

Rodolphe sourit à cette boutade.

— De notre côté, nous nous sommes fait piéger dans les embouteillages parisiens. Il faut dire que c'est l'heure où la foule se presse au théâtre ! poursuivit Varga. Sans compter ce pauvre bougre qui a commis l'imprudence de verser sous les roues d'un carrosse.

Catherine frissonna et se blottit davantage contre son compagnon avant de demander :

— Nicola Delestre, n'est-elle pas arrivée ?

— Point encore ! répondit Rodolphe sur un ton qu'il voulait détaché. Je pensais qu'elle serait avec vous…

— Non, elle devait venir par ses propres moyens. J'espère qu'elle ne tardera pas trop…

— Oh ! s'écria Catherine avant de presser le bras de Varga pour lui désigner quelque chose en face d'eux.

Rodolphe se retourna. Ce qu'il vit le sidéra.

Une chaussure de vair étincelante se posa sur le marchepied d'un carrosse. Il la contempla un instant, fasciné. Puis ses yeux remontèrent le long de la jambe dissimulée sous une robe blanche voluptueuse et aérienne comme une chantilly, composée de plusieurs couches de jupons qui retombaient en corolle sur la cheville de sa propriétaire. Son regard comme aimanté poursuivit sa course le long de ses hanches jusqu'à une taille resserrée qui soulignait la ligne de celle qui la revêtait. Des manches gigot, à la mode sur les robes imposantes portées en journée, complétaient la tenue. Elles étaient en partie couvertes par un châle vaporeux et moiré, qui encadrait un décolleté profond suffisamment évocateur, où pendait une chaîne terminée par une croix.

Rodolphe s'efforça de ne pas se laisser tenter en allant se perdre dans ces profondeurs mystérieuses et provocantes. Ses yeux remontèrent alors le long du port gracieux et aristocratique de la jeune femme, suivirent le cou nacré et appétissant qui menait à un visage qui lui disait vaguement quelque chose, comme sorti d'un songe. Quelques secondes lui furent nécessaires pour identifier la créature divinement fardée et coiffée qu'il avait devant lui, et son cœur se mit à battre la chamade.

La piquante brune dont les cheveux étaient relevés en un chignon agrémenté de fleurs, et dont le maquillage soulignait avec goût le caractère et le bleu de ses yeux, n'était autre que Nicola Delestre, alias Aurore. Elle s'était métamorphosée en la plus ravissante des nymphes qu'il lui ait été donné de voir. Elle rayonnait de grâce et de féminité, et était éblouissante de beauté. Le cœur de Rodolphe fit un bond dans sa poitrine. Il demeura figé sur le pavé, comme tétanisé.

Catherine se détacha du bras de Florian pour se porter à sa rencontre.

— Ma chère, vous êtes tout bonnement étourdissante !

— Ma modiste a fait des merveilles à partir de quelques pièces de tissu qui traînaient dans son atelier…, répliqua humblement l'intéressée.

— Je dois bien convenir que les habits de votre sexe vous vont à ravir ! renchérit Florian, tandis que Catherine un peu jalouse lui donnait un léger coup de coude dans les côtes.

— Et si nous avancions lentement, mais assurément vers la salle ? proposa son compagnon, et Catherine lui asséna de nouveau un coup en désignant Rodolphe. Ah, mais je manque à tous mes devoirs. Aurore, vous souvenez-vous du petit prodige qui s'est produit lors de notre récital ?

— Comment aurais-je pu l'oublier ! souffla la jeune femme en baissant les paupières sur ses yeux bleus, leur conférant plus d'intensité encore.

Elle paraissait éviter toutefois de le regarder, et cela le peina. En cet instant, Rodolphe aurait donné n'importe quoi pour se perdre dans ses yeux.

Il s'inclina avec respect et saisit ses doigts pour lui faire le baisemain. Ses lèvres effleurèrent sa peau, elle était douce et veloutée, parfumée de manière agréable. Il s'y attarda un peu. Aurore arqua un sourcil, puis ôta prestement sa main pour attraper le bras de son amie, s'éloignant ainsi de lui.

— Dites-moi, Catherine, où en êtes-vous de votre nouveau roman ?

Rodolphe ressentit un étrange pincement au cœur. S'il avait décidé de la garder à distance, c'est finalement elle qui l'ignorait. Quelle ironie ! S'était-il trompé sur son compte ? Au fond, peut-être qu'il ne l'intéressait tout simplement pas. Il en fut presque déçu. Il rejoignit Florian, et le groupe des quatre se dirigea vers l'entrée du théâtre, les deux hommes fermant la marche.

Quelques minutes plus tard, après être passés par les vestiaires, ils pénétrèrent dans la vaste salle de concert de forme arrondie, à l'italienne. Rodolphe se délecta de la beauté des lieux, un magnifique écrin pour accueillir la musique entre l'imposant lustre de cristal qui pendait au plafond, les baignoires généreuses, le parterre fourni. Le théâtre était plein à craquer. Les femmes avaient sorti leurs plus belles toilettes, les hommes arboraient la redingote à quatre boutons, tantôt noire et tantôt grise, qui, en mettant le buste en avant, conférait à son porteur une certaine superbe. Quelques-uns toutefois la laissaient entrouverte, dévoilant en dessous un gilet de satin coloré avec des applications de velours et des motifs brodés, unique concession à la fantaisie au milieu de toute cette sobriété, signe du grand renoncement masculin.

Florian avait eu la bonne idée de réserver une loge de côté pour eux seuls. Sa notoriété lui conférait en effet certains avantages, d'autant qu'il connaissait bien le directeur. Catherine proposa à Aurore de s'installer au premier rang, mais celle-ci déclina poliment l'invitation, arguant que ces places devaient leur revenir à Florian et à elle. Elle semblait préférer la discrétion, ce qui était un bon point, souhaitant sans doute comme lui pouvoir rester en retrait pour observer sans être vue. Elle argumenta encore qu'il était nécessaire pour eux de s'afficher ensemble, pour définitivement s'affirmer en tant que couple et faire taire les rumeurs. Rodolphe l'approuva, et Aurore se trouva reléguée à l'arrière, à côté de lui.

Au bout de longues minutes, Aurore ne lui avait toujours pas adressé la parole. Tout semblait l'intéresser, à l'exception de sa présence. Elle se plongea avec curiosité dans le livret de l'opéra, et Rodolphe finit par porter son attention ailleurs. Mais son regard était sans cesse attiré par sa voisine. Il brûlait à présent de lui parler pour la connaître davantage. Il paraissait s'être lourdement trompé sur son compte et il le regrettait amèrement. Il avait aussi en horreur d'être ignoré, son orgueil ne le supportant pas.

N'y tenant plus, il mûrit un discours dans sa tête, puis le lui livra :

— Gaetano Donizetti, le compositeur, est en quelque sorte l'héritier de Rossini… L'œuvre que nous allons entendre marque la naissance de la musique romantique italienne.

— C'était précisément ce que j'étais en train de lire, répondit Aurore avec une certaine froideur.

Mouché, Rodolphe s'adossa à son fauteuil et se tint coi, peu enclin à retenter l'expérience.

Au bout de quelques minutes, Catherine, enthousiaste

et sans doute curieuse, tourna la tête vers eux. Son sourire s'évanouit toutefois lorsqu'elle constata que Rodolphe regardait le plafond, jambes croisées, tandis qu'Aurore semblait accaparée par la lecture de son livret. Elle parut navrée. Cela accentua encore le sentiment de frustration de Rodolphe.

— Apparemment, l'opéra a été écrit d'après un roman : *La Fiancée de Lammermoor* de Walter Scott, s'exclama alors Aurore, étonnée.

— Ah, oui ? fit Rodolphe, ravi qu'elle lui adressât enfin la parole, sans savoir comment surenchérir.

Son regard contempla son beau visage insaisissable, avant de se perdre dans l'échancrure de son décolleté suffisamment profond et évocateur pour suggérer le galbe de ses seins. Lesquels, mystérieux et chauds, lui rappelaient la douceur de sa peau. La chair nacrée l'attirait malgré lui et, tandis que le désir montait en lui, un sentiment vertigineux le prit. Il ne s'était jamais senti aussi indisposé. Il avait près de lui une femme aussi énigmatique que volcanique et il restait là planté, sans rien oser lui dire. Il s'en voulait terriblement. S'il ne s'était pas mis en tête de l'ignorer ce soir, il aurait peut-être pu préparer quelques sujets de conversation ou des compliments bien tournés. Mais Rodolphe n'était pas un homme du monde. Tout ce qui lui importait, c'était la musique. Fort heureusement, elle vint à son secours.

Après l'installation de l'orchestre et les applaudissements d'usage, le chef attendit le silence complet et lança les premières mesures de l'opéra. La musique emplit alors l'espace, et Rodolphe espéra qu'elle occuperait pleinement ses pensées.

Aurore se perdit dans la contemplation du décor, tandis que son cœur battait la chamade tant elle était troublée par la présence de Rodolphe à ses côtés. Jusqu'ici, elle avait réussi à feindre de l'ignorer, mais avec l'intensité de la musique, ses sentiments étaient exacerbés. Du coin de l'œil, elle le vit très concentré et parti dans une autre dimension. Au fond la musique était sa vraie maîtresse. Elle se demanda même s'il y avait réellement une place pour une femme dans sa vie. Elle n'allait toutefois pas tarder à le savoir.

Elle sortit son éventail, car il faisait très chaud, et sentit l'attention de Rodolphe se troubler et se porter sur ce geste a priori anodin, avant de revenir sur l'orchestre. Tous les spectateurs semblaient par ailleurs subjugués par l'opéra, Catherine et Florian, les premiers.

Rodolphe et elle se trouvaient en retrait derrière eux, un peu dans l'ombre, ce qui leur conférait une certaine intimité. De plus, à cette distance, Aurore pouvait respirer son parfum, musqué, agréable et captivant. Elle pouvait contempler sa mise et son costume sur mesure élégant, sa cravate sensuellement nouée autour de son cou et de sa pomme d'Adam qu'elle aimerait tant croquer à l'occasion. Cette considération frivole s'ajoutait à l'intérêt profond qu'elle éprouvait pour tout son être et sa fascination pour son génie musical. Elle pouvait sentir son souffle, légèrement accéléré, preuve de son enthousiasme pour l'opéra joué.

Dissimulée derrière son éventail, elle l'observait à la

dérobée. Ses yeux clairs de musicien allaient de l'orchestre aux chanteurs. Il scrutait le moindre détail. Aurore se demanda si la musique des autres compositeurs pouvait nourrir ses œuvres. Celle de Rodolphe lui avait semblé si personnelle, touchante et profonde.

Dire que le prodigieux pianiste qu'elle avait écouté l'autre soir et qui l'avait tant émue était là, à ses côtés !

Tandis qu'elle le réalisait, elle le détailla davantage. Il dut sentir cette attention, car il tourna la tête de côté. Ils plongèrent alors dans le regard l'un de l'autre. Un fil indicible les relia. Il lui sourit et articula quelque chose. Elle lut sur ses lèvres, finement ourlées et sensuelles. Il lui demandait si cela lui plaisait. Elle hocha la tête, déglutit et du fait de la chaleur passa sa langue sur ses lèvres pour les humecter avant de s'enquérir si c'était aussi le cas pour lui. Il lui répondit : « beaucoup ! » Ils se sourirent, avec les yeux cette fois.

À la suite de cet échange, le cœur d'Aurore tambourina davantage dans sa poitrine et ses tempes. Elle usa derechef de son éventail pour tenter de tempérer cette ébullition des sens. En vain.

Quelques minutes plus tard, il tourna de nouveau la tête vers elle et lui désigna son programme. Elle comprit qu'il voulait le consulter. Elle fut ravie de le lui donner. Leurs doigts se rencontrèrent alors par hasard sur le papier et ils s'attardèrent un peu, prolongeant ce contact. La respiration d'Aurore s'accéléra, à l'image de sa poitrine dans son décolleté, du fait notamment de son corset très serré destiné à accentuer la finesse de sa taille. Une torture, qu'elle ne regrettait pas cependant, compte tenu des regards surpris et admiratifs de Rodolphe qu'elle avait sentis sur elle à son arrivée.

Le désir entre eux était plus que palpable. Rodolphe semblait ravi d'avoir établi le contact avec elle. Elle avait bien fait de le laisser patienter… Elle joua avec ses accroche-cœurs et sentit qu'il l'observait, tandis qu'elle feignait d'être en osmose avec la soprano. Il la dévorait littéralement des yeux. Quand elle se pencha vers Catherine pour lui demander si elle appréciait le spectacle, elle devina son regard caressant sur sa nuque. Et lorsqu'elle s'inclina légèrement vers lui pour reprendre son programme, elle le vit se contracter et croiser les jambes. Il semblait de plus en plus nerveux. Autant de petits signes d'une attraction mutuelle qui ne trompait pas. Elle feignit de l'ignorer de nouveau et le sentit bouillir d'incompréhension.

L'intermède venu, il se rapprocha prestement d'elle pour recueillir son opinion sur l'œuvre. Ils eurent alors quelques échanges complices. Elle argumenta sur la qualité de l'intrigue.

— Quelle bonne idée d'avoir situé l'action en Écosse à la fin du XVIᵉ siècle ! Sans compter ces histoires de rivalité et ces mariages arrangés comme point central de conflit… C'est un ressort classique, mais efficace.

Il approuva ses propos, paraissant ravi d'avoir l'avis d'une dramaturge et lui répondit en tant que musicien :

— J'ai beaucoup apprécié la beauté de la sombre mais brève ouverture. (Elle acquiesça.) Les interprètes aussi sont remarquables. L'intensité de leurs sentiments est fort bien mise en valeur dans la musique.

Ils tombèrent tous deux d'accord sur ce point.

À partir de ce moment-là, ils ne cessèrent d'échanger. Pendant l'exécution de l'œuvre, ils murmuraient à l'oreille l'un de l'autre, ce qui provoqua mille frissons chez Aurore. Elle tendait alors son cou pour mieux l'entendre, appréciant de sentir son souffle chaud sur sa peau. Parfois, dans le feu de l'action, il lui touchait le bras ou lui effleurait la main, et une fois même la cuisse, ce qui la mit véritablement sur des charbons ardents.

Au début de l'entracte, ils poursuivirent avec entrain, à voix haute cette fois, leur débat passionné, sur le livret pour elle et la musique pour lui. Ils se complétaient de manière admirable. Tant et si bien que leurs amis n'osèrent point les interrompre. Mais lorsque la lumière fut complètement revenue et qu'ils furent de nouveau exposés aux regards de la foule, Rodolphe redevint ténébreux, ce qui tranchait avec la personnalité solaire d'Aurore. Catherine l'invita alors à aller se rafraîchir tandis que les deux pianistes restaient au balcon à deviser sur la qualité de la partition.

Aurore ne l'avait pas quitté depuis quelques minutes, toutefois, qu'elle brûlait d'envie de revenir vers Rodolphe pour discuter de nouveau avec lui. Ce fut pourquoi elle incita son amie à les rejoindre au plus vite.

— N'êtes-vous pas pressée de retrouver Florian ?

— Vous semblez l'être pour deux à la perspective de revoir Rodolphe, me trompé-je ?

Aurore rougit quelque peu.

— Je trouve sa conversation digne d'intérêt, voilà tout ! répondit Aurore, bottant ainsi en touche. Et puis, il est toujours utile d'obtenir l'avis éclairé d'un musicien de sa qualité lorsqu'on écoute un opéra. Ses propos me donneront de la matière à une discussion animée dans les salons pour les jours à venir, ajouta-t-elle, mutine.

— Voici donc votre secret pour alimenter les conversations et captiver l'attention de gens connus ! Je vous perce à jour, Nicola Delestre !

Au même moment, les deux femmes entraient dans le foyer où se tenaient les personnalités les plus en vue de Paris. Aurore salua quelques écrivains de renom, peintres ou hommes politiques, leur adressant quelques sourires, parfois un mot ou deux tout en veillant à ne pas se laisser capturer pour ne pas perdre de temps. Sa tenue faisait sensation et ses interlocuteurs avaient souvent bien du mal à la reconnaître. Elle suscita aussi quelques inimitiés, notamment de leurs compagnes, jalouses.

— J'ai l'impression que les relations se sont réchauffées entre Rodolphe et vous, ajouta Catherine. J'avoue avoir eu un peu peur au début en vous voyant tous deux si distants.

— J'attendais qu'il soit disposé à me parler. Je crois que c'est un homme que l'on ne doit pas brusquer. De plus, il doit être beaucoup sollicité. Je m'étonne même qu'il ne soit pas déjà engagé auprès d'une demoiselle.

— C'est du moins ce que Florian m'a assuré…

— Tenez-moi informée surtout si vous avez du nouveau à ce sujet. Je ne supporterai pas de m'aventurer sur une chasse gardée !

Catherine la força à s'arrêter pour mieux recueillir sa confession.

— Auriez-vous décidé de vous lancer à sa conquête ?

Aurore se mordit les lèvres, rougit en cherchant une échappatoire et finalement capitula.

— À vous, je ne peux rien cacher. Oui, j'en ai l'intention. J'éprouve pour lui ce que je n'ai jamais ressenti pour personne auparavant…

— À ce point ? Mais n'est-ce pas le discours que vous tenez à chaque fois ? ironisa son amie.

— Oh ! non, Catherine ! Cette fois, je suis sérieuse. Cet homme-là me bouleverse, de toutes les façons…

— Je vois…

— Hâtons-nous, l'orchestre va jouer les premières mesures du prochain acte que je n'aurai pas pu lui adresser deux mots ! s'emporta Aurore, agitée.

— Oh ! Mais n'est-ce pas lui que j'aperçois là-bas ? s'exclama soudain Catherine en désignant une silhouette de la tête.

Rodolphe était en effet en pleine conversation avec une femme, très jolie, une aristocrate visiblement.

— En effet ! Et il n'est pas seul, lâcha Aurore, avec un trémolo dans la voix.

La déception laissa place toutefois à la curiosité, et l'écrivaine incita son amie à la suivre.

— Venez !

Elles profitèrent de la foule pour s'approcher d'eux discrètement tout en demeurant invisibles. Les deux amies perçurent alors l'accent étranger de la jeune femme. Elle appartenait sans doute à la haute société viennoise. Aurore dégaina son éventail pour s'avancer plus près encore, tirant Catherine par le bras, qui rechigna un peu.

— Je dois savoir qui est cette femme ! souffla Aurore

à son amie pour la convaincre. Et si je dois renoncer à lui au plus vite pour ne point souffrir…

À présent dos à Rodolphe, Aurore entendit des bribes de leur conversation. Ils étaient en train de convenir de se revoir. Rongée par la jalousie, elle vit aussitôt tous ses espoirs d'une éventuelle histoire d'amour avec lui anéantis.

— Les apparences sont peut-être trompeuses…, argumenta Catherine quelques minutes plus tard. Je ne voudrais pas que vous vous fassiez de fausses idées…

— Les choses me paraissent claires au contraire !

Alors qu'elle allait lui faire part de sa déception, Aurore fut soudain tirée de ses préoccupations par une voix grave.

— Tiens, mais qui voilà donc ?

— Laurent ? Tu es à Paris ? lâcha Aurore, ahurie.

— Je pensais justement venir te voir demain, répondit son interlocuteur, placide.

Bien que très embarrassée, Aurore, désireuse de respecter les convenances, entreprit de l'introduire auprès de son amie.

— Catherine, je te présente le baron de Moissac…

— Son mari ! coupa l'homme, au grand désarroi d'Aurore.

Catherine perdit aussitôt son sourire. Peut-être sentit-elle que, comme sur la scène, un drame était sur le point de se nouer en coulisses. Aurore ne pouvait lui donner tort.

— Nous devons discuter…, reprit l'individu, dont les broussailleux sourcils anthracite et la mine austère lui conféraient une allure sévère, contrairement à sa bedaine généreuse.

— À quoi bon ? Je crois que nous n'avons plus rien à nous dire au contraire, répliqua sèchement Aurore.

— Tu devrais couvrir ta gorge au lieu d'exhiber ainsi tes attributs…, lui reprocha-t-il soudain vertement.

— Mais de quel droit te permets-tu de me sermonner ? interrogea Aurore, qui avait perdu l'habitude de se voir brimée dans son comportement. Nous sommes à Paris et à l'opéra, je ne vais pas m'habiller comme une nonne !

— Ta réputation sulfureuse est parvenue jusqu'à moi, poursuivit-il en serrant les dents. Je te rappelle que si tu es libre de tes mouvements, c'est uniquement grâce à notre petit arrangement. Mais je ne supporterai pas de devenir la risée du monde du fait de tes frasques. Autrement, tu vas me voir dans l'obligation de sévir !

— Il me semble que question réputation, tu n'as aucun reproche à me faire ! Dois-je te rappeler qu'entre autres conquêtes, je t'ai surpris à lutiner notre femme de chambre dans notre lit conjugal ? demanda Aurore, avant de baisser d'un ton, par égard pour Catherine, mal à l'aise.

L'homme se raidit.

— Retrouvons-nous demain pour dîner, nous discuterons de tout cela.

— Disons midi À la Petite Chaise.

— Entendu !

Il esquissa un mouvement de tête pour saluer Catherine et s'en fut comme il était venu.

Aurore bouillonnait.

— J'enrage !

— C'est curieux, je ne le voyais vraiment pas ainsi, votre mari…, commenta Catherine, décontenancée.

— Oh ! il n'est pas bel homme ! Mais il était baron, et un bon ami, du moins le croyais-je.

Aurore prit une profonde inspiration et chercha Rodolphe du regard, en quête de réconfort. Celui-ci était toujours en grande conversation avec l'espèce de tarte viennoise.

— Je vais rentrer, Catherine. Je ne me sens plus de rester.

— Oh ! non ! Et puis… Que vais-je dire à Rodolphe ?

— Excusez-moi auprès de lui. Dites-lui… Eh bien, la vérité : que je me suis sentie indisposée ! Merci encore pour votre invitation, saluez Florian de ma part et passez une bonne fin de soirée.

Aurore s'éloigna alors en guidant ses jupons d'une main ferme.

Ce que je peux me sentir empêtrée avec toutes ces fanfre-luches ! Pour ce que c'est utile en définitive !

Chapitre 4

Presto

Paris, octobre 1839

Rodolphe, songeur, observa son gilet de satin bleu saphir à motif fleuri dans la glace, une couleur qui n'était pas sans lui rappeler les beaux yeux d'une femme de sa connaissance.

— Il vous va à ravir ! s'exclama Florian avec enthousiasme, tandis que son compagnon essayait son nouveau costume.

Le tailleur tira sur son gilet pour l'ajuster et faire en sorte qu'il tombe bien sur son pantalon. Puis, il replaça son col de chemise et fit encore quelques mouvements dans l'air, des gesticulations inutiles, mais qui donnaient l'impression qu'il s'y connaissait parfaitement en matière de style. Après tout, ce chantre de l'élégance était considéré comme le tailleur le plus chic de Paris. Il était de bon ton de lui confier la confection de son costume pour être en vogue. Et le tarif était à la hauteur de sa réputation. Rodolphe possédait cependant une somme généreuse en poche, allouée par sa volubile future belle-mère.

S'il détestait être en représentation, privilégiant l'intériorité plutôt que les apparences, il devait toutefois faire des concessions pour paraître et s'exhiber dans le cercle d'aristocrates viennois évoluant à Paris. Cela l'ennuyait profondément, mais il devait composer avec ces gens pour faire avancer sa carrière. « Cela fait partie du métier ! », lui avait dit son père. Et si Rodolphe était venu dans la capitale des arts, c'était bien pour se faire un nom et honorer la promesse qu'il lui avait faite.

Il devait justement dîner avec une jeune personne issue d'une famille viennoise influente, qu'il avait revue par hasard à l'opéra, et ce nouveau costume tombait à point nommé. Il aurait au moins le mérite de servir deux fois : pour contenter sa future belle-mère et faire avancer ses affaires.

— Auriez-vous un bon restaurant à me conseiller, Florian ? J'ai rendez-vous tout à l'heure et je ne sais où aller, ne connaissant pas encore tous les recoins secrets de la capitale.

— Je peux vous recommander sans hésiter : À la Petite Chaise, rue de Grenelle. On y mange très bien et c'est assez intimiste. C'est devenu un peu notre fief avec Catherine depuis qu'Aurore nous y a emmenés.

Rodolphe se raidit en entendant prononcer le nom de celle qui occupait ses pensées.

— Avez-vous de ses nouvelles justement ? questionna-t-il, songeur, en caressant le satin de son gilet. Cela m'ennuie beaucoup qu'elle soit partie si vite hier soir. Nous aurions même dû la raccompagner, si elle ne se sentait pas bien… De plus, elle a manqué la scène de la folie et le superbe sextuor du deuxième acte, je suis certain qu'ils lui auraient beaucoup plu ! J'étais d'ailleurs si préoccupé à son sujet que je ne les ai pas appréciés à leur juste mesure, conclut-il.

Florian pinça ses lèvres fines, l'air ennuyé.

— Catherine doit passer la voir ce matin. J'ignore la nature de son malaise. (Il réfléchit.) Peut-être a-t-elle eu des vapeurs typiquement féminines ou sa tenue l'incommodait-elle ? Ces corsets que portent les femmes sont de véritables instruments de torture…

— Mais ils magnifient tellement leur corps, répondit Rodolphe, rêveur.

— Assurément ! Dieu merci, nous n'avons pas à endurer ces étaux qui vous serrent à vous étouffer. J'imagine combien cela doit être malaisant.

— Je ne suis pas très à l'aise avec les cravates, non plus. Si je le pouvais, je laisserais volontiers mon col ouvert. La société nous impose de tels carcans. C'est ridicule parfois !

— Mais avouez tout de même que c'est élégant !

— Certes ! Mais ô combien contraignant !

Rodolphe songea de nouveau à Aurore et se surprit à dire :

— Au fond, je comprends mieux pourquoi Aurore s'habille en pantalon de temps à autre… Elle peut ainsi revendiquer sa liberté et s'affranchir du joug de la beauté que l'on inflige aux femmes.

— L'approuvez-vous ? demanda Florian, étonné.

Rodolphe se crispa avant d'avouer :

— Ce procédé est contre mon éducation et va à

l'encontre de mon respect des traditions… Je trouve aussi les pantalons bien moins jolis qu'une robe pour les femmes. Hier, parée de ses atours féminins, Aurore était absolument sublime ! (Il se renfrogna.) Mais je dois bien admettre que je la comprends.

Florian esquissa un sourire qui n'échappa pas à Rodolphe.

— Mais ne vous méprenez pas à mon sujet ! Je n'ai ni le temps ni le loisir pour la bagatelle.

— J'entends bien, mon ami ! Confiez-moi seulement, et en toute franchise, ce que vous pensez d'elle.

Rodolphe tira sur ses manches aux poignets, réajusta un bouton de son gilet et finit par dire :

— C'est une femme pleine de charme, sensible, intelligente… à l'opposé de l'idée que je m'étais faite d'elle. J'ai eu grand plaisir à converser avec elle hier soir.

— Dans ce cas, je ne vous comprends pas. Pourquoi ne pas pousser cette relation plus avant ?

Le cœur de Rodolphe fit un bond dans sa poitrine. Il se tourna vers son ami pour le dévisager.

— Pensez-vous que je puisse l'intéresser ? Je ne suis pas certain qu'elle puisse s'attacher à ma petite personne. C'est une telle célébrité !

— Allons, mon cher ! L'attrait que vous exercez sur elle n'est que trop visible ! Elle vous dévore des yeux. L'autre jour au concert, elle était comme transcendée par votre musique… Alors, certes, elle a une bonne oreille et sait écouter et goûter la musique, mais je crois surtout que vos notes et votre sensibilité ont trouvé un écho très favorable en elle.

Rodolphe sentit une douleur lui percer la poitrine et une boule remonter dans sa gorge.

— Mais, hélas, cela ne se peut !

Il s'empressa de défaire le foulard clair noué autour de son cou.

— Ah, ces cravates, je ne les supporte pas ! s'exclama-t-il en tentant de transférer la souffrance qu'il éprouvait sur le compte de cet accessoire.

Florian croisa les mains devant lui et demeura un moment silencieux. Puis, n'y tenant plus, il ajouta :

— Pour en revenir à Aurore…

— N'insistez pas ! lui intima Rodolphe avec virulence.

Le mensonge lui étouffait la gorge, c'était cela la boule qui le gênait en réalité.

Florian baissa la tête.

— Pardonnez cet accès de mauvaise humeur, mon ami, lâcha Rodolphe. Le fait est que j'aurais pu être intéressé… si j'avais été libre. Mais je ne le suis pas, hélas. Mille fois, hélas !

Florian le dévisagea, ébahi.

— Quel est ce secret que vous m'avez caché jusqu'ici ? Ainsi donc, vous avez quelqu'un dans votre vie ?

Devant son regard interrogateur, et incapable de lui mentir plus longtemps, Rodolphe prit une profonde inspiration et entreprit de tout lui révéler.

Aurore franchit la première la grille en fer forgé de l'établissement À la Petite Chaise[1] et entra dans

1. Le restaurant a été inauguré sous Louis XIV en 1680. Son nom découle du vieux français « chèze » signifiant maison.

le restaurant. Elle adorait venir dans cet endroit dont l'extérieur paraissait modeste, mais dont la cuisine issue de la gastronomie française était simple, raffinée et très goûteuse. De plus, elle y avait ses habitudes. Le patron lui réservait toujours la table du fond près de la fenêtre, d'où elle pouvait, derrière un rideau de dentelle, observer à loisir les passants dans la rue. Elle se plaisait en effet à deviner et imaginer la vie des individus. Elle avait d'ailleurs développé une véritable clairvoyance vis-à-vis de ses contemporains. Elle ne se trompait que rarement sur leur compte. C'était bien pourquoi ne pas parvenir à cerner Rodolphe Mayer l'avait fortement interpellée. C'était comme s'il affolait sa boussole.

Ne dit-on pas que l'amour est aveugle ? songea-t-elle. Pouvait-on du reste à ce stade parler d'*amour* ? Elle éprouvait pour le moment beaucoup de trouble en sa présence, tout autant qu'une forte attirance, et de la curiosité aussi. Elle désirait tout savoir de lui, faute de parvenir à le déchiffrer. Sans compter une forme de désir brûlant et persistant. Ces ingrédients mêlés à leurs passions communes pouvaient-ils cependant constituer la recette de l'élixir magique que l'on nommait amour ?

On prit son manteau et son chapeau haut de forme, car elle était vêtue en homme. Elle conserva un cigarillo et, tandis qu'on entrouvrait la fenêtre à son intention, elle l'alluma et commanda un verre de bordeaux. Laurent, ce goujat, était en retard. Cela lui ressemblait bien au fond de se faire attendre. Que pouvait-il bien lui vouloir ? En quoi sa réputation l'affectait-elle soudainement ? Elle songea qu'il avait peut-être besoin d'argent. Un comble pour un baron ! En l'épousant, elle s'était rendu compte qu'elle gagnait surtout un titre, car elle possédait plus de biens que lui. Du fait de son statut marital, il avait la mainmise sur tous ses avoirs à présent. Mais qu'importe, elle était indépendante financièrement, elle ne lui devait donc rien.

Quelles que soient ses manigances, elles ne pourront pas m'atteindre !

Aurore laissa échapper une volute de fumée et se perdit dans sa contemplation, tout en éprouvant un délicieux vertige. *Ah, Rodolphe…* Elle ne cessait de penser à lui. Le voir hier en grande conversation avec cette femme lui avait causé un tel désarroi, qu'elle s'était rendu compte qu'elle concevait de la jalousie à son encontre. Et donc aussi un attachement très fort. *Comment tout cela était-il survenu ?*

Elle avait beau espérer trouver l'amour, le sentiment très vif qu'elle avait ressenti en écoutant Rodolphe jouer l'avait prise par surprise et touchée jusqu'aux tréfonds de l'âme. La veille au soir dans la loge de l'opéra, elle avait éprouvé un désir puissant et une attirance très nette pour lui, pour ses yeux clairs et romantiques, pour ses lèvres gourmandes, ses longues mains… Elle rêvait que ses doigts courent sur sa peau comme sur les touches d'un piano. Il devait être délicat, sensible, mais aussi passionné, fort et intense quand il faisait l'amour. Cette pensée la fit frémir dans tout son être.

Elle songea alors à cette femme viennoise qui l'avait accaparé à l'opéra. Elle serra le poing et décida qu'elle saurait bien n'en faire qu'une bouchée, de cette importune ! Car après tout, elle était certaine d'avoir capté chez le pianiste des signes d'intérêt à son égard. Il avait eu des regards pénétrants, des gestes maladroits, des attitudes empressées aussi qui ne mentaient pas sur le trouble qu'elle pouvait lui inspirer...

Alors bien sûr, elle ne pouvait envisager ou même espérer avoir une relation sérieuse avec lui, si elle n'était pas elle-même disponible. Car elle ne projetait pas une simple aventure avec lui, elle voulait se donner tout entière. Elle sentait qu'ils pouvaient se correspondre, entrer en résonance l'un avec l'autre et elle désirait se livrer corps et âme à lui. Mais auparavant, elle devait lever tous les obstacles entre eux, comme se libérer du joug d'un époux avec lequel la séparation n'était pas actée. Laurent ne pouvait continuer à la menacer ainsi. Jusqu'ici, aucune de ses aventures amoureuses n'avait justifié qu'elle s'affranchisse de cette envahissante tutelle, mais la perspective d'une relation avec Rodolphe lui donnait envie de clore ce qui devait l'être. Elle n'avait que trop laissé traîner les choses...

Son verre de vin presque achevé, Aurore sortit sa montre à gousset de son gilet et tiqua, Laurent avait une demi-heure de retard. Cette fois, c'en était trop ! Elle hésita entre passer commande, car elle avait faim, ou s'en aller. Elle opta finalement pour la seconde proposition. Après tout, elle avait un roman à écrire ; une histoire d'amour entre deux êtres, dont le héros avait... les traits de Rodolphe.

Alors qu'elle laissait échapper un nuage de fumée avant de rassembler ses affaires, elle aperçut soudain le visage du pianiste devant le comptoir du bar à l'entrée du restaurant. Elle se dit que le vin lui faisait tourner la tête, ou qu'elle avait des hallucinations. Mais non,

c'était bien lui, vêtu d'un élégant costume crème sous sa
redingote anthracite. Son cœur s'emballa ainsi que son
imagination. L'avait-on informé qu'elle se trouvait là ?
Catherine avait encore dû jouer les entremetteuses…
Aurore avait été tellement frustrée de le quitter si promptement la veille, victime de son impulsivité, qu'elle se
réjouissait à la perspective de pouvoir s'en expliquer et
aplanir tout malentendu entre eux. Sans réfléchir, elle
se leva de table pour aller au-devant de lui. Mais au
même moment, une créature surgit de l'embrasure de
la porte pour le rejoindre. Et cette donzelle n'était autre
que la femme à l'accent viennois aperçue à l'opéra ! Le
sang d'Aurore se glaça. Il était clair à présent que ces
deux-là avaient une liaison.

Elle retourna aussitôt s'asseoir. Il n'était plus question
pour elle de s'en aller à présent. Elle plongea la tête dans
le menu et héla le garçon pour passer commande. Il lui
demanda cependant si elle attendait toujours son « ami ».

— Ce n'est pas un ami, c'est mon mari. (Le serveur
fut très surpris en avisant sa mise masculine.) Je
commencerai sans lui ! Alors, donnez-moi… voyons…

Elle connaissait la carte par cœur et n'eut aucun mal à
se décider, mais la présence du garçon qui la dissimulait
à la vue du couple l'arrangeait, c'est pourquoi elle fit
quelque peu traîner les choses.

— Je prendrai les œufs pochés et chips de lard
croustillant.

— Excellent choix, madame ! Souhaiteriez-vous un
verre de vin avec cela ?

— Il me semble qu'une sauce au vin rouge accom-
pagne le plat, n'est-ce pas ?

— En effet ! Elle nappe délicatement le…

— Dans ce cas, de l'eau fera l'affaire ! l'interrompit Aurore, désireuse de garder les idées claires.

— Bien, madame.

Le couple à l'entrée se dirigea finalement vers l'escalier en bois étroit qui menait à l'étage et Aurore put souffler.

Quelle malchance ! Dans tout Paris, il faut qu'ils viennent précisément manger dans le même restaurant que moi. Mon restaurant ! Un comble !

Au même moment, un ventre bedonnant lui obstrua la vue du comptoir. Elle n'eut pas à lever la tête pour identifier sa provenance.

— Eh bien, je ne t'attendais plus ! J'ai déjà passé commande. Si tu veux m'accompagner, décide-toi vite.

Avisant le serveur, Laurent lui attrapa le menu des mains.

— Donnez-moi le poêlon de six escargots de Bourgogne.

— Au beurre d'ail anisé ? Très bien, monsieur. Et avec ceci ?

— Une bouteille de votre meilleur vin. Et ensuite le filet de bœuf grillé au poivre vert.

Aurore songea qu'il ne se refusait rien, avec l'argent de son héritage bien sûr.

— Bien, monsieur. Puis-je prendre votre manteau ?

Il s'en défit promptement, pressé de voir le loufiat déguerpir. Puis il prit place en soufflant d'aise sur la chaise. Mais il se crispa, car elle était en bois, placée devant une petite table qui plus est, ce qui ne lui laissait qu'un espace étroit pour s'installer.

— Je ne sais pas pourquoi ce restaurant te plaît autant. C'est exigu et on a mal aux fesses !

— Pour un peu, le charme de ta conversation m'aurait manqué…, fit Aurore, ironique.

Il la considéra rapidement, sans exprimer la moindre émotion.

— Toujours vêtue en bonhomme ? Que cherches-tu ainsi ? Des ennuis ou des femmes ?

— Déjà, je possède un permis de travestissement de la mairie de Paris, tout ce qu'il y a de plus légal !

— Obtenu grâce à l'une de tes relations bien placées, j'imagine…

— Quant aux femmes, il me suffit de me regarder dans le miroir pour être bien accompagnée.

Il haussa les sourcils, dubitatif.

Cette fois, Aurore commença à s'impatienter.

— Si tu es venu pour m'insulter ou me menacer, je te préviens charitablement que je ne suis pas d'humeur à le supporter !

Elle songea cependant que le fait de lui avoir donné rendez-vous dans un restaurant présentait au moins l'avantage d'éviter d'avoir à subir une scène. En effet, Laurent n'oserait pas élever la voix en public ou tenter de lever la main sur elle, comme il l'avait déjà fait.

Fortement indisposée par son attitude déplaisante, elle se serait bien levée pour partir, mais à la pensée de Rodolphe à l'étage, elle se sentit plus déterminée que jamais à mener cette négociation à terme.

Le serveur apporta la bouteille, la déboucha devant eux, puis versa au mari l'épais nectar rubis dans un verre et attendit qu'il le goûte.

Laurent en but deux gorgées et approuva de la tête, sans émotion. Le garçon le servit, puis déposa la bouteille sur la table. Il ôta la serviette en tissu d'Aurore pour placer un verre à pied vide devant elle, au cas où elle souhaiterait y goûter également. Mais Aurore le repoussa, désireuse de ne plus rien partager avec son époux.

— Venons-en au fait, Laurent. Que veux-tu ?

— Pas mal du tout, cette vinasse !

Il fit tourner le vin dans son verre, le huma, puis fit claquer sa langue sur son palais avant d'avaler deux gorgées.

— Ce que je veux ? Que tu rentres à la maison, tout simplement, lui dit-il enfin, tout en croisant ses bras potelés.

Aurore observa son air pataud, ses cheveux gras et épars sur son crâne d'œuf, ses traits grossiers. Elle se demanda comment elle avait pu l'épouser. Il faut dire qu'elle ne fréquentait guère le monde à cette époque où elle vivait à la campagne et que celui-ci, baron de son état, lui semblait un tant soit peu cultivé. Grossière erreur ! L'homme ne disposait d'aucune conversation qui élève l'âme. Il était toujours terriblement terre à terre et profondément ennuyeux.

— Ma vie est ici à présent, finit-elle par dire.

Il éclata de rire.

— Tu es habituée à un certain train de vie, tu te lasseras de vivre d'expédients !

— Ça, c'est mon affaire ! Mes livres commencent à rapporter, tu sais. Mais peut-être ne t'intéresses-tu pas suffisamment à ma carrière pour le savoir.

— Ta carrière ? La place d'une femme est dans sa maison, avec son mari et ses enfants.

— Encore faut-il que le mari s'y trouve également…

Le serveur arriva en toute hâte avec les entrées, rompu au rythme du service parisien. Avisant sans doute la redingote d'Aurore, il commença par déposer le caquelon avec les escargots de monsieur devant elle, et les œufs de madame face à lui. Quand il s'en aperçut, confus, il voulut échanger, mais Aurore lui signifia d'un sourire que ce n'était pas nécessaire. Il partit, gêné.

Laurent ne prit pas la peine d'attendre pour attraper du pain, le tremper dans la sauce aillée des escargots avant de l'engloutir sans réserve.

Aurore plongea également dans ses œufs, bien qu'elle ait l'estomac noué par la présence de son interlocuteur dégustant goulûment ses mollusques.

— De toute façon, dans le cas présent, tu n'as pas trop le choix. Tu es ma femme, et selon la loi tu dois être à la maison, déclara Laurent la bouche pleine.

— Tu m'avais accordé ma liberté ! Tu ne t'en souviens pas ?

— J'ai changé d'avis.

— Et pour quelle raison ? N'y a-t-il plus aucune demoiselle prête à te céder ?

— La rumeur, répondit Laurent en baissant les yeux sur son plat.

Il goba le reste des coquilles, tandis qu'Aurore détournait le regard, incommodée par le personnage. Tant et si bien qu'elle repoussa son assiette et ralluma son cigarillo.

— Je déteste ce truc qui pue…, s'exclama-t-il, indisposé.

— Eh bien, moi, j'aime l'odeur du tabac !

En son for intérieur, elle brûlait de lui dire qu'il lui donnait envie de vomir.

Laurent pesta et poursuivit :

— Je te somme donc de rentrer chez nous.

— Je vais plutôt demander la séparation immédiate au tribunal.

— Tu perdras ton procès et beaucoup d'argent ! répondit-il en se pourléchant les doigts. J'ai tous les droits sur toi.

— Les fameux droits des maris ! souffla Aurore, en proie à un profond sentiment d'injustice. En fait d'argent, je vais surtout reprendre ce qui m'appartient.

— Tu perdras, te dis-je ! Inutile de gaspiller ton temps.

Aurore croisa les bras et le défia alors, en plantant son regard dans le sien, un demi-sourire sur les lèvres.

— Je suis prête à tenter le coup. Te souviens-tu de m'avoir frappée à plusieurs reprises devant témoins ?

Laurent déglutit.

— Pff ! Le petit personnel… Ils n'oseront pas témoigner.

— Peu importe, j'ai leur déclaration signée. Et cela fera foi devant un tribunal. Oh ! tu pourras toujours faire appel, ce sera notre parole contre la tienne.

— Essaie pour voir !

— Sans compter ma notoriété et mes relations…

Son interlocuteur serra la mâchoire.

— Garce !

— Venant de toi, je le prends comme un compliment !

— Tu as beaucoup appris, semble-t-il, du monde des affaires… Tu deviens aussi perverse qu'eux.

— Détrompe-toi. J'ai juste pris conscience que j'avais, moi aussi, droit à une vie décente.

— Eh bien, nous verrons cela !

— Mais c'est tout vu !

Il se servit deux verres de vin à la suite et ils terminèrent le repas dans un parfait silence.

Une fois qu'il eut englouti son filet de bœuf, elle commanda un café. En regardant par la fenêtre, elle vit passer une femme entre deux âges avec un homme beaucoup plus jeune qu'elle, très beau, qu'Aurore estima être son amant. Elle sourit, car elle eut aussitôt une idée de roman un peu sulfureux. Elle rêvassa un moment avant de revenir à la réalité. Face à elle, Laurent avait le visage violacé. La bouteille était vide. Il caressa son ventre rebondi, éructa et se leva pour gagner la sortie.

Parvenu au comptoir, le patron remit l'addition à Laurent, mais celui-ci la poussa vers Aurore. Le directeur de l'établissement parut choqué, mais Aurore sourit, habituée à ses crasses et lui fit signe de l'ajouter à sa note. Ce qu'il fit, non sans avoir regardé le bonhomme avec mépris.

Ayant repris leurs manteaux, ils allaient sortir, lorsqu'un rire surjoué de femme leur arriva de l'escalier. L'instant d'après Rodolphe et son invitée les rejoignirent au comptoir. Le compositeur se figea en voyant Aurore, et elle-même se trouva prise en étau entre son époux et sa rivale.

— Bonjour, Aurore. Comment allez-vous ? s'empressa

de demander le pianiste. J'ai eu si peur pour vous hier soir…

Son accompagnatrice fronça aussitôt les sourcils en perdant son sourire.

— Je vais bien, je vous remercie. En tout cas, bien mieux. J'ai eu un étourdissement, rien de grave. La chaleur sans doute…

— Il est vrai qu'il y avait foule à l'opéra…

— Ah, à l'opéra ! s'exclama sa compagne, visiblement soulagée de l'apprendre.

La sollicitude de Rodolphe à son égard mit du baume au cœur d'Aurore, mais elle se rendit compte également combien ses paroles pouvaient véhiculer de quiproquos vis-à-vis de son époux.

Ce dernier toussota, d'un ton lourd d'insinuations, comme pour pointer qu'il l'avait prise sur le fait et qu'elle avait effectivement plein d'amants à Paris. Preuve si cela était nécessaire que la rumeur était fondée ! Il détailla le pianiste avec dédain. Aurore ne le supporta pas. Quant à la donzelle, elle la fixait avec un mélange de curiosité et d'hypocrisie. Pour couper court à tout malentendu, Aurore crut bon de faire les présentations.

— Laurent, je te présente Rodolphe Mayer, un pianiste et compositeur très prometteur qui nous vient de Vienne.

Son époux le salua en répétant :

— Très prometteur ?

Il comprit entre les lignes qu'ils n'étaient donc pas encore passés à l'acte.

— Vous exagérez sans doute un peu…, tempéra Rodolphe.

— Mais pas du tout ! Vous avez du génie ! Et je suis sûre que madame ne me contredira pas…

— Mademoiselle, répondit sèchement la jeune femme de son irrésistible accent autrichien.

Il était clair cependant qu'elle avait davantage l'âge d'être une dame qu'une demoiselle.

— Je m'appelle Ingrid Steiner.

— Enchantée ! Nicola Delestre, répondit Aurore.

— La célèbre Nicola Delestre ? interrogea la jeune femme, à la grande surprise de son interlocutrice.

— En effet !

— Mais ne vous a-t-il pas appelée Aurore juste avant ?

— Nicola est mon pseudonyme littéraire.

La dénommée Ingrid contempla sa mise masculine avec un intérêt flagrant mêlé de curiosité.

— Et vous, monsieur, qui êtes-vous ? questionna alors l'importune.

Aurore se raidit.

— Je vous présente le baron de Moissac, mon mari.

— Ah, oui ? Enchantée !

Mlle Steiner exulta en lui adressant un large sourire. Sa victoire était totale, écrasante, et éclaboussait Aurore d'embarras vis-à-vis de Rodolphe.

Elle serait bien allée se cacher dans un trou de souris, d'autant que le regard clair de Rodolphe se troubla. Il observait, abasourdi, le sinistre personnage complètement ivre qui tenait à peine debout et ne semblait plus rien comprendre.

Aurore mourait d'envie de lui crier qu'ils étaient en cours de séparation et que ce repas venait justement d'en sceller les termes, mais aucun son ne sortit de sa bouche.

— Votre note, messieurs-dames, s'exclama le patron du restaurant au couple viennois au même moment.

Pendant que Rodolphe s'en acquittait, les deux femmes se toisèrent.

— Eh bien, bonne journée à vous deux ! lança l'Autrichienne, avant d'agripper le bras du pianiste et de le pousser vers la sortie.

Aurore fulminait en attendant que l'on retrouve son chapeau dans le vestiaire des hommes, d'autant que, comme ils se ressemblaient tous, l'affaire était délicate.

La dernière chose qu'elle vit fut le visage blême de Rodolphe derrière la vitre et son regard clair devenu sombre. Elle aurait juré qu'il était déçu ou peiné.

Comment allait-elle bien pouvoir faire pour rattraper un tel fiasco ? Tout semblait définitivement perdu entre eux…

Chapitre 5

Crescendo

En proie à une colère sourde ainsi qu'à un terrible sentiment de honte, Aurore courut chez Catherine lui conter sa rencontre malheureuse avec Rodolphe. Elle trouva son amie un peu endormie et peu réceptive à ses complaintes, et pour cause : elle était en pleine séance d'écriture avant qu'Aurore et tout son fracas viennent l'interrompre. Son énervement tranchait en effet avec la quiétude des lieux, le silence fournissant à l'inspiration et à la création le creuset nécessaire pour exister. Catherine lui prêta toutefois une oreille attentive, car les tribulations d'Aurore offraient de merveilleux terreaux pour d'éventuelles intrigues de roman.

— Pardonnez-moi de vous ennuyer de ma visite, mais je suis dévastée !

— Allons bon, que vous arrive-t-il encore ? Désirez-vous un rafraîchissement ou quelque chose de plus fort pour vous remettre ? proposa Catherine, en bonne hôtesse de maison.

— Non, merci ! Je suis assez remuée comme cela…

répliqua Aurore avant de prendre place sur une chaise, puis de se relever, d'ôter sa redingote, de faire quelques pas, de dénouer sa cravate, puis de se rasseoir enfin sous le regard compatissant, mais blasé, de son amie.

Catherine s'était installée dans un fauteuil et attendait patiemment qu'elle y voie plus clair dans son esprit. Son œil s'échappa cependant dans ses réflexions, sur son roman sans doute, ce qui incita Aurore à se livrer.

— Il était là… avec elle. Je les ai vus !

— Qui donc ?

— Rodolphe, voyons ! Et cette perruche viennoise que nous avons aperçue à l'opéra.

— Ah ! Et où donc ? demanda Catherine, qui s'efforçait laborieusement de comprendre la situation.

— Au restaurant À la Petite Chaise. Se pourrait-il d'ailleurs que vous lui ayez fourni l'adresse ? questionna Aurore, d'un ton vindicatif.

— Je n'ai pas eu l'occasion de lui reparler. En revanche, Florian l'a vu ce matin. Il est probable qu'il le lui ait recommandé. Nous adorons cet endroit, depuis que vous nous l'avez fait découvrir !

— Quelle cruelle ironie ! souffla Aurore avant de marmonner : J'aurais mieux fait de m'abstenir…

Catherine baissa les yeux, peinée.

— Pardonnez-moi, mon amie, reprit Aurore. Ce n'est pas contre vous ! Voyez un peu dans quel état ce M. Mayer m'a mise.

Catherine lui prit les mains et les pressa dans les siennes.

— Racontez-moi plutôt ce qui s'est passé.

— Eh bien, je suis allée dîner en compagnie de mon ancien époux…

— Êtes-vous officiellement séparés ? la coupa Catherine, le regard illuminé.

— Pas encore, mais c'est une question de jours à présent. Enfin, pour ma part, je le considère comme tel.

— Ah ! fit Catherine avec tiédeur, visiblement peu convaincue.

— Au moment où nous allions régler la note, nous avons croisé Rodolphe et cette… Bref !

Aurore ne put réussir à la qualifier, tandis qu'un florilège d'insultes envahissait son esprit.

— Le croyez-vous engagé auprès de cette femme viennoise ? interrogea Catherine, quelque peu dubitative.

— J'en jurerais ! Car enfin, elle le tenait fermement par le bras et il se montrait aux petits soins avec elle. Et puis, cela n'a fait que confirmer mes craintes ; il doit être très sollicité par la gent féminine. Peut-être est-ce même un séducteur, un peu volage… Me suis-je encore entichée de la mauvaise personne ?

— Je l'ignore, mais force est de constater qu'il est devenu votre obsession !

— Vous croyez ? Et attendez, ce n'est pas tout ! Figurez-vous que j'ai dû leur présenter Laurent comme mon époux. Je n'ai guère eu le temps d'expliquer que nous étions en cours de séparation, et cela a semblé fort le contrarier. Mon Dieu, que va-t-il penser ?

— Qui donc ? Laurent ?

— Mais non, Rodolphe, voyons ! Suivez un peu !

— Pardonnez-moi ! Mais vous m'avez surprise en

pleine écriture. Je ne suis pas encore tout à fait revenue sur terre.

— Vous étiez mieux là où vous étiez, croyez-moi. Ici, c'est l'enfer !

— Mais ce peut être aussi le paradis… Écoutez, si cela peut vous consoler, je sors moi-même d'une terrible épreuve. J'ai vécu une situation un peu semblable à la vôtre. J'étais toujours avec mon mari lorsque j'ai rencontré Florian. Bien sûr, nous ne nous aimions plus et la rupture était consommée. Mais aux yeux de la société, j'étais devenue une catin…

Aurore l'observait avec indulgence, tandis que le récit de son tourment apportait un baume réconfortant au sien.

— C'est injuste !

— Ma liaison a provoqué un véritable tollé…, poursuivit Catherine. J'ai même dû m'exiler avec mon amant. Aujourd'hui, le temps est passé et a fait son œuvre. Et voyez, je suis pleinement heureuse à ses côtés. Finalement, je ne regrette pas d'avoir affronté cette douloureuse épreuve. Elle n'a fait que renforcer nos liens et notre amour.

Aurore s'apaisa, prit une profonde inspiration et soupira.

— Si vous saviez comme je vous envie ! Je donnerais cher pour vivre un tel amour !

— Vous vous embrasez vite, Aurore ! Cette adversité nourrira votre ardente flamme, ou achèvera de consumer cette inclination aussi promptement qu'un feu de paille.

Aurore tiqua quelque peu sur ce choix.

— Je préférerais la première option…

— Changez-vous les idées, en attendant ! La vie se

chargera bien assez tôt de vous remettre en présence, et
alors vous pourrez vous expliquer tous deux. Tenez, que
diriez-vous de venir ce soir chez la comtesse Marliani ?
Elle donne un petit récital. Il y aura de la jeunesse, de
la beauté, à ce qu'elle assure, et du champagne ! Ce
pourrait être rafraîchissant...

— Vous me tentez...

— Pensez-y !

— Oh ! nul besoin ! C'est tout décidé.

Le soir venu, Rodolphe frappa à la porte en bois
cossue de l'appartement des Knackel, situé dans les
beaux quartiers parisiens. Un domestique vint ouvrir,
lui prit ses gants et son chapeau et l'introduisit dans le
salon où patientaient ses futurs beaux-parents et la frêle
Helena. La pièce était spacieuse et haute de plafond, un
feu crépitait en sourdine dans la cheminée. L'atmosphère
de cette pièce emplie de bibelots, tableaux, tapis et lourdes
tentures aurait pu être agréable, si elle n'avait pas été
autant chargée de tension. Mme Knackel attendait en
effet son futur gendre de pied ferme, et sa fille se tenait
un peu trop droite sur son siège, vêtue d'une petite
robe blanche à rubans comme une adolescente. Elle
avait visiblement reçu l'ordre de sa mère d'adopter une
attitude sage et soumise vis-à-vis de son futur époux.
Mais cela produisit l'effet contraire sur Rodolphe, il
se sentit pris à la gorge, comme s'il venait de pénétrer
dans un piège. Il eut alors un regard en direction de
la porte d'entrée, prêt à s'enfuir. M. Knackel ne lui en
laissa guère l'occasion cependant. L'homme tranquille
vint lui poser une main chaleureuse sur l'épaule.

Rodolphe tourna la tête vers celui qui arborait cheveux
gris et rouflaquettes et portait encore sur le nez la paire
de bésicles avec laquelle il relisait inlassablement des
œuvres antiques.

— Trop tard pour partir, jeune homme, je vous tiens !

Rodolphe eut des sueurs froides, avait-il lu dans
ses pensées ? Il observa son regard délavé et y vit une
certaine ironie mêlée à la calme résignation qui l'habitait.
Comment ce monsieur pouvait-il supporter d'avoir une
telle mégère pour femme ? Rodolphe songea qu'un être
doué de raison n'avait pu l'épouser par amour, et que
cette union devait elle aussi être un mariage arrangé,
probablement par leurs parents. Il comprenait ainsi
mieux sa marque d'humour, c'était du vécu !

M. Knackel était un peu sourd et parlait peu, mais
mangeait et buvait beaucoup. Il n'était pas départi
d'une certaine solennité et possédait un calme à toute
épreuve. Il avait en effet appris à endurer les cris et les
sautes d'humeur de sa femme et semblait avoir cette
prodigieuse capacité à pouvoir s'échapper dans sa tête.
Rodolphe l'en admira pour cela, d'autant plus lorsque
sa douce moitié se jeta sur lui en hurlant :

— Mais laissez-le donc tranquille, Frantz ! Il est
tout heureux de retrouver notre Helena, pourquoi
voudriez-vous qu'il s'enfuie ?

L'optimisme de Mme Knackel sonnait faux aux
oreilles de Rodolphe. Il avait de plus en plus de mal
à cacher son malaise et son terrible sentiment d'être
un imposteur. Il se tourna en direction de leur pauvre
fille qui attendait sur son fauteuil, le regard baissé. Il
la vit rougir. Sans doute éprouvait-elle quelque tendre

inclination pour lui. Le fait qu'il soit son professeur de piano devait y être pour quelque chose. Cette fonction lui conférait une certaine autorité sur elle, qui devait l'intimider. Elle concevait peut-être aussi une forme d'admiration pour lui. Mais était-ce vraiment de l'amour ? Lui demandait-on seulement d'avoir des émotions d'ailleurs ? Elle n'était au fond que l'instrument de sa mère pour servir les ambitions de la famille. À l'instar de sa compatriote, la célèbre Marie-Antoinette devenue reine d'Autriche sur l'insistance de sa mère, avant qu'elle ne l'abandonne à son triste sort entre les mains des révolutionnaires français. Rodolphe lui-même n'était-il pas le jouet de son père, qui voulait le voir bien placé sur l'échiquier mondain ?

Son affection pour la jeune fille était tendre, certes, mais dénuée de désir ou de la plus élémentaire attirance. Elle était en tout cas très éloignée de ce qu'il pouvait éprouver pour l'incandescente Aurore, alias Nicola Delestre. Voilà qu'elle s'invitait dans ses pensées, au milieu du salon de ses futurs beaux-parents ! La chose était plus qu'inconvenante. Et cependant, en voyant le visage serein et les yeux absents de M. Knackel, Rodolphe se prit à imaginer que lui aussi rêvait peut-être à quelques gracieuses muses de la mythologie grecque ou à sa voisine de palier.

Étant donné que Mme Knackel le fixait avec insistance, Rodolphe se sentit dans l'obligation de parler. Il toussota pour s'éclaircir la voix et se tourna vers la jeune fille.

— Comment allez-vous depuis hier ? Avez-vous bien joué du piano ?

La matriarche parut satisfaite de ses paroles et scruta sa progéniture d'un air interrogateur, le reproche déjà au bord des lèvres si elle répondait mal.

— Oh oui ! J'ai travaillé mon morceau comme vous me l'aviez dit et… (Craintive, elle jeta un regard en direction de sa mère.) … mes gammes surtout.

— J'ai bien insisté là-dessus ! Oh ! je sais que ce n'est pas agréable. Mais tout comme il faut souffrir pour être belle, il est nécessaire aussi de se donner de la peine pour maîtriser cet instrument ingrat qu'est le piano, n'est-ce pas monsieur Mayer ?

Rodolphe mourait d'envie de lui répliquer que c'était tout le contraire ; que la musique devait jaillir du cœur et non de la douleur, mais il y renonça. De toute façon, elle n'y entendait rien !

— C'est bien, Helena. Continuez comme cela ! dit-il simplement, évitant ainsi de répondre à sa mère.

Un silence pesant envahit la pièce. M. Knackel observait les flammes danser dans la cheminée en rêvant à autre chose. Helena se tortillait sur son fauteuil en mordant ses lèvres, et Mme Knackel cherchait par quel biais elle pouvait bien aborder ce qu'elle avait à dire. Comme le vide paraissait l'angoisser, elle demanda alors sans prendre la peine de trier ses paroles :

— Mais dites-moi, monsieur Mayer. J'ai entendu dire que vous fréquentiez assidûment la fille des Steiner… On vous aurait aperçu avec elle à plusieurs reprises. Est-ce vrai ?

Rodolphe s'empourpra en attendant ce ragot. Il détestait être espionné, et l'insinuation était grossière.

M. Knackel quitta un instant les flammes du regard pour l'observer avec un œil brillant.

— J'ai en effet été amené à croiser Mlle Steiner à l'opéra et j'ai aussi dîné en sa compagnie. C'est une personne très influente à Paris, je ne pouvais raisonnablement pas décliner son invitation, répondit-il en s'efforçant de demeurer stoïque.

— Peuh ! Les Steiner sont beaucoup moins importants que nous ! Et leur fille n'est pas ce qu'on appelle un modèle de vertu. Je dis cela, je ne dis rien, mais vous devriez vous en méfier !

La matriarche s'employait allègrement à la dénigrer, par jalousie sans doute. Rodolphe la laissa déblatérer un moment sur son compte, jusqu'à ce qu'à bout d'arguments et de venin, son discours se tarisse.

— Enfin, si vous la fréquentez uniquement par intérêt, cela peut passer à la rigueur ! Certes, elle a des relations, mais elle n'aura jamais ce notre fille : la pureté et la perspective d'un mariage d'amour !

Rodolphe manqua de s'étrangler.

Ce fut M. Knackel qui le tira une fois de plus d'une situation délicate. Il se leva prestement de son fauteuil en disant :

— Bon, assez palabré ! Et si nous passions à table ?

Le repas fut tout aussi pénible et ennuyeux pour Rodolphe. Mme Knackel ne cessa de l'aiguillonner sur sa future union avec sa fille, critiquant au passage sans pitié toute autre concurrente éventuelle. Elle l'interrogea sur ses élèves, ses perspectives de concerts et ses projets en tant que compositeur, afin d'évaluer le potentiel de son gendre. Elle se vanta enfin de lui servir le mets le plus fin de Paris :

— Un bœuf à la bourguibognerie ! s'exclama-t-elle en s'emmêlant les pinceaux.

— Un bœuf bourguignon, madame, la reprit le maître d'hôtel, stoïque.

— C'est ce que je voulais dire, naturellement ! Au lieu de jacasser, resservez donc ce jeune homme ! C'est vrai, Rodolphe, vous n'êtes pas bien épais !

Depuis le début du repas, elle s'employait en effet à le gaver de nourriture pour le remplumer. Rodolphe sentit qu'il ne pourrait bientôt plus rien avaler. Ses oreilles de musicien étaient également saturées des logorrhées de son hôtesse qui meublait à elle seule toute la conversation. Heureusement, il vit le dessert se profiler avec soulagement. Mais il devait déchanter lorsqu'il aperçut la montagne de croissants au centre de la table.

— Je ne pouvais conclure ce souper sans de fabuleuses pâtisseries de chez nous ! Elles viennent tout droit de la Boulangerie viennoise, rue de Richelieu. Regardez un peu comme elles ont l'air appétissantes. On peut les garnir de confiture et les servir avec du thé.

— Elles ont l'air fameuses, en effet ! dut bien reconnaître Rodolphe, les narines frissonnant sous l'effet de leur odeur alléchante.

Et ce, même si son estomac ne pouvait souffrir d'ingurgiter davantage de nourriture.

— Mais en quoi sont-elles viennoises, je ne saisis pas puisque vous dites qu'elles viennent de Paris ?

— Nous devons à August Zang, un officier autrichien et son associé Ernest Schwarzer, un noble viennois, d'avoir introduit à Paris ces *kipferl*, ou brioches, en forme de croissant, précisa M. Knackel. En principe, on les sert plutôt au petit déjeuner, mais…

L'homme s'interrompit en voyant les yeux globuleux de sa femme sur le point de lui lancer des éclairs.

— C'est très original ! Je ne manquerai pas d'aller m'en procurer à l'occasion. Mais pour l'heure, j'avoue avoir très bien mangé !

— Vous êtes une petite nature ! J'espère que vous êtes de bonne constitution au moins, parce que j'aimerais avoir des petits-enfants bien costauds !

— Et si nous passions dans mon bureau ? proposa alors M. Knackel, lui aussi sans doute impatient de s'éloigner du bruit de fond permanent alimenté par sa femme. Un cigare, cela vous dirait ?

Hélas, Rodolphe détestait cela, même si les cigarillos ne manquaient pas de charme entre les doigts d'une certaine Nicola Delestre…

— Excellente idée ! Vous pourrez ainsi discuter de l'organisation des noces ! s'exclama Mme Knackel, saisissant aussitôt l'occasion de forcer les choses.

Son mari leva un sourcil, surpris, car cela ne semblait pas dans ses intentions.

— Cela aurait été avec plaisir, s'empressa de glisser Rodolphe, mais je dois vous laisser, hélas ! J'ai un récital ce soir chez la comtesse Marliani.

— Comment ? Un concert chez Charlotte Marliani ? Mais pourquoi n'avons-nous pas aussi été invités ? protesta la mégère. Quoi qu'il en soit, vous nous quittez un peu vite, jeune homme ! reprit-elle, contrariée.

— Hélas, et j'en suis désolé ! répliqua Rodolphe,
qui n'en pensait pas un mot.

— Pourquoi ne reviendriez-vous pas demain dans
ce cas ?

Rodolphe n'eut pas d'autre choix que d'accepter pour
réparer son offense. Autant dire, un comble !

— Vous êtes absolument sublime, ma chère ! s'exclama
Catherine en contemplant la tenue d'Aurore.

Celle-ci portait en effet une magnifique robe en
taffetas bleu royal assortie à ses yeux. D'aspect brillant,
elle présentait un décolleté qui dévoilait ses épaules.
Sa poitrine, quant à elle, était délicatement soulignée
de dentelle et agrémentée d'un nœud de satin serti
d'un camée en son centre. Le bustier très serré, lacé
dans le dos, faisait ressortir sa taille menue, tandis
que la robe soutenue par de larges jupons retombait
en cascade évasée sur le sol. Aurore arborait enfin un
collier de pierres transparentes comme des diamants,
qui évoquaient des perles de rosée ou une rivière de
larmes, suivant l'humeur.

— C'est l'une des tenues que j'avais fait faire par ma
couturière, mais étant donné qu'elle a nécessité plus de
temps je n'ai pas eu le loisir de l'étrenner devant Rodolphe
à l'opéra. Et comme je n'aurai plus la possibilité de la
mettre en sa présence, je me suis dit : « Autant la porter
lors de ce récital ! »

Catherine l'approuva aussitôt.

— Vous avez bien fait ! La vie continue malgré tout.
Regardez-moi tous ces jeunes gens… N'y a-t-il personne
qui trouve grâce à vos yeux ?

— Lorsque l'on a goûté à la musique de Rodolphe Mayer et que l'on s'est régalé à la vue de toute sa personne, le reste de l'univers semble bien fade à côté, rétorqua Aurore, la mine sombre.

— À ce sujet, je dois vous informer que…

Mais Catherine n'eut guère le loisir de développer davantage. Rodolphe Mayer venait de faire son entrée dans le salon.

Aurore blêmit en l'apercevant, tandis que son cœur s'emballait dans son bustier.

— Voilà, c'est ce dont je voulais vous avertir : j'ai appris il y a une heure environ qu'il avait été convié par la comtesse Marliani. Je n'ai donc pas pu vous prévenir à temps…

Aurore observa l'être qui venait d'entrer, plus élégant que jamais dans son costume ivoire, comme les touches d'un piano. Sa cravate noire n'était d'ailleurs pas sans rappeler les altérations, dièses et bémols, alternant avec elles sur le clavier.

Aurore se sentit fondre. Elle aurait bien eu envie de se précipiter vers lui pour expliquer le quiproquo au restaurant et le prier de ne pas en prendre ombrage, mais une timidité nouvelle et sa robe assez volumineuse l'en empêchèrent. De fait, elle prit congé de son amie pour aller discuter politique à l'écart avec un écrivain engagé de sa connaissance. Cela aurait au moins le mérite de lui occuper la tête et de faire taire les trépidations de son cœur !

L'instant d'après elle défendait avec ferveur la cause du peuple, trouvant injuste la différence de traitement d'avec la noblesse. Elle-même, dont les origines étaient à la fois aristocratiques et roturières, militait pour un métissage social.

— Je rêve d'une nouvelle politique, qui pourrait tout concilier !

— Voudriez-vous devenir une figure de la révolution, Nicola ?

— À vrai dire, je me verrais plutôt comme une muse ! répondit-elle tout en observant Rodolphe à l'autre bout de la salle.

Celui-ci, à peine entré, avait été accaparé par plusieurs jeunes femmes. Les petites abeilles virevoltaient autour de lui, faisant leur miel de ses traits d'humour.

Tournant la tête, il l'aperçut soudain. Son visage changea aussitôt, ses yeux s'agrandirent, son cou s'étira pour tenter de mieux la distinguer dans l'assemblée. Aurore constata, non sans satisfaction, que son regard pétillait en la voyant. Il semblait même subjugué par sa tenue. Elle était ravie de constater qu'elle lui faisait toujours autant d'effet qu'à l'opéra.

Rassurée sur l'attention qu'il lui portait, Aurore entreprit de s'approcher de lui sans en avoir l'air. Elle prit congé de son interlocuteur et vogua de convives en invités, jusqu'à naviguer dans son entourage. Hélas, les donzelles continuaient de se presser autour de lui, faisant barrage entre eux. Certaines riaient tellement bêtement, à gorge déployée, que c'en était ridicule ! Aurore s'en agaça et elle était sur le point de renoncer, lorsqu'il écarta sa plus fervente admiratrice et imposante gardienne afin de franchir la distance qui le séparait d'elle.

— Bonsoir, Aurore. Comment allez-vous depuis… ce midi, en fait ?

— Nous ne quittons plus, en effet ! convint-elle, non sans une certaine gêne.

— Si seulement…, ajouta-t-il spontanément, avant sans doute de réaliser la portée de ses paroles.

Ils échangèrent alors un regard brûlant, comme aimanté. Puis, elle sentit ses yeux glisser sur ses épaules nues et sa chair diaphane, avant d'explorer le paysage vallonné de son décolleté soulevé par sa respiration, presque haletante. Il semblait captivé, contemplant ces courbes sensuelles à la fois mouvantes et immobiles. Il remonta ensuite le long de son cou, jusqu'à ses lèvres qu'il ne quitta plus. En fermant ses paupières, Aurore pouvait presque percevoir la force de son désir. Mais soudain, il s'interrompit et elle sentit un courant froid la transpercer lorsqu'il demanda :

— Votre mari n'est pas là ?

Elle prit une grande inspiration et planta son regard dans le sien pour répondre :

— Non, et cela fait longtemps que nous nous sommes éloignés l'un de l'autre, même si tout n'est pas encore bien établi. Mais les choses sont en cours…

Rodolphe opina de la tête et elle ressentit un immense soulagement les traverser tous deux. Elle avait enfin pu lever le quiproquo qui empoisonnait leur relation. Le champ était libre pour lui permettre d'assumer l'attirance qu'il éprouvait pour elle.

— Et vous-même, êtes-vous seul ? osa-t-elle demander, faisant preuve d'une audace nouvelle.

Ils semblaient comme isolés du monde dans cette assemblée, et le moindre de leur mot était compté et goûté.

— Je suis venu seul, en effet ! rétorqua-t-il après un temps.

Aurore perçut une petite hésitation dans sa réponse. Elle allait insister, quand soudain la comtesse Marliani les rejoignit.

— Ah, mes enfants ! Je vois que vous avez fait connaissance. Les talents s'attirent, c'est ce que je dis toujours !

Aurore s'empourpra légèrement. Se rendait-elle compte de la portée de ses paroles ? Son propos n'était sans doute pas de parler de choses intimes, il s'agissait certainement d'une généralité, mais la proposition était ambiguë, il est vrai.

Rodolphe sourit et ils échangèrent un regard complice, comme s'ils partageaient un secret connu d'eux seuls.

— Et si vous nous offriez un peu de musique, cher Rodolphe ? quémanda alors l'hôtesse de la soirée avec gourmandise.

— Mais bien volontiers ! Pardonnez-moi, dit-il à Aurore en s'inclinant poliment, avant de suivre la comtesse.

Il lui adressa un discret clin d'œil qui acheva de lui faire perdre pied. Avait-elle bien vu ou était-ce un effet de son imagination ?

Elle se précipita aussitôt pour aller se placer autour du piano. Elle aurait tant voulu qu'il joue uniquement pour elle. Alors, elle alla s'asseoir juste devant lui, au bout de l'instrument à queue. Ainsi, il pourrait la regarder tout à loisir s'il le désirait et vice versa.

Rodolphe débuta son récital par une improvisation, comme à son habitude. Sondant l'atmosphère, il esquissa une mélodie en accord avec ses émotions du moment et son ressenti. Aurore trouva ces notes particulièrement brillantes, telles de petites lucioles porteuses d'espoir dans la nuit. Si, la dernière fois, il avait usé d'une tonalité mineure, cette fois, le majeur prédominait, avec toutefois quelques nuances contrariées dans cet élan d'enthousiasme.

Aurore fut de nouveau subjuguée par son jeu, son sens de la mélodie, la profondeur et la beauté de sa musique, en lutte souvent avec quelques tourments, même si le positif l'emportait. Particulièrement attentive, Aurore ne voyait que lui. Chacune des notes du compositeur la touchait au cœur et ses mélodies ouvraient un ciel magnifique au-dessus d'elle.

Après avoir cherché l'inspiration et capté l'essence du lieu et du moment, il entama une valse brillante, suivie d'une autre mélodie plus intimiste : un prélude. Et si, jusqu'à présent, il n'avait pas lâché le clavier des yeux, cette fois, il s'en échappa pour aller d'instinct rejoindre Aurore. Ils échangèrent alors un regard brûlant. Elle eut soudain la sensation de pénétrer dans son univers et d'apercevoir son âme, à laquelle il lui donna accès, sans s'embarrasser de fausse pudeur. Elle frissonna en songeant qu'elle avait l'impression de le voir nu ; il était terriblement beau et séduisant. Elle était complètement sous le charme. Elle avait la sensation à travers sa musique d'atteindre ses émotions les plus intimes et de pouvoir lire en lui. En plongeant son regard dans le sien, la connexion entre eux s'était établie et, conjuguée à la musique, elle était encore plus forte. Ne disait-on pas que les yeux étaient le miroir de l'âme, tandis que la voix de ses pensées et de ses émotions transitait par sa musique ?

Pour Aurore, la musique était véritablement l'art suprême, elle disait tout et permettait de rendre au plus juste son état d'esprit et ses sentiments. L'autrice était ainsi complètement en osmose avec le pianiste. Leurs âmes communiaient, tandis que leurs esprits communiquaient sans paroles et, surtout, que leurs cœurs vibraient à l'unisson d'une même passion. Il ne leur manquait plus qu'un contact charnel pour être en accord parfait majeur.

Avec les dernières notes, Rodolphe rompit ce lien sensuel et puissant qui les unissait, laissant Aurore sonnée, troublée et ivre de ce qu'elle avait ressenti. Elle était totalement tombée amoureuse de lui, c'était indéniable. Il lui avait fait don de sa musique, ainsi qu'aux autres auditeurs. Elle avait toutefois la conviction d'avoir été la seule à en avoir cerné la part la plus intime, la seule à qui il avait donné accès à son âme en plongeant dans son regard. Elle ressentit dès lors le besoin de lui signifier l'urgence de son désir, par ses notes à elle : les mots.

Elle se précipita vers un petit secrétaire, saisit la première carte à portée de ses doigts et une plume qu'elle trempa dans l'encrier. Elle griffonna alors des mots simples, mais évocateurs. Ayant terminé, elle esquissa un sourire et revint vers le piano d'une démarche chaloupée.

Rodolphe était de nouveau aux prises avec plusieurs de ses admiratrices. Il fut cependant attiré par sa présence magnétique. Elle s'avança vers le piano et déposa son billet devant le compositeur. Mais sa garde féminine aux griffes acérées ne la laissa pas approcher davantage.

Déjà, le passage se refermait derrière elle. Alors, elle s'éloigna, tout en sentant le regard contrarié de Rodolphe.

Elle alla trouver la comtesse Marliani pour la remercier de sa charmante soirée. Cette dernière promit de renouveler cette expérience très concluante. Ce qu'Aurore ne pouvait pas totalement affirmer pour sa part, demeurant quelque peu sur sa faim…

Elle salua de la main son amie Catherine, accaparée par une conversation avec deux autres personnes. Elle lui fit cependant signe en retour, lui signifiant qu'elle était désolée de la voir partir si vite. Mais Aurore avait l'esprit en ébullition et hâte de rentrer apaiser ses émotions. Enfin, elle reprit son manteau auprès des domestiques. Au moment où elle s'apprêtait à sortir, elle eut le réflexe de regarder une dernière fois en direction de Rodolphe. Il venait justement d'ouvrir le billet qu'elle lui avait donné.

L'expression sur son visage était indicible.

Elle sourit et franchit la porte.

Chapitre 6

Nocturne

Alors qu'elle marchait à bonne allure dans la nuit, guettant le passage d'un fiacre, elle entendit des pas pressés derrière elle. Elle ne se retourna pas tout de suite. Son cœur se mit à battre la chamade. Elle se prit secrètement à espérer.

Les pas se rapprochèrent encore et bientôt elle crut sentir des effluves envoûtants devenus désormais familiers, comme sa musique.

— « On vous adore… » ? lança une voix grave un peu haletante qu'Aurore aurait reconnue entre mille. Que dois-je comprendre ?

La jeune femme s'immobilisa et sourit, triomphante, en songeant que son message avait atteint sa cible.

— Qu'en pensez-vous ?

Elle se tourna vers lui. Les yeux clairs de Rodolphe scintillaient dans la nuit. Ses cheveux ébouriffés par le vent trahissaient l'empressement avec lequel il avait couru pour venir la retrouver. Il tenait à la main le billet qu'elle lui avait écrit.

— Que vous éprouvez quelque… admiration pour moi ? Pour ma musique ?

— Votre musique est sans doute la plus belle chose qu'il m'ait été donné d'entendre. Elle s'accorde bien avec votre personne. Quant au fait d'adorer, cela va au-delà de vos notes…

Le visage de Rodolphe se troubla davantage.

Aurore, qui n'était pas départie d'orgueil ni de fierté, avait fendu l'armure. La musique de Rodolphe l'avait rendue vulnérable. Devant lui, elle n'était plus la grande écrivaine auréolée de scandale qui déambulait dans les salons portant l'habit masculin, le cigare à la main, elle était juste une femme voulant être aimée d'un homme. Elle était terriblement sincère dans ses désirs, acculée par une force invisible contre laquelle elle ne pouvait lutter et à laquelle elle n'avait encore jamais été confrontée.

Un vent glacé balaya quelques feuilles. Aurore frissonna et, comme il semblait hésiter, paraissant désarçonné, elle pivota pour repartir. Elle devait en effet marcher sous peine d'être saisie par le froid du dehors, comme du dedans.

— Puis-je me permettre de vous raccompagner ? demanda-t-il alors.

— Demeurez-vous loin d'ici ?

— Oh ! non ! Tout à côté.

— Dans ce cas, ce serait dommage de faire un détour ! J'habite plus loin que vous et il me faudra prendre un fiacre. Laissez-moi faire quelques pas avec vous, puis je partirai de mon côté.

Rodolphe l'observa, paraissant à la fois surpris et conquis par son caractère. Elle venait en un instant de renverser les convenances. Le fait d'aller jusque chez lui pouvait toutefois prêter à confusion. Une forte attirance existait entre eux. Pousserait-il les choses jusqu'à l'inviter dans son appartement ? Aurore était dévorée de désir et il lui suffirait de la cueillir, car elle se donnerait probablement à lui. L'attrait semblait réciproque, alors pourquoi hésiterait-il ?

— C'est entendu ! lâcha-t-il, les mots franchissant ses lèvres sans qu'il puisse les retenir. Venez.

Ils empruntèrent une avenue ponctuée de flaques de lumière, produites par les lanternes des réverbères à huile installées par la ville. Ils marchèrent en silence, profitant de la présence l'un de l'autre. La nuit s'ouvrait à eux, pleine de promesses.

Aurore ne sentait plus la morsure du froid, elle éprouvait à présent une sensation de chaleur bienfaisante à ses côtés. Le silence, loin d'être pesant, était au contraire bienveillant et propice au partage des émotions. Il était le gardien de leur rencontre, le creuset de l'avenir. Incitant aux confidences, à un rapprochement physique, à l'intimité. Lieu de partage et d'échange muet, mais où tout existait déjà entre eux. Sa présence préparait le terrain à une union réussie entre leurs corps, tandis que leurs âmes s'étaient déjà rejointes, elles, dans la musique.

Aurore songea qu'en musique, justement, le silence précédait la mélodie qui allait suivre, tout comme il pouvait prolonger l'écho de la note qui venait d'être jouée. Il en était une composante essentielle, le pendant du bruit organisé. Il était à la fois une zone d'équilibre et de repos entre deux élans musicaux portés par le souffle vital.

Dans l'écriture également, le silence avait son importance, à travers les non-dits, les informations dissimulées au lecteur et cependant suggérées, implicites, porteuses d'espoir. C'était encore la page blanche d'où jaillirait l'histoire, lieu de rencontre entre l'encre et l'intentionnalité de l'auteur. Aussi, loin d'être embarrassant, ce *vide plein* était au contraire d'une grande richesse. Et aucun d'eux n'avait envie de le gâcher avec des propos qui auraient pu sembler maladroits alors que tout était déjà là, entre eux.

Au bout de plusieurs minutes cependant, ils se sourirent. Aurore sentit que Rodolphe voulait s'exprimer, mais n'osait briser leur pacte tacite. Alors, et comme elle avait l'art de faire parler les gens, elle le poussa à se confier.

— Ainsi donc, monsieur Mayer, vous êtes un exilé…

— Ah, vaste sujet ! En réalité, je suis partout chez moi, car la musique, seule, est ma maison.

— C'est, ma foi, bien répondu ! (Elle hésita, puis poursuivit non sans une certaine angoisse.) Mais entendez-vous repartir à Vienne prochainement ?

— Non, ce n'est pas dans mes projets. Je compte même m'établir ici pour un moment.

Aurore prit une profonde inspiration, soulagée d'apprendre qu'il avait l'intention de rester. Cela leur laisserait plus de temps et d'espace pour faire exister une relation entre eux.

— Je dois avouer cependant que j'ai abandonné un morceau de mon âme là-bas, avec ma famille, sur ma terre natale.

Aurore songea que c'était peut-être cela la source du tourment qu'elle avait ressenti dans sa musique.

— Pourquoi n'êtes-vous pas resté à Vienne dans ce cas ? Vous étiez un peu la coqueluche des cercles mondains, d'après ce que l'on dit…

— *La coqueluche ?* répéta Rodolphe, troublé, à qui le sens de certains mots français échappait encore.

Aurore sourit en le réalisant.

— Pardon ! Ce mot possède un double sens en effet, il signifie à la fois une maladie contagieuse, et, pour ce qui nous concerne ici, une personne plébiscitée et admirée par une assemblée choisie. Une sorte d'idole, si vous préférez…

— C'est me faire beaucoup d'honneur ! répondit Rodolphe en baissant les yeux.

— Vous les méritez ! Votre musique est… divine !

— Si seulement ! s'exclama Rodolphe, soucieux. Je m'efforce toujours de viser une perfection que je n'atteins jamais.

— Un peu comme quand je cherche le mot juste pour traduire les sentiments que mes personnages éprouvent. Il y a tant de nuances différentes, de possibilités… je m'y perds parfois et cela me frustre ! La musique, elle au moins, possède ce pouvoir de mener directement aux émotions.

Rodolphe éclata de rire.

— Nous nous comprenons alors…

— Oh ! oui ! Parfaitement ! (Ils échangèrent un regard profond et complice.) Mais votre musique, monsieur Mayer…

— Rodolphe, je vous en prie.

— Votre musique, Rodolphe… (Il sourit de bien-être, comme s'il goûtait de l'entendre prononcer son prénom.) Elle touche vraiment à quelque chose de supérieur. Quelque chose qui nous dépasse et qui, cependant, vient du plus profond des âges. Seriez-vous une vieille âme, vous qui détenez une telle connaissance des émotions humaines ?

— Nous pourrions en discuter des heures, mais je pense que chacun possède cette science en lui, comme s'il avait à sa disposition l'expérience de mille vies, et une palette de milliards d'émotions.

Aurore l'approuva, tout en se rapprochant physiquement de lui. Rodolphe, enflammé, poursuivit :

— Je devine d'ailleurs qu'en tant qu'auteur vous ne me contredirez pas. C'est un peu comme si toutes les histoires que vous racontiez étaient en vous et que vous les aviez déjà vécues par le passé. Nous possédons cette mémoire universelle en nous.

— C'est le principe même de l'âme humaine, je crois ! rétorqua Aurore, un sourire énigmatique aux lèvres.

— Oui, voilà ! s'exclama-t-il, les yeux étincelants, diamants rares et précieux sur le fond de soie bleutée de la nuit. Je le sentais intuitivement, sans jamais l'avoir formalisé. Vous seule avez réussi à poser des mots sur mon ressenti.

— Et vous, des notes qui ont avivé des émotions enfouies profondément en moi et que je pensais perdues à jamais.

En cela, elle voulait signifier que bien qu'elle l'eût toujours espéré, elle n'avait jamais cru pouvoir éprouver ce sentiment d'exaltation partagée.

— Votre musique jaillit avec une telle pureté, une telle évidence, qu'elle crée un pont entre votre âme et celle du monde…

Rodolphe but ses paroles, tout en rougissant presque.

— C'est me faire trop d'éloges ! Je dois cependant vous avouer que ce que j'ai ressenti ce soir était unique. Et si le lien établi avec le public était si fort, presque charnel, je pense que je le dois à vos yeux qui ne me quittaient pas. Un peu comme si en plongeant dans votre regard, en goûtant à ce don de vous, je m'étais ouvert à la résonance de l'âme humaine menant au royaume céleste.

Pudique, il n'osait avouer qu'il avait partagé l'espace d'un instant le trouble amoureux avec elle.

— Vous nous avez fait vivre un instant d'éternité ! conclut-elle, tandis que ses paroles, à l'image de la vapeur qui sortait de sa bouche, s'envolaient vers le ciel.

Aurore se délectait de cette conversation à la fois sensuelle et spirituelle mais elle se rembrunit soudain.

— À Vienne, vous avez dû être très sollicité par la gent féminine. Si j'en juge par l'enthousiasme délirant de ces demoiselles qui en avaient après vous tout à l'heure…

— J'avoue que ce n'est pas déplaisant, lorsque c'est sincère du moins. Je ne vais pas m'en cacher…, admit-il alors, avec une provocation presque naïve, avant de lui retourner ses propos. Et vous-même, tous ces hommes qui vous admirent ainsi que votre plume, vous ne devez pas tous les repousser, n'est-ce pas ? Cela vous flatte même, reconnaissez-le !

— Vous marquez un point. Mais de là à leur céder, c'est autre chose ! Si la société tente de cantonner les femmes dans une position d'attente et de passivité vis-à-vis des désirs masculins, j'entends être maître de ma vie et aimer qui je veux. C'est essentiel pour moi. (Elle tourna la tête pour chercher son regard.) En tant qu'artiste, ne chérissez-vous pas aussi votre liberté ?

Les traits du visage de Rodolphe se crispèrent.

— Je souhaiterais qu'il en soit ainsi, mais les événements ne nous en laissent pas toujours le choix, répliqua-t-il, évasif. Pour en revenir aux cercles mondains à Vienne, j'avoue avoir eu du mal à m'acclimater à la légèreté viennoise et aux *perruches emplumées*.

Aurore éclata de rire, car c'était précisément l'expression qu'elle employait pour désigner celles qui tournaient autour de Rodolphe.

— Je dois toutefois aussi *composer* avec elles, poursuivit-il, mutin. Et ce, dans tous les sens du terme !

— Votre sens de l'humour me plaît.

— Et moi, c'est tout chez vous qui me plaît, répondit-il aussitôt.

— Est-ce là encore une de vos boutades ? questionna Aurore, surprise.

— À vous de voir…, répliqua-t-il, laissant planer le doute tout en lui lançant un regard brûlant.

Elle se tut alors pour profiter de ces sous-entendus émoustillants en espérant qu'il en soit de même pour lui.

— Alors, comptez-vous conquérir tout Paris ? reprit Aurore au bout d'un moment. Il me semble que vous vous apprêtez à devenir *l'âme des salons parisiens*.

— Oh ! nous verrons bien ! J'ai connu des débuts un peu difficiles, confia-t-il. J'étais dans une situation matérielle éprouvante, une véritable *phtisie du porte-monnaie*. Et j'ai dû apprendre à faire des concessions.

— Mais fort heureusement, votre talent a fini par éclater au grand jour ! Les nuages ne pouvaient pas continuer longtemps à dissimuler un tel soleil…

— Oh ! je le dois surtout à mes amis musiciens. Florian Varga par exemple a beaucoup fait pour moi en m'introduisant dans les cercles parisiens…

— Oui, c'est important d'être bien entouré…

Ils s'étaient arrêtés de marcher. Rodolphe leva les yeux vers elle et la scruta avec intensité. En parlant de compagnie, il semblait beaucoup apprécier la sienne. Ils s'étaient rapprochés doucement, et à présent elle pouvait sentir sa chaleur, tout autant que son parfum, envoûtant. Son regard s'arrêta sur ses lèvres. Elles étaient sensuellement entrouvertes, prêtes à parler… À moins que… Elle se prit à espérer qu'il l'embrasse.

Au même moment, une calèche passa, brisant l'espace d'un instant leur fragile intimité. Ils se turent pour la laisser s'éloigner.

Avec la nuit pour seule complice, ils pensaient pouvoir se comporter librement sans craindre d'être vus et de susciter des ragots, comme pouvait les affectionner la redoutable Mme Knackel. Mais ils n'étaient pas à l'abri d'un incident. Que se serait-il passé si l'un des passagers de la voiture les avait reconnus ? Rodolphe n'ignorait pas qu'il prenait des risques en marchant ainsi avec Aurore. Il avait beaucoup à perdre dans l'histoire ! À cette pensée, il frémit. Heureusement, elle ne pouvait avoir des espions partout capables de les reconnaître dans l'obscurité des rues à une heure aussi avancée. Du moins, l'espérait-il.

Il plongea dans le regard bleu saphir d'Aurore constellé d'étoiles. Il ne l'avait jamais trouvée aussi belle et émouvante qu'en découvrant sa véritable nature. Elle était, de plus, éblouissante dans son élégante robe bleue, mais ce n'était rien comparé à la beauté de son âme. Sans compter la finesse de son intelligence qui l'étonnait toujours davantage lorsqu'il avait l'occasion de converser avec elle.

Il prit une profonde inspiration.

— Mais nous ne parlons que de moi. Et vous-même ? Racontez-moi votre parcours, poursuivit Rodolphe tout en reprenant la marche et en réinstaurant une certaine distance entre eux.

— Pour vous répondre, je dirais que nos parcours ont été un peu similaires, au début du moins, répondit Aurore en pesant chacun de ses mots. Hormis le fait que je me suis mariée fort jeune pour gagner, pensais-je, mon indépendance.

Rodolphe pinça les lèvres en songeant au sacrifice que devaient faire les femmes, là où les hommes avaient la possibilité de convoler à leur convenance. La société leur imposant toutefois d'accéder à une certaine réussite sociale. Il ne l'en trouva que plus admirable. Il éprouva également une pointe de jalousie, envieux de l'homme qui avait réussi à la découvrir, et la posséder le premier.

— J'ai, par la suite, fui mon époux qui ne comprenait pas mes velléités d'écrivain et une situation étouffante qui ne m'aurait pas permis de m'épanouir. (Rodolphe acquiesça, empli de compassion.) Lorsque je suis arrivée à Paris, j'étais sans le sou et j'ai dû m'efforcer de gagner ma vie, tout autant que de conquérir mon indépendance financière. Des articles dans les journaux m'y ont aidée avant que je ne parvienne à vivre de ma plume. D'ailleurs, je vous rejoins tout à fait sur la nécessité d'avoir quelques relations bien placées…

Là encore, il opina doucement de la tête, peu désireux de l'interrompre dans son discours, impressionné par sa force de caractère et sa détermination.

— Lorsque mon premier roman est paru, sous pseudonyme, car les autrices sont, hélas, mal considérées, j'ai eu la bonne fortune de recueillir une pluie d'éloges et, avec la reconnaissance, j'ai gagné la confiance de mes éditeurs. Mais rien n'est jamais acquis, et il faut sans cesse faire ses preuves !

— C'est le lot commun de tous les artistes ! confirma Rodolphe. En tout cas, vous pouvez être fière de votre parcours ! J'ai l'impression que vous avez dû affronter nombre d'adversités et d'oppositions, ce qui est une forme flagrante d'injustice à l'égard de votre sexe.

— Je me rappelle qu'un jour, un éditeur m'a dit : « Ne faites pas de livres, faites des enfants ! »

Ils rirent tous deux, puis Aurore reprit :

— Cela dit, chacun de mes livres est un peu comme un enfant que je mets au monde. Il y a cette petite graine d'idée, puis la période de gestation, puis l'accouchement et la délivrance enfin. Ensuite, ma création est livrée au public et elle ne m'appartient plus.

— C'est une belle euh…

— Métaphore, voulez-vous dire, sans doute ?

— Voilà… je n'ai pas toujours les mots en français. Je

vous admire d'autant plus d'avoir vécu seule les terribles événements qui se sont déroulés à Paris.

— Ah, vous voulez parler de l'horrible drame du choléra ! Ou des émeutes populaires récentes ?

Rodolphe opina de la tête.

— Oui, tout cela.

— Ce furent des situations très éprouvantes, mais dont je suis ressortie plus forte finalement.

— Vous êtes vraiment une femme étonnante ! En plus d'être tout à fait charmante. L'adversité n'a eu, en tout cas, aucune prise sur votre beauté…

Il la vit rougir, même dans l'obscurité, et s'en amusa.

Au fond, cette Nicola Delestre était la personne la plus sensible et la plus passionnée qu'il lui ait été donné de rencontrer. Aucune de ses connaissances ne lui arrivait à la cheville, et Helena paraissait bien pâle à côté d'elle.

En songeant à la jeune fille, il s'assombrit. Comment allait-il se dépêtrer de cette histoire ? Il était clair qu'il ne l'aimait pas, du moins pas de la façon dont il considérait Aurore. Il brûlait de plus en plus de désir pour elle, il la trouvait superbe, il adorait passer du temps avec elle. Du fait de son intelligence remarquable, elle était capable de soutenir une conversation d'une grande richesse avec lui, et il avait même l'impression de s'élever en sa présence. Ce qui n'était pas le cas avec la pâle jeune fille. Alors quoi ? Qu'est-ce qui clochait ? Ne pouvait-il pas simplement connaître le bonheur dans ses bras ? Pouvait-il toutefois renoncer à Helena sans la blesser et décevoir les hautes aspirations que son père avait conçues pour lui ?

Il était clair que plus il passait de temps avec Aurore,

et plus il lui serait difficile de revenir en arrière. Et cependant, il se laissait volontiers entraîner sur cette pente glissante. Et surtout, il mourait d'envie de goûter ses lèvres, les plus attirantes qu'il eût jamais vues. À la fois pulpeuses, gourmandes, expressives, notamment lorsqu'elles s'ouvraient sur sa rangée de dents blanches parfaites où s'épanouissait un sourire éblouissant.

— Finalement, nous sommes assez semblables tous deux, nous nous donnons corps et âme à notre art ! conclut Aurore après un temps.

Rodolphe l'approuva, savourant de se retrouver un peu hors du temps et du monde avec elle. Ils vivaient un instant volé, en somme, à la froide réalité, mais un moment d'éternité.

Il était évident cependant pour Rodolphe qu'il ne pouvait poursuivre plus avant avec elle sans compromettre ses ambitions. Il avait trop souffert jusqu'ici pour se faire connaître à Paris, et à présent il avait bon espoir de briller dans la capitale culturelle. Il était proche d'atteindre son but et de contenter un père qui avait tout sacrifié pour lui. Il avait un devoir moral envers lui, tout comme il s'était engagé auprès de la famille Knackel en se fiançant à Helena.

Non, définitivement, il ne pouvait pas céder à son inclination pour Aurore, même si elle était la plus irrésistible des tentations et des merveilles qu'il ait croisées sur cette terre.

Ils parvinrent au même moment devant la porte cochère de son immeuble. Il s'immobilisa.

— Eh bien, me voici arrivé, chère Aurore !

— Déjà ? Cela m'a semblé trop court…, répondit-elle, les yeux brillants.

Il les évita aussitôt, car il crut y lire une forme d'espérance, alors qu'il savait qu'il ne pourrait la contenter.

— À moi aussi. J'ai passé un excellent moment en votre compagnie et je vous en remercie.

Son ton était devenu froid, compassé, lointain, et elle parut s'en rendre compte. Ses sourcils se froncèrent de façon charmante, ses lèvres s'entrouvrirent, presque tremblantes.

Oh ! non Aurore, par pitié, ne me tentez pas !

Un silence s'insinua entre eux, embarrassant cette fois-ci, car Rodolphe avait fermé la porte à ses émotions et il s'efforçait de ne pas leur céder. Soudain, au bout de la rue, il aperçut un attelage. Il se précipita aussitôt pour le héler.

— Je vous avais promis de vous mettre dans votre carrosse, princesse, le voici ! s'exclama-t-il, en gentleman.

Elle baissa les yeux, éteignant ainsi à son grand désarroi les étoiles qui y brillaient. Cette vision lui fut insupportable. Il approcha la main et releva son menton.

— Ne soyez pas triste, Aurore. (Il hésita, puis lui chuchota avec douceur :) Cela vaut mieux pour nous deux !

Mais Aurore n'était pas du genre à renoncer sans combattre. Aussi, décida-t-elle de laisser parler son cœur.

— Je ne vous comprends pas, Rodolphe, car enfin tout nous relie… Vos yeux trahissent votre désir, aussi ardent que le mien. Alors, pourquoi ne pas suivre votre cœur ?

Les mots s'étranglaient dans sa gorge, il était incapable

de s'exprimer, de justifier son refus. Alors qu'il ne rêvait que de l'embrasser. Il fixait désespérément sa bouche qu'il aurait bien prise avec ferveur.

Contre toute attente, le voyant tétanisé et le pensant sans doute timide, ce fut elle qui initia le mouvement. Elle l'attira contre la porte cochère, dans le renfoncement d'où ils ne pouvaient être vus et s'approcha de lui en inclinant le visage en sa direction. Son souffle était court, elle irradiait de sensualité.

Rodolphe ne put résister à l'appel du désir et plongea sur ses lèvres carmin. Le contact avec la douceur de velours de sa peau semblable à des pétales de rose et leur chaleur brûlante déclenchèrent en lui un immense frisson. Leurs deux corps s'étreignirent, et leurs lèvres se cherchèrent, se dessinèrent et s'épousèrent à loisir, longuement, avec tendresse et une sensualité suggestive.

Bientôt, il se fit plus pressant, encouragé par la chaleur humide de sa bouche, il pénétra plus profondément en elle et s'y introduisit avec plus d'ardeur encore. Leurs langues se rencontrèrent. Moment délicieux, vertigineux, sensuel et charnel. Elles esquissèrent le plus doux des ballets, se trouvant, se caressant et se reconnaissant comme si elles ne s'étaient jamais quittées. Ils ne faisaient plus qu'un désormais, son souffle court était devenu le sien. Rodolphe perçut des percussions frénétiques contre ses tempes, les battements de son propre cœur.

Bientôt, elle l'entoura de ses bras et il la serra puissamment tout contre lui. Ses mains descendirent sur ses reins, au bas de son bustier, sous son manteau, puis remontèrent le long de son dos, pour la sentir tout entière et il la pressa davantage contre lui. Il n'avait jamais embrassé une femme aussi passionnée, volcanique, incandescente. Elle embrasait tout son être. Il ne pensait plus à rien, ne faisant plus qu'un avec elle désormais. Tous ses sens étaient en ébullition, seule comptait sa peau, si douce, délicate, parfumée, enivrante dont il n'avait de cesse de se repaître.

Bientôt, il chercha sa poche de sa main droite pour y prendre sa clé et ouvrir la porte. Il n'était plus question pour lui de la laisser partir, il voulait l'emmener chez lui et lui faire l'amour toute la nuit. C'était complètement fou, délirant, l'acte désespéré d'un être affamé de son amour, même s'il ne le pouvait pas et ne le devait pas. Cette pensée résonna dans sa tête, vide.

Le fer des chevaux qui frappait les pavés et se répercutait sur les façades des immeubles le sortit de sa langueur. L'attelage arrivait sur eux. Cette idée le paniqua. Pouvait-il ainsi compromettre une célébrité comme Aurore en la lutinant telle une vulgaire servante contre une porte cochère ? Ce n'était pas digne d'elle, ni de lui d'ailleurs. Alors, dans un ultime accès de raison et un sursaut d'orgueil, il s'arracha à ses bras.

— Non, Aurore ! (Puis se reprenant, il lança dans un souffle :) Cela ne se peut.

Il baissa les yeux pour ne pas rencontrer les siens. Elle ne dit rien. Il aurait tellement préféré qu'elle hurle, qu'elle l'insulte, le gifle. Mais non, elle demeurait tendre et douce.

— Mais, Rodolphe, pourquoi ? demanda-t-elle d'une petite voix.

— Je… Je suis désolé, répondit-il, anéanti.

Au même moment, le fiacre parvenait à leur niveau.

— Vous avez demandé une course, messieurs-dames ?

— Je vous prie de raccompagner cette jeune personne chez elle, lança Rodolphe avec froideur.

Il ouvrit sa bourse et rétribua généreusement le cocher. Ce dernier descendit pour déplier le marchepied et aida Aurore à monter dans la voiture. Elle dévisageait Rodolphe sans comprendre. Son regard était perdu, sidéré. Il referma la portière. L'instant d'après, ses yeux bleus flottaient par la fenêtre, mais ne le voyaient plus.

Lorsque l'attelage partit, Rodolphe s'en voulut terriblement. Il venait de laisser s'envoler sa peut-être seule vraie chance de bonheur.

Chapitre 7

Lacrimosa

Paris, 1er novembre 1839

Paris, 1er novembre 1839

Mon cher Rodolphe,

Permettez que je prenne la liberté de m'adresser à vous avec cette familiarité, mais il me semble que ce soir nous avons franchi une étape décisive dans la relation qui unit généralement un homme avec une femme.

Nous nous sommes quittés il y a quelques heures à peine et je ressens le besoin impérieux de prendre la plume pour vous écrire plutôt que de m'atteler à mon œuvre de fiction. Car ce soir, la fiction a justement dépassé la réalité.

Je n'aurais en effet jamais pu faire vivre à mes personnages de papier de moment plus intense et sensuel que celui que nous avons partagé. Il s'apparente pour moi au bonheur suprême, même si ce ne fut que le temps d'un instant, trop fugace. Mais tous les temps ne sont-ils pas contenus en un seul ? L'existence humaine est-elle à ce point misérable que nous passions notre vie à attendre et espérer un moment aussi bref que celui-ci ?

De ce qu'il s'est passé, je ne regrette rien. J'ai été sincère avec vous de bout en bout, et j'ai le sentiment que nous nous sommes compris sur tous les plans, aussi bien intellectuel, que spirituel et physique…

Oh ! il n'y a rien eu de répréhensible dans notre échange ! Nous avons été tels deux anges déchus, qui se sont trouvés et livrés l'espace d'un instant au plaisir de goûter aux délices d'un paradis réservés aux âmes les plus élevées.

Le retour sur terre a été brutal et cruel. Nous aspirons tant au sublime tous deux, que la froide raison et le bien pensé de la société sont des carcans qui nous étouffent et nous empoisonnent.

J'ignore ce qui vous a fait douter, et quels « tortureux » scrupules vous ont arraché à moi, mais ils ne méritent pas, à mon sens, qu'on leur sacrifie une passion telle que la nôtre.

Car enfin, tous nos sens nous dirigent l'un vers l'autre : l'essence de nos métiers d'artiste, l'élévation de nos ambitions et les sensations grisantes de notre peau l'une contre l'autre. Une fois encore, je l'écris sans fausse pudeur. Nos corps se correspondent parfaitement, ils sont faits pour se compléter, se mélanger, s'entrechoquer, se donner du plaisir, fusionner et s'aimer en somme.

Je souhaiterais tant de nouveau fuguer avec vous dans ce paradis céleste que vous m'avez laissée entrevoir ce soir.

Et si vous ne pouvez assumer une relation avec moi, par crainte que ma réputation scandaleuse ne vienne vous éclabousser (même si elle est infondée) ou que toute autre chose ne vous retienne, alors je vous propose de vivre cette histoire de la manière la plus naturelle qui soit. Et de laisser nos corps affamés se repaître l'un de l'autre en faisant taire nos cœurs. Je vous offre en effet de me donner à vous, sans contrepartie. J'ai la force nécessaire pour passer au-dessus d'un attachement plus profond, et je ne vous demanderai rien de plus. Mais nous ne pouvons en rester là, vous en conviendrez avec moi, sous peine de devenir fous.

Dans cette espérance, prenez soin de vous,

Aurore

Aux premières lueurs de l'aube qui répandait son lavis rosé dans le matin gris parisien, Aurore se précipita chez Catherine Delorvel. Celle-ci avait le teint pâle et semblait très contrariée, tenant encore à la main un journal dans lequel figurait une critique de son dernier ouvrage.

— Oh ! mon amie ! Comme j'avais hâte que vous soyez levée pour venir vous parler, commença Aurore, dans tous ces états… Je ne vous dérange pas trop, j'espère ? s'enquit-elle par politesse, sans toutefois réellement tenir compte de la réponse de sa camarade, trop préoccupée qu'elle était par ses soucis personnels.

— Non. Moi non plus je n'ai pas bien dormi. J'appréhendais la critique de mon livre qui devait paraître aujourd'hui dans le journal…

— Alors, qu'en est-il ?

— Le journaliste égratigne méchamment mon ouvrage, tout en vantant le vôtre à titre de comparaison, répondit Catherine, la voix étranglée par l'émotion, à travers laquelle perçait une certaine rancœur.

— Oh ! ne vous inquiétez pas pour cela ! Laissez ce gratte-papier – sûrement un écrivain frustré d'ailleurs – cracher son venin et ne vous en souciez guère. Continuez à travailler comme vous l'avez toujours fait, vous aurez d'autres critiques, bien meilleures que celle-ci. Tous les goûts sont dans la nature !

— C'est un peu facile pour vous de dire cela, répondit Catherine, les yeux rougis.

— Pourquoi donc ? J'en ai moi aussi fait les frais. (Puis Aurore se pencha sur le quotidien.) Quel est le journaliste qui a écrit cela ?

— Un certain Thimothée Chalard. C'est un ami à vous, il me semble.

— « Ami » est un bien grand mot ! Nous fréquentons le même club d'auteurs. Cela dit, c'est un jeune homme agréable et sympathique, et je suis surprise qu'il s'attaque à vous de la sorte.

— Pour mieux vous encenser, répliqua Catherine, acerbe. Il se pourrait bien qu'il ait quelque inclination pour vous…

— Mais je n'ai d'yeux que pour Rodolphe, vous le savez bien !

Catherine essuya ses paupières humides et, tout en

adoptant un masque d'impassibilité, replia son journal. De fait, Aurore crut l'avoir consolée, trop obnubilée par ses affaires pour réaliser l'ampleur du désarroi de son amie.

— Il faut d'ailleurs que je vous parle à son sujet…

— Maintenant ? s'enquit Catherine avec une certaine froideur.

— Oui ! La chose est d'importance.

Son hôtesse souffla, n'étant visiblement pas dans de très bonnes dispositions, mais prête à faire un effort tout de même.

— Dans ce cas, venez au salon. Désirez-vous un peu de thé ?

— Oh non, je vous remercie ! Vous êtes aimable.

Catherine sourit de manière un peu crispée, tout en assurant avec diligence son rôle de maîtresse de maison. Elle donna quelques directives à sa servante, avant de s'asseoir près d'Aurore. Celle-ci s'était installée sur le tabouret de piano et caressait les touches ivoire du bout des doigts.

— Alors, de quoi s'agit-il cette fois ? s'enquit-elle d'un ton détaché, teinté d'ironie.

— Oh ! je vous ennuie avec mes histoires ! Je le sens…

— Mais non, voyons ! Je suis toujours là pour vous, vous le savez bien…

— Et je vous en suis tellement reconnaissante !

Aurore lui saisit les mains, mais elles étaient glacées. Catherine les retira promptement pour les replier sur sa robe.

— Le temps s'est terriblement rafraîchi, ne trouvez-vous pas ? Je suis gelée.

— Peut-être… Je ne l'ai pas trop remarqué à vrai
dire, tant je bouillonne intérieurement, avoua Aurore,
l'esprit remué.

Catherine donna d'autres instructions à sa femme de
chambre pour qu'on alimente le feu dans la cheminée.
Aurore s'impatientait quelque peu, pressée d'en venir
au fait.

— Je vous écoute, lui dit enfin sa comparse.

Aurore lui raconta alors les derniers rebondissements
de son histoire avec Rodolphe. Elle lui narra dans le
détail comment Rodolphe avait couru la retrouver dans
la rue suite au billet qu'elle avait rédigé après le récital.
Elle résuma la conversation qui s'était ensuivie pour
préserver leur jardin secret. Et elle termina en apothéose
par l'aveu de leur baiser.

— Il m'a littéralement emportée au ciel… avant que
la foudre ne s'abatte sur ma tête quand Rodolphe s'est
détaché de moi pour me faire raccompagner.

À la fin de son récit haletant, elle sollicita la réaction
de Catherine. Celle-ci était demeurée stoïque. Elle avait
même bâillé une ou deux fois et ne s'était nullement
réjouie pour elle, contrairement à ce qu'Aurore aurait
pu penser. Cela jeta un froid sur son cœur, consumé
de passion pour son pianiste.

Habituée à contrer l'adversité, Aurore ne se laissa
pas déstabiliser pour autant.

— Eh bien, qu'en dites-vous ? Vous ne semblez
guère étonnée ou ravie de ce développement heureux.

— Heureux, c'est vite dit ! commenta Catherine d'un
ton sec. Vous voyez bien que ce garçon est empêché,
alors pourquoi insister ?

— Mais parce que nous sommes faits l'un pour l'autre ! C'est une évidence ! s'exclama Aurore, fiévreuse.

Catherine parut dubitative.

— Il souffle un peu le chaud et le froid. À votre place, je ne m'attacherais pas, tant qu'il n'est pas trop tard. Regardez dans quel état il vous a mise !

Elle scruta avec dédain la tenue d'Aurore. Celle-ci avisa son reflet dans un plateau d'argent. Sa cravate était nouée en dépit du bon sens, ses cheveux ébouriffés étaient pris dans un chignon fait à la va-vite. Sa redingote n'avait pas été brossée, ses bottes étaient crottées – ce qui dans les rues parisiennes n'avait rien d'étonnant, cela dit – et sa chemise était toute froissée. Et pour couronner le tout, elle s'était mal maquillée, l'ayant fait rapidement dans une semi-obscurité. Son fard était trop appuyé et dissimulait à peine ses cernes, et son rouge à lèvres avait un peu débordé.

— Vous avez raison, je perds pied ! Mais il me rend folle… de lui, il s'entend ! Oh ! Catherine, quel supplice que l'amour ! Il vous porte aux nues et l'instant d'après vous entraîne dans le plus noir désespoir. Je ne supporterai pas de rester aux enfers après avoir connu le paradis dans ses bras. Je veux demeurer dans les cieux, auprès de lui. C'est si bon d'aimer et d'être aimée en retour. C'est le bonheur le plus parfait qui soit !

— Ne vous l'avais-je pas dit ?

— En effet, Catherine, et je vous crois à présent. Aussi, je vous conjure de m'aider à le faire revenir vers moi.

La maîtresse de maison parut ennuyée.

— Et que puis-je faire ? Je doute qu'il accepte une

nouvelle invitation à l'opéra. Il risque de se méfier désormais, ironisa-t-elle en arquant un sourcil.

— Je voudrais que vous demandiez à votre compagnon de lui remettre la lettre que je lui ai écrite. Peut-être même pourrait-il sonder son cœur ? Florian a toujours été bon pour moi. Il était mon ami avant de vous connaître.

La jalousie piqua Catherine. Ce dont Aurore se rendit compte trop tard.

— Plût au ciel que vous n'ayez pas eu d'aventure avec lui, car je crois que nous ne serions pas là à converser dans mon salon ! s'exclama Catherine d'une voix rauque.

— Avec Florian, nous avons toujours entretenu une saine amitié, sans aucune ambiguïté. Cela se peut, entre un homme et une femme.

— J'en suis moins convaincue que vous, mais bon ! Soit !

— Oh ! Catherine, je suis anéantie ! Promettez-moi de remettre cette lettre à Rodolphe.

Aurore sortit la petite enveloppe blanche de son pardessus et la donna à son amie.

Celle-ci la contempla un instant, comme si elle hésitait à la prendre.

— J'espère que vous ne vous êtes pas trop rabaissée pour obtenir ses faveurs. Ce n'est jamais bon !

— Je lui ai dit que je me contenterai de peu avec lui désormais, pourvu que nous ayons ne serait-ce qu'un échange charnel qui nous permette d'assouvir nos désirs.

Catherine tiqua, peu convaincue.

— Saurez-vous vous en tenir à cela ? Ne souffrirez-vous pas ensuite qu'il vous ignore après vous avoir possédée ?

— Il le faudra bien… Mais ne plus le toucher, alors que je brûle de passion pour lui m'est juste insupportable !

— N'est-ce pas vous qui prêchez toujours pour que les femmes se fassent désirer ? N'est-ce pas vous encore qui me disiez qu'il est parfois nécessaire de piétiner le cœur des hommes pour les rendre fous de vous ?

— Je doute fort de vous avoir dit cela…

— Peut-être pas en ces termes, mais en substance ! Les hommes ne devenaient-ils pas follement épris de vous quand vous vous refusiez à eux ?

Aurore se leva brusquement.

— Très bien, Catherine, j'ai compris que vous ne vouliez pas m'aider. Je me débrouillerai par moi-même. Pardonnez-moi de vous avoir dérangée…

— Ne faites pas l'idiote et donnez-moi cette lettre, lui lança-t-elle alors, radoucie.

— Merci, Catherine. Du fond du cœur…

— Mais oui, allez ! Et laissez-moi, à présent. J'ai du travail.

Aurore revêtit son pardessus et se retourna soudain vers son amie. Elle venait de réaliser que celle-ci manquait singulièrement d'empathie envers elle.

— M'en voulez-vous de quelque chose, Catherine ? Je vous trouve étrange aujourd'hui.

Son hôtesse, dont le regard brillait d'une lueur curieuse, lui répondit alors :

— Ah, vous avez remarqué ? Peut-être suis-je blessée dans mon amour-propre, voyez-vous ! J'ai peu d'articles dans la presse sur mon travail et quand j'en reçois un aussi assassin que celui de ce matin, il est normal que cela m'affecte. Mais bien sûr, vous n'avez rien vu…

— Oh ! Catherine, je suis désolée si je vous ai froissée !

— Vous ne pensez toujours qu'à vous ! Même dans votre relation avec Rodolphe. Ne vous a-t-il pas effleurée qu'il puisse avoir ses raisons de ne pas vous aimer ?

Aurore ne sut quoi répondre. Catherine lui ouvrit la porte, lui signifiant ainsi la fin de leur entretien. Au dernier instant, Aurore se retourna vers son amie et regarda sa lettre qu'elle tenait à la main.

— Soyez tranquille, je m'en charge.

Aurore sourit faiblement et sortit, comprenant que dans certains cas mieux valait parfois ne pas insister, même s'il était dans son caractère de conquérir les choses avec vaillance.

Vêtu d'un gilet crème sur sa chemise blanche, Rodolphe était occupé à sélectionner des partitions lorsque Florian passa chez lui, sous le prétexte de lui en rendre une justement.

— Ah, Bach, formidable ! C'est exactement ce qu'il me fallait. Ce sera parfait pour mon élève, s'exclama-t-il. C'est très gentil à vous d'être venu !

— À vrai dire, je suis là aussi pour une autre raison…

Rodolphe se rembrunit, ayant peur d'en deviner le motif.

— Non… Ne me dites pas que vous êtes déjà informé de ce qu'il s'est passé ?

— Que voulez-vous mon ami, les femmes parlent entre elles !

Rodolphe se détourna, gêné.

— C'était une erreur, je n'aurais jamais dû…

— Quel homme pourrait résister aux appâts d'une

créature aussi belle, intelligente et terriblement séduisante que Nicola Delestre ?

— N'y avez-vous jamais succombé vous-même ? questionna Rodolphe, lui renvoyant habilement sa remarque.

Florian entreprit de lui expliquer les choses posément.

— J'étais en couple lorsque j'ai rencontré Aurore et je suis fidèle. Dans d'autres circonstances, peut-être que… (Il s'interrompit et marqua un temps, avant de poursuivre :) En tout cas, c'est une personne trop intéressante pour qu'on la néglige. Aujourd'hui je chéris notre amitié, tout autant que l'amour de ma compagne.

— Sachez que je comprendrais si vous étiez épris d'elle. Quel homme ne succomberait pas à ses charmes !

— Certes, mais dans le cas présent, c'est vous qu'elle désire par-dessus tout !

Rodolphe pivota vers le piano, pour que son ami ne puisse pas voir son profond désarroi.

— Cela ne se peut… Et vous en connaissez bien la raison !

— Oui, en revanche elle l'ignore… Pourquoi ne pas lui avoir révélé que vous étiez fiancé ?

Rodolphe hésita avant de répondre.

— Peut-être parce que les choses ne sont pas encore claires dans mon esprit.

— L'important, c'est qu'elles soient ancrées dans votre cœur…

Rodolphe approuva de la tête ; justement son cœur battait pour Aurore et non pour Helena, et cela le déchirait.

Florian ôta ses gants et entreprit de révéler le reste de la vérité à son ami.

— Ce matin, Aurore est venue trouver Catherine. Elle lui a remis une lettre à votre intention…

— Où est-elle ? demanda Rodolphe, aux abois.

— Catherine a refusé de me la donner.

— Pardon ?

— Elle estimait qu'Aurore se rabaissait trop vis-à-vis de vous et que ce n'était pas bon pour elle.

— De cela, ce serait plutôt à moi de juger, n'est-il pas ? interrogea Rodolphe, en tentant de refréner sa colère.

Il ne supportait pas l'idée que Catherine ait lu sa lettre, censée être écrite pour lui et pour lui seul.

— Je pense que Catherine a voulu protéger son amie. Elle a cru bien faire, je suppose, rétorqua Florian. Quoi qu'il en soit, elle m'a résumé son contenu.

— Eh bien, c'est parfait ! Ainsi, nous serons quatre à être au courant ! Voilà qui pèse peu dans un ménage…, s'énerva Rodolphe.

— Je pourrais aussi ne rien vous dire et m'en aller…, riposta Florian, piqué au vif. Devoir jouer les entremetteurs n'est pas la position que je préfère, loin de là !

Rodolphe se calma.

— Pardonnez-moi, mon ami. Je m'emporte ! Mais à ma décharge, j'ai peu dormi, j'étais fort contrarié.

Florian prit une profonde inspiration et se lança :

— Soit ! Alors, dans sa lettre, Aurore vous disait qu'elle désirait juste une relation légère avec vous, et rien de plus. Cela devrait donc vous rassurer sur ses intentions.

— Quoi, c'est tout ? Est-ce là tout ce qu'elle attend de moi ? De nous ?

— J'avoue moi-même avoir été surpris, connaissant le caractère entier d'Aurore. C'est qu'elle doit être sacrément mordue. Heureux homme ! conclut Florian, les mains dans les poches en soufflant.

Rodolphe demeura stupéfait, réfléchissant à tout ce que cela impliquait, notamment comme sacrifice de la part d'Aurore, en lui donnant la liberté de disposer d'elle de la sorte.

Florian reprit alors ses gants et mit son chapeau.

— Bien ! J'avais promis à Catherine de vous en parler, c'est chose faite. Je vais vous laisser travailler. Pour ma part, je dois aller voir notre ami facteur de pianos.

— Vous le saluerez de ma part…, répondit Rodolphe, l'esprit ailleurs.

— Je n'en ferai rien, croyez-le bien ! Il vous déteste depuis que vous avez estimé que son oreille faiblissait, à cause d'un piano mal accordé par ses soins.

— Il faut avouer que c'est un excellent artisan, mais en ce qui concerne les réglages…

— Je vous l'accorde, mon ami ! Sans jeu de mots ou si peu. Bonne journée !

— Vous me l'avez bien plombée, mais je vous remercie.

— Je vous en prie ! C'est bien le rôle des amis, n'est-ce pas ?

— Que me conseilleriez-vous ? hasarda Rodolphe, véritablement perdu.

— Je me garderai bien de vous donner des conseils dans ces sortes d'affaire. Si ce n'est, peut-être, de ne faire souffrir personne. Mais je doute que cela vous aide beaucoup…

Et sur ce, il franchit lestement la porte, laissant Rodolphe désemparé, et devant lutter plus que jamais entre désir et culpabilité.

Lorsqu'il parvint chez les Knackel ce soir-là pour le dîner, Rodolphe était bien déterminé à tenir tête à la mère acariâtre d'Helena. Il avait en effet l'intention de différer le mariage de quelques mois, le temps pour lui de lire dans son propre cœur.

Il invoqua un séjour à Londres où il avait promis d'accompagner son ami, facteur de pianos, pour justifier sa volte-face. Mais Mme Knackel ne l'entendit pas de cette oreille.

— À Londres ? Mais quelle idée ! N'avez-vous pas assez à faire à Paris ? Helena pourrait avoir besoin de plus de cours de piano, si c'est l'argent qui vous préoccupe…

— C'est fort aimable à vous, madame Knackel, mais je gagne bien ma vie et j'ai du travail par-dessus la tête ! Je ne pourrais donc pas voir votre fille plus que convenu, répondit-il avec diplomatie.

Mme Knackel croisa ses bras potelés en quête d'un argument imparable.

— Et comment va-t-elle faire pour progresser en votre absence ? Vous serez parti plusieurs jours, j'imagine…

Elle prêchait le faux pour savoir le vrai, mais Rodolphe n'était pas dupe.

— Plusieurs semaines, voire deux mois, je pense.

— Oh ! mon Dieu ! (Elle se saisit d'un éventail,

et l'agita frénétiquement.) Voilà que mes vapeurs me reprennent !

Helena se précipita aussitôt auprès de sa mère.

— Maman !

— Allez donc me chercher mon remède spécial, ma fille ! Vous êtes bien la seule à vous soucier de moi.

Ce disant, elle visait et fustigeait son époux, qui lisait tranquillement au coin du feu.

— Lequel, mère ?

— La petite bouteille, dans le placard du haut de la commode. Celui que je garde dans le linge frais pour les cas d'urgence. Et celui-ci en est un !

— Ah, oui ! La liqueur de…

La femme rougissante lui coupa aussitôt la parole.

— C'est cela ! Donnez-m'en juste un verre, laissez le flacon sur place, ajouta-t-elle encore en lui faisant les gros yeux.

— À mon avis, le remède risque de vous faire plus de tort que le mal, très chère ! rétorqua alors M. Knackel d'une voix calme.

— Je me fiche éperdument de ce que vous pensez ! Vous n'avez aucune considération pour moi et mes pauvres nerfs !

— Détrompez-vous, je les supporte depuis si long-temps, que j'ai pour eux la plus grande mansuétude !

Rodolphe assistait impuissant à cette réjouissante scène familiale. Il hésitait entre se retirer, puisque personne ne lui prêtait plus guère attention, et rire pour soulager sa tension.

L'attitude excessive de Mme Knackel ne parvenait pas à lui inspirer ne serait-ce qu'un peu de compassion et il éprouvait de moins en moins de sympathie pour sa fille. Il aurait tant souhaité qu'elle fasse preuve de plus de caractère en se rebellant contre son autorité abusive. Après tout, elle pourrait toujours obtenir le secours de son père pour subsister. Aurore Delattre avait bien réussi à s'en sortir seule, elle, c'était donc qu'il était possible pour une femme de le faire !

En pensant à Aurore, il ressentit une bouffée d'admiration, en songeant à son parcours et aux adversités qu'elle avait traversées. Mais l'instant d'après, il éprouvait une forme aiguë de culpabilité. Elle se manifesta sous la forme d'une boule qui lui remonta dans la gorge, menaçant de l'étouffer. De fait, il desserra sa cravate.

— Oh ! mais oui monsieur Mayer, tonna soudain Mme Knackel après avoir bu une lampée d'alcool, vous pouvez vous sentir mal à l'aise ! Car enfin vous nous mettez dans une situation très délicate ! Que vont dire nos amis, et tous les aristocrates de la haute société viennoise que nous avions informés de la célébration prochaine de votre union ? Sans compter que cela risque fort de faire jubiler Mlle Steiner. Je l'imagine déjà en train de pérorer, dire que vous ne voulez plus épouser notre fille, car c'est bien de cela qu'il s'agit, n'est-ce pas ?

Là encore, elle prêchait le faux pour connaître le vrai. Rodolphe la laissa aller au bout de son discours avant de tempérer mollement ses propos.

— Je pars juste à Londres quelque temps…

Flairant bien la réticence de son futur gendre, Mme Knackel décida cependant, après la complainte qui demeurait sans effet, de passer à la menace.

— N'oubliez pas non plus que nous avons le bras

long et que nous pouvons aussi bien faire que défaire des carrières…

Son regard luisait de suffisance et d'envie de vengeance.

— Peut-être que ce jeune homme aimerait manger à présent ? risqua monsieur Knackel qui sentait la situation dégénérer.

Mais sa femme n'en tint pas compte, et lui porta l'estocade.

— Quand je pense que nous sommes intervenus pour vous auprès de nos chers amis, pour que l'empereur daigne vous écouter en concert. Et il est d'accord ! Mal nous en a pris… Nous avons été bien naïfs ! On ne nous y reprendra plus.

Cette fois, Rodolphe tressaillit. Parlait-elle sérieusement ?

— L'empereur, dites-vous ?

— Absolument, monsieur Mayer ! (Voyant que ses propos l'avaient enfin touché, elle s'engouffra dans la brèche.) Et Dieu sait à quel point il est occupé pourtant. Et j'ai pensé à tout ! Dans un premier temps, pour roder votre programme, vous aurez l'occasion de vous produire devant une assemblée choisie de la haute aristocratie viennoise. Vous connaissez la plupart des gens et ils semblent tous acquis à votre cause, ce sera donc une formalité pour vous !

Rodolphe arqua les sourcils, peu enclin à considérer la chose comme facile.

Exaltée, Mme Knackel poursuivit alors :

— Ensuite, ce sera le concert devant l'empereur ! Nous avions l'intention de vous l'annoncer lors du mariage. Mais tout porte à croire qu'il souhaiterait

que vous vous produisiez pour lui sous peu… Enfin !
Il est vraiment dommage que vous quittiez la France.
Quel gâchis !

Rodolphe chercha dans le regard de son époux la
confirmation de ses dires. Ce dernier approuva alors
mollement de la tête.

— Cela change la donne…, convint Rodolphe,
songeur.

— Ah, vous voyez ! J'avais bien raison de vous dire que
ce n'était pas le moment de partir ! J'ai toujours raison,
d'ailleurs ! N'est-ce pas, Frantz ? ajouta Mme Knackel,
triomphante devant Rodolphe, défait.

Chapitre 8

Pause

Paris, 7 novembre 1839

Penchée sur son secrétaire, Aurore s'efforçait tant bien que mal de noircir les pages blanches de son nouveau roman, mais sans parvenir à trouver l'inspiration. Après une ultime tentative, puis avoir raturé les mots jetés sur le papier, elle abandonna, lâcha sa plume et s'adossa à sa chaise. Elle fixa un moment sa bougie, dont la lumière ambrée déteignait sur son encrier, essayant d'y trouver un apaisement hypnotique, mais là encore sans succès, son esprit bouillonnait trop.

— Le silence est le pire des mépris ! marmonna-t-elle, tourmentée.

Cela faisait plusieurs jours qu'elle avait écrit la lettre pour Rodolphe et, depuis, chaque seconde passait dans l'attente d'un signe de sa part. Hélas, sans qu'il se manifeste. Elle s'était bien rendue chez Catherine pour obtenir la confirmation qu'il avait eu son message, mais son amie l'avait presque éconduite, laissant simplement entendre que Florian lui avait transmis ses intentions. L'attitude de Catherine était d'ailleurs pour le moins curieuse, elle paraissait l'éviter, prétextant être très prise par sa nouvelle création littéraire.

Vraiment singulier ces relations entre écrivains ! Ne peut-on juste être amis dans ce milieu ?

Depuis la critique acerbe de son roman, Catherine était devenue une étrangère. Elle faisait exister une rivalité professionnelle entre elles qui n'avait pas lieu d'être. Après tout, chaque auteur possédait sa propre voix, ses sujets de prédilections, son style. Pour Aurore, le but n'était pas tant d'être connue, mais d'être reconnue dans l'exercice de son art. Chaque écrivain avait sa chance… Mais, visiblement, son « amie », si tant est qu'on puisse la considérer de la sorte, ne l'entendait pas ainsi. Ce froid entre elles tombait mal, car Aurore n'avait jamais eu autant besoin d'une confidente pour s'épancher sur les tourments de son cœur et partager ses espoirs aussi.

Elle avait bien tenté de sonder discrètement Florian, qu'elle avait croisé en allant rendre visite à Catherine, mais ce dernier avait prétexté que Rodolphe était accaparé par un grand concert qu'il devait donner.

Ainsi donc, l'ambition a dévoré son âme, songea-t-elle.

Tandis que tout son être à elle était consumé par les flammes de la passion qu'elle ressentait à son égard. Celle-ci grandissait même à chaque instant, se repaissant du vide propice au développement de l'imagination et des fantasmes alimentés par son mystérieux silence. Comble de l'ironie, alors qu'elle avait toujours rêvé d'éprouver un tel sentiment, qui pourrait nourrir ses écrits, c'était l'inverse qui se produisait, puisqu'elle n'arrivait plus à écrire !

Oh ! Elle avait bien tenté de l'oublier et de le reléguer dans un coin de sa tête, mais sans y parvenir. Rodolphe était chevillé à tout son être. Elle ressentait en effet non seulement un ardent désir physique pour cet homme, sa peau demeurant affamée de la sienne, mais encore un puissant sentiment amoureux mêlé d'admiration. Cet exilé avait tant souffert, mais avait eu le courage de quitter sa patrie pour vivre de son art à Paris. Comme elle, il avait pâti de problèmes financiers, qui n'avaient cependant pas réussi à le faire douter de pouvoir réaliser son rêve. Cet homme était guidé par sa passion, la musique était sa vraie maîtresse. En disant cela, elle éprouva une sorte de jalousie piquante, qu'elle trouva ridicule l'instant d'après.

Au-delà de cette correspondance de corps et de cœur, il y avait surtout cette communion d'âme entre eux, qui surpassait tout et qui pouvait les mener à une relation puissante, durable et épanouissante. Elle avait en effet entraperçu sa belle âme à travers sa musique, puis dans ses yeux, avant que la sienne n'entre en résonance avec elle lors de leur discussion. Elles semblaient se nourrir l'une de l'autre, se complétant à la perfection.

Aurore se leva pour aller à sa fenêtre. La nuit d'encre enveloppait tout, et le silence nimbait l'atmosphère de coton. Les spectateurs des théâtres, les retardataires et les amants illégitimes étaient tous rentrés chez eux ou restés dormir chez leur maîtresse en attendant l'aube où ils pourraient sortir discrètement. Les heureux hommes ! Que ne donnerait-elle pas pour avoir Rodolphe dans son lit !

Aurore était une femme sensuelle. Aussi, la satisfaction de ses sentiments passait-elle par une relation
charnelle épanouie. Dans le baiser qu'elle avait échangé
avec Rodolphe, elle avait entrevu toute la volupté qu'elle
pourrait connaître lors de la fusion de leurs corps. Elle
éprouvait le besoin d'aller avec lui jusqu'au climax de
leurs sensations.

En lui proposant une relation légère, elle pensait ainsi
ne pas lui mettre la pression. Elle avait peur en effet qu'il
se sente menacé ou enchaîné par la perspective d'un
amour durable, les artistes aimant se sentir libres de
leurs faits et gestes. Elle savait pourtant qu'une relation
purement physique, qui ferait d'elle l'esclave de ses sens,
ne pouvait mener qu'à la servitude, au désœuvrement et
à la lassitude. Mais elle n'ignorait pas non plus que les
hommes étaient plus sensibles à ce genre d'argument,
étant davantage portés sur la chose que bien des femmes.
Elle l'avait appâté en quelque sorte, espérant secrètement
que cette relation charnelle pourrait ensuite déboucher
sur une liaison passionnée et plus si affinités, et Dieu
savait si elles étaient nombreuses entre eux !

Aurore soupira. Elle était épuisée, il était plus que
temps pour elle d'aller se coucher.

Mais une fois dans son lit, il lui fut impossible de
trouver le sommeil. Lorsqu'elle fermait les yeux, c'était
l'image de Rodolphe qu'elle avait devant les paupières,
tandis que le thème de son prélude ne cessait de hanter
son esprit. Elle passait d'ailleurs la journée à rechanter
les airs qu'il avait joués et qui l'avaient enchantée. Ils lui
tenaient compagnie.

Elle se redressa et, mue par un sursaut de vaillance

et d'audace, elle décida qu'elle ne pouvait abandonner sans rien faire, elle devait dresser un plan de bataille ! Ainsi, elle aurait tout tenté et n'aurait point de regret, la vie était trop courte pour laisser des occasions telles que celle-ci, unique et si rare, glisser entre ses doigts !

L'adversité est juste là pour éprouver la force de mes sentiments, pensa-t-elle.

Elle retourna à son écritoire et cette fois dressa une liste des actions à entreprendre pour partir à sa conquête.

En premier lieu, elle regroupa plusieurs de ses romans. Un critique ne lui avait-il pas dit un jour que ses textes étaient « à même de séduire n'importe qui ou d'achever de convaincre les plus réticents » ?

Puis, elle rédigea une note pour les accompagner.

Cher Rodolphe,

Pour faire suite à la conversation que nous avons eue l'autre jour, je me permets de vous faire parvenir quelques-uns de mes ouvrages, afin que vous puissiez les découvrir, si le cœur vous en dit.

Cela nous donnera matière à discussion lorsque nous nous reverrons. Il n'y a pas de raison en effet pour que je sois la seule à fredonner vos œuvres en votre absence. Il me paraît juste que vous puissiez également chanter mes louanges !

Au plaisir de vous revoir donc,

Avec toute mon affection,

Aurore

La deuxième partie de son plan consistait à utiliser une tierce personne comme on use d'un cavalier aux échecs pour atteindre son roi.

Elle le retrouva le lendemain dans le café qu'il avait l'habitude de fréquenter près du journal pour lequel il écrivait des articles.

— Bonjour, Jules ! lui dit-elle en le surprenant assis à sa table en train de lire un quotidien.

L'homme blond, dont les tempes se garnissaient de cheveux gris épars, leva ses yeux vers elle, interloqué. Aurore nota qu'ils étaient soulignés de cernes, sans doute creusés par son anxiété ou son manque de sommeil.

— Tiens ! Si je m'attendais…

— Puis-je ? demanda-t-elle, en désignant la chaise à ses côtés.

Jules Delestrelle s'empressa d'en retirer ses gants et son chapeau.

— Elle est à vous !

Vêtue en homme et couverte d'une cape noire, Aurore s'installa, croisa élégamment les jambes et sortit un cigarillo de sa poche. Après l'avoir allumé, elle en tira une large bouffée avant de dessiner quelques volutes gracieuses dans l'espace. Jules l'observait, comme fasciné, avant de revenir à un sentiment moins complaisant, du fait de leur histoire.

— Avez-vous quelque chose à me demander ou êtes-vous juste venue pour m'enfumer ? questionna-t-il d'un ton amer.

Aurore sourit, appréciant le trait d'humour. Son

regard bleu saphir se perdit dans la foule qui s'amassait sur les trottoirs.

— Je trouve vos propos blessants, ne m'aviez-vous pas offert de nous revoir « apaisés, en amis » ?

— En effet ! Mais ça, c'était avant… J'ai changé d'avis depuis. Vos mesquineries me sont en effet revenues à l'esprit. Vous voyez que moi aussi j'ai de la mémoire !

Aurore baissa la tête en pinçant les lèvres. C'était un juste retour des choses et elle ne pouvait lui en vouloir. Elle allait devoir faire preuve de beaucoup de diplomatie pour obtenir ce qu'elle désirait.

Au même moment, le serveur vint prendre sa commande. Vêtu de blanc, il avait les cheveux plaqués et portait des moustaches noires très fines. Aurore hésita à consommer de l'alcool ce qui permettrait aussi de dérider Jules, mais comme la matinée était à peine entamée et qu'elle avait peu dormi, elle opta pour deux cafés.

À présent qu'ils ne risquaient plus d'être dérangés, elle passa aux choses sérieuses.

— Alors, puisque vous avez de la mémoire, vous souvenez-vous de ce pianiste qui a joué l'autre soir chez Catherine Delorvel ?

— Oh ! oui, je m'en souviens ! Excellent d'ailleurs. Comment se nommait-il déjà ? Alphonse ou Frédéric…

— Rodolphe Mayer, répliqua sèchement Aurore, peu disposée à le voir écorcher son nom.

— C'est cela, répondit-il, l'œil amusé, comme s'il avait perçu dans son empressement la marque de son intérêt.

— J'ai été amenée à l'entendre de nouveau et je suis

persuadée que nous tenons là un brillant compositeur, si ce n'est peut-être le plus talentueux de son siècle.

Jules l'écouta en silence avant de l'approuver, à sa plus grande satisfaction.

— Sans aucun doute… Et ?

— J'aimerais écrire un article sur lui, que vous pourriez soumettre à votre journal, en votre nom bien sûr.

Jules, surpris, haussa les sourcils.

— Mais, dans ce cas, pourquoi ne pas le faire vous-même ?

— Je suis un peu en froid avec le rédacteur en chef.

— Tiens donc ! Et pour quel motif ?

— Une critique acerbe parue à l'encontre d'une amie, que j'ai défendue…

Jules se prit à rire.

— Je reconnais bien là votre caractère entier, très chère ! Toujours à protéger la veuve et l'orphelin…

— C'était d'une injustice flagrante et je ne pouvais rester sans rien faire !

— Si nous devions lutter contre toutes les inégalités de ce monde, nous n'en finirions plus. Autant se battre contre des moulins à vent ! Quelle drôle de Don Quichotte en jupons faites-vous ! s'exclama-t-il en la désignant du menton. Ou plutôt en pantalons…

— Peut-être, mais j'ai ma conscience pour moi !

— C'était noble de votre part…, concéda Jules en la regardant d'un œil plus clément. Vous voici bien punie pour votre action. Votre amie vous a-t-elle remerciée au moins ?

— Elle… n'en a pas été informée, avoua Aurore en

baissant les yeux, songeant au mutisme de Catherine. Alors, acceptez-vous ?

Jules but une gorgée de café, en laissant planer le suspense.

— Que me donnez-vous en échange ?

— Toute ma gratitude !

Jules éclata de rire.

— La belle affaire !

— Très bien. Que désirez-vous dans ce cas ? demanda Aurore, prête à tout pour pouvoir toucher Rodolphe.

— Vous semblez sacrément mordue, dites-moi ! Il est votre amant, n'est-ce pas ?

— Vous vous méprenez, Jules, rétorqua-t-elle en expirant un épais nuage de fumée.

— Mais vous le voudriez bien, non ?

— Je ne répondrais pas à cette question. Mon admiration pour sa musique est bien plus élevée que vos basses considérations.

— Donc, vous le révérez... Hmmm... Vous connaissant, c'est pire encore. (Il réfléchit un temps, une éternité.) Très bien. J'accepte !

— Oh ! Jules ! Merci ! s'exclama Aurore, soulagée.

— À une condition..., ajouta toutefois son interlocuteur.

— Laquelle ? interrogea Aurore, méfiante.

— S'il ne vous accorde guère ses faveurs, alors offrez-moi les vôtres. Disons, pour une nuit ? Il fait de plus en plus frais le soir et votre tempérament bouillonnant me réchaufferait...

Dégoûtée, Aurore comprit qu'il n'y avait pas moyen de négocier avec lui, et d'une manière générale avec un ancien amant. Comment avait-elle pu le croire aussi naïvement ? Elle avait commis une erreur grossière en s'abaissant à le lui demander. Elle saisit son chapeau et se leva.

— Dire que je pensais avoir affaire à un gentleman ! Mais visiblement, vous n'êtes pas capable de séparer vos considérations privées de vos intérêts professionnels. Car cet homme fera parler de lui, vous verrez ! Et vous n'aurez qu'à vous mordre les doigts de ne pas avoir voulu vous en faire l'écho le premier.

— C'est là où vous vous trompez, très chère ! Car je trouve votre idée excellente. Et cet article je vais l'écrire moi-même ! Vous voyez, c'est moi qui vous ai eue, finalement…

— Si ça vous amuse, Jules ! s'exclama Aurore, en rage.

Elle l'entendit s'esclaffer un moment, tandis qu'elle se levait et s'éloignait d'un bon pas.

Mais qu'importe ! C'était elle qui avait gagné en définitive, car en plus de laisser l'addition à Jules, elle avait obtenu un article au profit de Rodolphe. Un sourire discret se dessina sur ses lèvres.

Rodolphe s'affairait laborieusement sur ses partitions, à réécrire la fin de son concerto n° 2 pour piano. Il avait passé la nuit à sa table, enrichissant la partie de piano de traits virtuoses destinés à paraître plus brillant, tout en étoffant la partie d'orchestre de contrepoints mélodiques percutants. Il avait également creusé l'andante, apportant au mouvement lent de son concerto une atmosphère toute nouvelle, empreinte de rêves, de peine et d'espoir. Il n'avait pas à aller loin pour trouver ces émotions cela dit, il n'avait qu'à puiser en lui, où

elles tourbillonnaient depuis cette fameuse soirée avec
Aurore. Il tentait depuis de se noyer dans le travail pour
oublier, mais la passion ne le quittait pas. Elle lui était
chevillée au corps, dévorant son cœur et son âme, et
c'était une lutte incessante pour résister à cet appel.
Aussi, il était non seulement fatigué de s'affairer jour
et nuit pour le concert destiné à satisfaire la noblesse
viennoise, afin d'accéder à l'empereur, mais il était en
souffrance du fait de sa situation sentimentale. Il ne
dormait quasiment plus et l'épuisement le guettait.

Il entendit soudain son domestique entrer dans la
pièce voisine, puis un bruit de vaisselle. Il faut dire
qu'elle s'entassait et qu'il ne rangeait rien, tout entier
absorbé par sa création. Il gratta sa barbe naissante,
tout en songeant qu'il devrait passer chez le barbier et
qu'une tenue négligée ne seyait guère à un compositeur
digne de ce nom. Qu'adviendrait-il s'il devait croiser
Aurore dans la rue ? Cette pensée lui pinça le cœur. Il
secoua la tête, bien déterminé à l'en chasser, mais plus
il s'évertuait à ne plus y songer, plus elle revenait en
force avec l'envie d'elle qui le taraudait.

*Dire qu'elle s'est proposée de se donner à moi sans
contrepartie ! Quel homme suis-je donc pour le lui refuser ?*

C'était trop beau, inespéré et en même temps terriblement dangereux, car il ne saurait s'en contenter.
Il voulait connaître avec elle l'ivresse des sens, tout
autant que le vertige des discussions sur les plus hautes
cimes. Il n'avait jamais éprouvé cela avec une femme
auparavant…

Il retourna à sa table de travail, car un thème aux
violoncelles et contrebasses avait jailli dans son esprit.

Il se répercuterait ensuite aux altos, puis aux violons. Enfin, la flûte traversière le reprendrait à la tierce, avant que toute l'harmonie ne la rejoigne. L'idée était bonne, excellente même ! C'était un thème très féminin, charmeur, mais fort à la fois, comme Aurore finalement…

Sa bougie avait cessé de brûler, laissant un amas de cire. Heureusement, la lumière du jour, brumeuse et pâle, éclairait progressivement l'appartement. Une odeur de brioche et de café chaud le tira alors de ses réflexions. Ce brave François, il s'occupait bien de lui ! Il rejoignit son valet de pied dans la pièce attenante. Ce dernier ne s'y trouvait pas, trop accaparé en cuisine. Il avait en revanche déposé le courrier à son intention, dont un étrange paquet qui lui était destiné.

Il saisit celui-ci en premier et, après avoir libéré le contenu de son emballage, il découvrit, étonné, plusieurs livres d'Aurore, accompagnés d'un petit billet. Il frémit en reconnaissant sa belle écriture, dont les lettres possédaient un caractère bien affirmé avec cependant des courbes féminines et nerveuses. Lorsqu'il le lut, un large sourire s'épanouit sur son visage. Elle avait illuminé sa journée. Ce qu'il était bon de la retrouver, avec son formidable sens de l'humour. Il s'attarda en particulier sur deux phrases : « Au plaisir de vous revoir » (Oh ! comme il aimerait que ce soit le cas !) ; et « Avec toute mon affection ».

Il huma le billet et crut sentir un peu de son parfum. Puis il saisit l'un de ses livres et y plongea avec volupté. Accoudé sur le piano, il poursuivit sa lecture jusqu'à dévorer tout un chapitre. Ce que c'était bien écrit ! À la fois bien exprimé, avec finesse et un véritable sens de l'intrigue qui le happait. Par gourmandise, il prit un autre de ses livres avant de lui faire subir le même traitement. Lorsqu'il lut que l'héroïne était une jeune fille un peu naïve, qui vivait à la campagne sous la coupe d'une mère acariâtre, il pensa aussitôt à Helena. Son sang ne fit qu'un tour et il referma prestement l'ouvrage, le cœur battant. Ah, cette fichue culpabilité !

Il ne devait pas tomber amoureux d'Aurore, du moins pas plus qu'il ne l'était déjà, par respect pour la demoiselle et pour son engagement. Il s'assombrit et se dit qu'il lui faudrait avoir une discussion franche avec l'autrice. Il ne pouvait pas la laisser dans l'attente, dans l'espérance. Il devait y mettre un terme, et ainsi les choses seraient également terminées pour lui. Mais en aurait-il le courage ? Si son cœur s'y refusait, la raison lui intimait cependant de le faire. Mais ce n'était guère le moment, il n'avait pas le temps ni la possibilité d'y songer, il y avait ce damné concert à préparer. Ah, Mme Knackel l'avait bien piégé ! Même si elle était désireuse aussi de le voir évoluer. Et cela bien sûr pour mieux valoriser sa fille ! Il se sentait un jouet, une vulgaire poupée de chiffon entre ses mains, et cette sensation lui était fortement désagréable.

Il retourna alors à son courrier et découvrit une lettre en provenance d'Autriche. Il fut très heureux de constater qu'elle était de son meilleur ami, Fynn, lequel lui manquait terriblement ! Ah, ce qu'il aurait aimé lui confier son désarroi, prendre ses conseils et aussi lui présenter Aurore pour avoir son sentiment à son sujet. Curieusement, en effet, ce n'était pas Helena qu'il avait envie de lui montrer.

Il plongea avec enthousiasme dans sa lettre, laquelle était longue et comportait quatre pages. Il prit soin auparavant d'attraper un morceau de brioche en forme de croissant, comme celle découverte chez les Knackel l'autre jour. Une charmante attention de son serviteur, sans doute, en apprenant la provenance de ces viennoiseries ! Sacré François !

Il but une gorgée de café, qui avait eu le temps de tiédir. Puis il se laissa tomber avec délectation dans son fauteuil de velours préféré en entamant la lecture de la lettre.

Fynn lui racontait la vie à Vienne de ces dernières semaines : il ne s'était pas écoulé plus de deux mois en effet depuis sa précédente missive et Rodolphe se réjouissait de la fidélité de son ami. C'était un peu toujours les mêmes ragots et potins qui circulaient, dans les mêmes cercles d'influences, orchestrés par les mêmes « perruches emplumées » et notables haut placés. Fynn lui fit aussi part avec précaution de l'état de santé préoccupant de son père, qui apparaissait de moins en moins dans le monde, et cela chagrina beaucoup Rodolphe. Il devait à tout prix réussir à percer à Paris avant que ne survienne l'irréparable. À cette pensée, son cœur se serra davantage. Il fallait que son père assiste à ce triomphe pour lequel il avait œuvré toute sa vie. Son fils lui devait bien cela. Il ne lui avait pas encore écrit pour lui parler de son concert pour l'empereur, mais cette nouvelle le réjouirait assurément au plus haut point. Il attendait juste d'être prêt.

Un passage de la lettre lui fit soudain l'effet d'un coup de poignard en plein cœur. Bien plus que l'annonce de l'état de santé faiblissant de son père, qui n'était pas une nouveauté, hélas.

Il faut aussi que je te prévienne d'une rumeur qui circule actuellement sur ton compte et qui pourrait te causer grand tort si tu ne fais pas en sorte de l'étouffer rapidement.

Il se murmure en effet que tu aurais une liaison avec la scandaleuse Nicola Delestre, dont l'abominable réputation est parvenue jusqu'à nous, tout autant que son talent d'écrivaine a franchi la frontière, d'ailleurs. Apparemment, c'est Mlle Steiner qui vous aurait aperçus ensemble à l'opéra, partageant une loge et très complices. Cette information a été confirmée par une autre dame de l'aristocratie viennoise (dont j'ignore le nom), qui vous aurait vus tous deux dans les rues de Paris la nuit, après un récital chez la comtesse Marliani.

J'avoue avoir du mal à croire ces rumeurs, connaissant votre sérieux et votre attachement à des femmes plus discrètes, aux valeurs plus profondes et traditionnelles, tout autant que votre engagement auprès de la pure Helena Knackel.

Quoi qu'il en soit, je tenais à vous prévenir. Je ne pense pas que votre père en ait été informé, sans quoi il aurait déjà eu une attaque. Plus sérieusement, je compte sur vous pour faire le nécessaire afin de mettre un terme à ces racontars. Cela vaudrait mieux pour vous, conseil de votre ami !

Autrement, et pour terminer sur une note plus légère, je souhaitais vous parler des derniers récitals auxquels j'ai eu l'occasion d'assister…

Rodolphe releva la tête de la lettre en proie à une colère sourde.

Nicola Delestre, une femme scandaleuse ? Mais elle est probablement la personne la plus sincère, passionnée, douée d'une nature sensible et d'une profondeur inouïe que j'aie rencontrée jusqu'ici ! songea-t-il en fulminant.

Cette peste de Steiner ! Répandre ainsi son venin dans les cercles influents de l'aristocratie viennoise. Que cherche-t-elle ? Ce n'est pas de la sorte qu'elle obtiendra mes faveurs. Je ne la reverrai pas de sitôt d'ailleurs, cela lui fera les pieds ! Les gens jugent sans connaître, sur des a priori et les apparences !

Il songea que si la rumeur était parvenue jusqu'à Fynn, alors peut-être que Mme Knackel était au courant également. Ce qui expliquerait qu'elle tente de hâter les choses concernant leur mariage…

Quand je pense que je me prive de la présence aussi délectable que désirable d'Aurore alors que toute l'Autriche bruisse de commérages à mon sujet en se gargarisant sur notre relation ! Quel homme stupide !

En proie à la colère, il se mit à tourner dans son appartement, comme un lion en cage. Puis, soudain, la vérité lui apparut dans toute sa nudité.

Eh bien, puisque toute l'Autriche jase sur notre dos et imagine que je fréquente Aurore, alors autant leur donner satisfaction ! Après tout, je suis un homme libre et j'ai le droit de côtoyer qui je désire ! Pourquoi me priver de la compagnie d'une aussi illustre et talentueuse personne ? Ne fait-elle pas partie du monde des arts parisiens dans lequel j'évolue ? Sans compter que plus l'on se cache, et plus l'on attire la suspicion. *Alors, autant faire les choses en pleine lumière !*

Puis il s'assombrit en songeant aux paroles de Fynn concernant son père et se remit à faire les cent pas dans la pièce.

Il ne faudrait pas cependant que mon père en prenne ombrage… C'est pourquoi une relation amoureuse entre nous n'est clairement pas possible… Même si cela doit me torturer jusqu'à la fin de mes jours ! Nous devons rester simplement amis. (Il inspira.) *Mais Aurore l'acceptera-t-elle ? Elle qui est prête à me donner son corps sans me demander davantage.* (Il souffla.) *Et surtout, serais-je capable de la fréquenter sans céder au désir qui me taraude chaque fois que je vois cette adorable femme ? Mais cela, il n'y a qu'une façon de le savoir…*

Rodolphe se rua dans le vestibule et hurla à l'intention de son valet :

— François, préparez-moi mon habit bleu ! Je sors !

Chapitre 9

Aubade

— Mademoiselle, il y a là un monsieur très pressé qui souhaiterait vous voir, s'exclama la femme de chambre d'Aurore, un plumeau à la main, toute perturbée.

Courbée sur son secrétaire et portant encore les habits de la veille, après une nuit à écrire et cogiter, Aurore se releva sans y croire.

— Quoi, à cette heure ? Allons bon ! Et qui est-ce ?

La petite servante aux joues rondes fut bien incapable cependant de le lui apprendre.

— Il n'a pas donné son nom…

Aurore s'impatienta quelque peu. Davantage par fatigue cela dit qu'arrogance, car ce n'était point là son caractère.

— Décrivez-le-moi au moins !

— Eh bien, il a les cheveux plutôt clairs, il est grand, bel homme et il porte un habit bleu. Ah, et puis il a l'air épuisé aussi.

Ce qui nous fait un point commun, songea Aurore avant d'essayer de deviner de qui il s'agissait. Ce portrait lui évoqua tout de suite les cernes de Jules, tout autant que ses cheveux blonds.

Aurait-il changé d'avis concernant l'article ? Me laisse-rait-il l'écrire ? Je pourrais ainsi encenser mon compositeur tout à loisir…, s'enthousiasma Aurore avant de se raviser.

Non, cela ne se peut ! À mon avis, il est encore venu me narguer. Eh bien, il va trouver à qui parler !

Elle se leva et se dirigea vers le hall d'entrée, mais son regard croisa alors un miroir et elle s'arrêta. Elle avait le teint pâle et brouillé, les cheveux, défaits, et son gilet ouvert sur sa chemise froissée n'était pas du meilleur effet. Non, définitivement, elle n'était pas assez apprêtée pour le recevoir. Elle devait être forte devant lui et en pleine possession de ses moyens et de ses charmes. Aussi, changea-t-elle d'avis.

Somme toute, il faisait preuve d'une attitude on ne peut plus cavalière en débarquant ainsi à l'improviste ! Refuser de le voir lui conférerait également un certain pouvoir.

Il faut savoir se faire désirer, après tout ! Il repassera quand je serai disposée à l'accueillir.

Sa décision étant prise, elle signifia à sa femme de chambre de l'éconduire.

L'instant d'après, elle entendit quelques murmures échangés dans l'entrée. Elle tendit l'oreille pour tenter d'identifier la voix grave du visiteur, mais en vain. Il faut dire que la fenêtre était restée grande ouverte pour aérer la pièce, et qu'au bruit des calèches, malles-poste, et voitures diverses, se mêlaient les hennissements des chevaux et les cris des vendeurs ambulants. Paris était une ville on ne peut plus turbulente ! Aurore en avait pris son parti, appréciant l'ébullition du milieu artistique qui y régnait.

La porte d'entrée s'étant refermée après un temps qui lui avait paru long, Aurore ne résista pas à l'idée de savoir comment avait réagi l'indésirable. Elle se précipita dans le hall, où sa femme de chambre tenait à la main un billet.

— Il m'a remis ceci pour vous, dit-elle d'une petite voix en lui tendant une feuille griffonnée par son visiteur après que la servante lui eut fourni une plume et du papier.

Ce qui expliquait le temps qui s'était écoulé avant qu'il ne déguerpisse enfin.

Aurore la saisit et constata, surprise, qu'il s'agissait d'une partition. Son cœur se mit à tambouriner dans sa poitrine, d'autant plus lorsqu'elle lut ce qui y était écrit au dos :

Voudriez-vous vous joindre à moi au
Café Doré de la cité en fin de journée ?
Votre heure sera la mienne.

Le visage d'Aurore s'empourpra aussitôt.

C'était lui ! Rodolphe, il était venu chez elle ! Et il l'invitait à le retrouver dans un café.

Son cœur se mit à battre la chamade, les idées se bousculèrent dans sa tête. La première d'entre elles fut de courir pour tenter de l'apercevoir, s'il n'était pas trop tard.

Elle se précipita dans le salon. De là, elle s'approcha de la fenêtre et se pencha sans la plus élémentaire prudence. Elle ne mit pas longtemps avant de repérer l'homme qui s'éloignait d'un bon pas sur le trottoir. Il était grand, ses cheveux aux boucles souples dépassaient de son chapeau et il portait un habit bleu ciel du meilleur effet. Il lui sembla voir un être radieux dans la lumière, son astre solaire !

Rodolphe s'arrêta alors, en proie à une forme d'intuition, et se retourna. Tétanisée, Aurore n'eut pas le temps de réagir qu'il levait déjà ses yeux clairs vers la façade de son immeuble. Il avait senti son observation ! Et lorsqu'il parvint à sa fenêtre, leurs regards se croisèrent. Plus rien n'existait plus autour d'eux, ils étaient comme aimantés, ou amantés. Elle lui sourit et il répondit de même, non sans avoir porté la main à son chapeau pour la saluer.

Prise d'un accès de timidité, Aurore réalisa qu'elle n'était pas apprêtée. Elle s'éloigna alors en toute hâte de cette fenêtre, d'où elle pouvait observer tout autant qu'être vue.

Elle se plaqua contre le mur, le souffle court, une joie indicible dans le cœur.

La femme de chambre la regardait, sans expression, mais avec insistance.

— Eh bien, quoi ?

— Souhaitez-vous lui répondre, madame ?

— Ah, oui, pardon !

Aurore toussota, tenta de reprendre ses esprits et une contenance, mais son cœur lui dictait déjà sa réponse et elle ne put contrôler ses lèvres lorsqu'elles lâchèrent :

— Faites-lui savoir que je le rejoindrai à 6 heures.

— Bien, madame !

Puis, la femme de chambre s'en fut sans demander son reste, laissant une Aurore en pâmoison et ivre de joie.

Quelques minutes plus tard, elle avait revêtu son pardessus noir, appliqué un peu de fard sur ses jours ainsi qu'un rouge à lèvres carmin et s'était engouffrée dans la rue. Arrivée devant chez sa modiste, elle se rua à l'intérieur de la boutique. Mais elle ne s'attendait certainement pas à tomber nez à nez avec Catherine Delorvel. Cette rencontre l'indisposa. Tout d'abord car elle était pressée et ensuite parce qu'elle n'avait pas envie de subir ses accès de mauvaise humeur.

Elle resta donc un peu en retrait, le temps que son amie explique à la couturière les retouches à effectuer sur sa robe. Lorsque la modiste quitta le comptoir en emportant son paquet, Catherine tourna la tête vers elle. Et contre toute attente, son visage fermé jusqu'alors se fendit d'un sourire.

— Aurore ! Quelle bonne surprise ! Comment allez-vous ?

— Plutôt bien, et vous-même ?

— Je vais mieux, je vous remercie. D'ailleurs, il faut que je vous parle… Puis-je patienter, jusqu'à ce que vous ayez terminé ?

Aurore fut étonnée de la voir se monter si aimable.

— Je risque peut-être d'en avoir pour un moment…

— Oh ! peu importe ! J'ai tout mon temps.

Et effectivement, Catherine attendit sagement que son amie sollicite sa couturière. Elle voulait une belle robe pour le soir même, quelque chose qui allie à la fois pureté et élégance. Comme la modiste faisait la

moue arguant qu'elle avait beaucoup de travail, Aurore
sortit sa bourse garnie, se disant prête à y mettre le prix.
La commerçante s'en fut alors dans la réserve et lui
rapporta quelques modèles qui pourraient lui convenir,
moyennant quelques retouches.

Aurore élimina une robe rouge, trop provocante,
et remarqua une tenue blanche bordée de dentelle et
composée de mousseline pour les manches, qui n'était
pas sans évoquer la pureté virginale. Aurore sourit en
songeant aux implications que cela pouvait avoir vis-à-vis
de Rodolphe. Elle tâta la légèreté vaporeuse du tissu et
fut séduite. Du moins en partie, car elle trouvait qu'elle
manquait un peu de fantaisie. La modiste lui proposa
d'ajouter un peu de bleu, assorti à ses yeux. Aurore
passa la robe et elle lui allait à merveille. Elle aperçut
même le visage admiratif de Catherine qui ne perdait
pas une miette de l'essayage, impatiente sans doute de
lui en demander la raison. Enfin, la modiste planta
quelques épingles pour reprendre le bas et le bustier,
car Aurore était fine et il pouvait être plus serré. Elle lui
proposa ensuite de venir la chercher en fin de journée.
Aurore négocia de la récupérer pour 4 heures, monnaie
trébuchante à l'appui, et la commerçante accepta, lui
offrant même de la lui faire livrer.

L'affaire étant entendue, elle revêtit ses habits masculins
devant les deux autres femmes, que cela ne manquait
jamais de surprendre, et sortit de la boutique d'un pas
léger, suivie par Catherine.

Les deux amies devisèrent alors tout en s'acheminant
vers les Grands Boulevards.

— Je ne passerai pas par quatre chemins, lui dit

Catherine, la voix légèrement voilée par l'émotion. J'ai appris que vous étiez allée voir le directeur du *Figaro* pour tancer sévèrement l'auteur de la critique parue sur mon livre.

— En effet, convint Aurore tout en regardant au loin. J'ai aussi demandé qu'il publie un autre avis, que je me suis même proposé de lui écrire.

Catherine écarquilla de grands yeux et rosit.

— Oh ! Aurore ! C'est formidable ! Et que vous a-t-il répondu ?

— Que je ne rédigerai plus d'articles pour le journal désormais !

Catherine manqua de s'étrangler.

— Ainsi, par ma faute, il vous a congédiée…

— Oh ! cela faisait longtemps que cela couvait entre nous ! Disons juste qu'il a saisi le prétexte.

Catherine tortilla ses mains, tandis que son front se plissait sous l'effet de la contrariété.

— Je suis tellement désolée…

— Ne le soyez pas. Il était normal que je vous défende, non ? Vous êtes mon amie.

Ce disant, elle la fixa droit dans les yeux. Catherine fuit son regard.

— Je n'ai pas été très charitable avec vous ces derniers temps… Mais à ma décharge, il y a ce manuscrit que j'essaie de mener à terme et qui m'épuise.

— Vous êtes trop exigeante avec vous-même ! Faites-vous plaisir en écrivant et vous verrez les choses s'agencer comme par magie…

— Si vous le dites ! Mais assez parlé de moi, et vous alors ?

— Quoi ? Moi ? s'enquit Aurore, d'un air innocent tout en sachant pertinemment où elle voulait en venir.

— Eh bien, où en êtes-vous dans votre relation avec Rodolphe ? La robe de tout à l'heure, c'était pour lui, n'est-ce pas ? ajouta-t-elle, fine mouche.

— Cela se pourrait, en effet…

Bien qu'un peu embarrassée que Catherine ait tout compris, Aurore s'estima finalement ravie que son amie se montrât encline à recueillir ses confidences.

— Je suis contente pour vous. Ainsi, les obstacles n'ont pas eu raison de votre affection.

— Je dois avouer que je me sens troublée à la perspective de le revoir. J'éprouve un tel transport et une telle excitation, que j'ai l'impression d'être une toute jeune fille qui se rend à son premier bal !

Catherine sourit avant qu'un voile d'ombre ne passe sur son visage.

— Restez prudente tout de même ! Je n'aimerais pas vous voir perdre vos illusions.

— Et pourquoi donc ? Puisque c'est lui qui est venu me chercher…

Catherine roulait des yeux de surprise.

— Ah, dans ce cas !

Mais Aurore avait senti son doute. Elle s'arrêta pour la regarder en face.

— Y a-t-il quelque chose que je dois savoir à son sujet ? Parlez ou taisez-vous à jamais ! répliqua Aurore, reprenant une formule consacrée.

Catherine rougit et baissa les yeux.

— Écoutez, je ne sais pas où en sont les choses à présent, tout change tellement vite ! Mais j'ai cru comprendre qu'il se pourrait bien que Rodolphe ait plus ou moins quelqu'un...

— Quelqu'un ? répéta Aurore, abasourdie.

— Enfin, je n'en suis pas sûre, mais j'ai cru entendre parler d'un engagement avec une jeune personne issue de l'aristocratie viennoise...

Aurore perdit son sourire. Elle l'ignorait.

— Ce qui expliquerait son silence ! répondit-elle.

Mais résolument optimiste l'instant d'après, elle se dit que cela ne devait plus être le cas. Sans quoi, pourquoi aurait-il débarqué chez elle à une heure si matinale pour l'inviter dans un café ? Un endroit public, qui plus est où ils pouvaient être vus ensemble.

— J'ai la conviction que les choses ont changé.

— Oh ! Aurore ! J'en suis ravie ! répondit Catherine en soufflant, comme soulagée. Le voyez-vous souvent ?

— Non, c'est la première fois depuis l'autre soir... (Son amie baissa les yeux, elle culpabilisait sans doute de la manière peu aimable avec laquelle elle l'avait accueillie le jour suivant.) Et je vous avoue que je suis un peu nerveuse !

— Vous devez être toute remuée, en effet !

— C'est un soulagement cependant ! Qu'il est cruel de voir ses charmes et sa séduction se heurter à un refus sans en comprendre les raisons ! Si vous saviez à quel point tout cela me fatigue ! Je ne veux plus de relation tumultueuse. J'ai, par le passé, connu des hommes despotiques, amers, soupçonneux, possessifs, fantasques... Mais point encore de génie comme lui !

— Ne l'idéalisez-vous pas un peu ?

— Oh ! que non ! Je n'ai jamais été aussi désorientée.
Il bouleverse toutes mes certitudes.

— La rebelle Nicola Delattre se serait-elle laissé
dompter par l'amour ? interrogea sa comparse, dubitative.

— Je suis prête à toutes les concessions pour lui,
même à changer pour incarner le modèle romantique
dont il rêve…

— D'où la robe de mousseline blanche…, murmura
Catherine comme pour elle-même.

— Et cependant, je sens chez lui un côté sombre
et tourmenté, notamment dans sa musique. C'est un
peu comme s'il avait une double personnalité. Tous
les compositeurs sont-ils ainsi, vous qui partagez la
vie de l'un d'eux ? questionna Aurore, désireuse de le
comprendre.

— Oh ! Si j'en juge par mon Florian, ce sont des
êtres merveilleux ! Après avoir connu des débuts difficiles du fait des circonstances, nous vivons un bonheur
sans nuages.

Ses paroles donnèrent encore plus envie à Aurore de
vivre une histoire comparable.

— De vous à moi, Rodolphe doit avoir une valeur
sacrée de l'engagement physique. Sans quoi, il aurait
cédé au désir, lors de notre premier baiser.

De cela, toutefois, Catherine semblait moins sûre.
En la voyant sceptique, Aurore ajouta :

— Sauf si, comme vous dites, il était déjà engagé
par ailleurs. Et dans ce cas, il a agi en homme fidèle,
ce qui était tout à son honneur !

— Sans doute ! conclut Catherine, en affichant un

sourire contrit avant de prendre congé de son amie et
de s'engouffrer dans une autre boutique.

Lorsque Rodolphe pénétra dans l'appartement de
Florian Varga, après avoir reçu le message d'Aurore, il
trouva son ami courbé sur un billard.

— Comment donc ? Vous n'êtes point en train de
jouer du piano ? s'exclama-t-il, surpris.

Florian releva la tête et se redressa, un sourire au
coin des lèvres.

— Et non, comme vous le voyez ! Je suis en train
d'étrenner cette petite merveille, qui nous vient de chez
Finck[1], et qui m'a coûté une fortune.

Rodolphe fit courir ses doigts sur le bois cossu et le
tapis vert de la table.

— Il est magnifique ! Lorsque j'aurai un appartement plus vaste, et plus de moyens, j'en achèterai un
également !

— Prenez garde, mon ami, le démon du jeu vous
guette ! ironisa Florian, profitant de cet intermède pour
appliquer de la craie sur le bout de sa canne.

Rodolphe le regarda faire, avec une admiration non
feinte.

— Avez-vous vu ces cannes ? Du grand art !

Il lui tendit l'objet, et Rodolphe put apprécier leur
ligne, tout autant que leur aspect fuselé et leur finesse.

— Absolument superbe ! On dirait de la marqueterie.

— Une partie ? s'enquit alors Florian, le sourire
aux lèvres.

1. Maison de billard établie en 1839.

— Vous êtes un vil tentateur, mon cher ! Mais je ne sais si je serai un adversaire à la hauteur, aujourd'hui. Je me sens sur des charbons ardents…

— Allons bon, que vous arrive-t-il ? questionna Florian, tout en regroupant les boules au centre de la table à l'aide du triangle.

— J'ai rendez-vous avec Aurore à 6 heures. Après mon dernier cours de piano.

Florian s'interrompit et le dévisagea avec incrédulité et une certaine gravité.

— Oh ! Je sais ce que vous allez me dire : et votre fiancée dans tout cela ? N'êtes-vous point engagé ? s'exclama Rodolphe, en imitant son ami.

— N'est-ce donc plus le cas ? s'enquit Florian d'un ton détaché.

— Hélas, rien n'a changé de ce côté-là.

— Je casse ou vous…

— Non, allez-y, je vous en prie ! répondit Rodolphe, avant d'ôter sa redingote et de prendre une des queues.

Florian lui tendit le petit bloc de craie, qu'il s'employa alors à appliquer au bout de son instrument.

— Pour tout vous dire, je me suis rendu chez Aurore, ce matin. J'ai proposé que nous nous rencontrions ce soir au Café Doré. Ne plus la fréquenter m'était devenu insupportable et me paraît injuste, vu tout ce qui se dit sur notre dos.

Florian cassa les boules qui s'éparpillèrent sur l'ensemble du tapis. L'une d'elles tomba dans l'un des trous, situés dans un angle.

— Vous remportez les rayées ! s'exclama-t-il alors.

— Cela me va.

— Alors, de quel ragot est-il question ici ? demanda Florian, blasé, car ayant vécu une situation comparable.

Il observait en même temps son ami manipuler avec une certaine dextérité sa canne.

Ayant pris le soin de bien calculer sa trajectoire, Rodolphe tapa deux bandes avant d'envoyer sa boule dans l'un des trous.

— Mais vous êtes doué, mon cher ! Ou vous vous entraînez en secret au lieu de travailler vos concertos.

— Disons que je fréquente les milieux mondains, répliqua Rodolphe avec une pointe d'ironie.

Puis, il redevint sérieux.

— Pour vous répondre sur ces quolibets, un ami autrichien m'a informé qu'une rumeur circulait à Vienne sur ma liaison supposée avec Aurore.

— À Vienne ? s'écria Florian, ahuri. Mais comment est-ce possible ?

— Oh ! les bruits vont vite ! Plus vite que la musique même…

— Ma foi, vous gardez le sens de l'humour.

— Pas tant que cela, je suis mortifié à l'idée que mon père en soit instruit lui aussi. Cela pourrait beaucoup l'affecter !

— Il faudrait cependant vous décider à vivre votre vie, un jour, et non la trajectoire que l'on a tracée pour vous ! répondit Florian avec une fermeté nouvelle.

Rodolphe approuva et, de fait, manqua son coup.

Florian esquissa un rictus et se courba à son tour au-dessus de la table.

— Restez concentré, mon ami ! Cela dit, je ne

comprends pas pourquoi avoir donné rendez-vous à Aurore dans ce cas…

Florian frappa les boules mais, nerveux, il rata son geste. L'une d'elles s'arrêta près d'un trou, ce qui alimenta sa frustration.

— Je me suis dit que puisque Vienne et Paris bruissaient de rumeurs sur une liaison supposée entre nous, alors nous nous fréquenterons désormais au grand jour ! Comme des collègues évoluant dans la même sphère artistique. Je me suis assez privée de voir cette charmante créature.

Florian arqua un sourcil.

— Vous l'aviez aussi embrassée, si je ne m'abuse.

— En effet !

— Et ?

— C'était… extraordinaire !

Florian l'observa, rêveur et jaloux à la fois. Puis Rodolphe se reprit.

— Mais là n'est point la question ! Cela ne doit plus se reproduire. Nous nous verrons en amis désormais. C'est ce que j'ai l'intention de lui dire.

— Allons bon ! Après lui avoir donné de faux espoirs ? Pourquoi ne pas plutôt finir ce que vous avez commencé ?

Troublé, Rodolphe manqua la boule et sa queue vint griffer le tapis vert, le marquant d'une traînée de craie.

— Pardonnez-moi !

Il frotta le tapis de sa manche et son ami l'essuya à son tour. Heureusement, le revêtement n'était pas endommagé.

— Vous êtes très perturbé…

— Ce n'est pas non plus la peine de me tenter ! Ne croyez-vous pas que je meurs d'envie d'aller plus loin avec elle ! Mais je ne le puis, ne serait-ce que par respect pour elle.

— Allons bon ! Elle accepte d'avoir une relation légère avec vous. Alors pourquoi ne la prendriez-vous pas au mot ? Ainsi, le désir ne vous tarauderait plus et vous pourriez passer à autre chose.

Comme Rodolphe hésitait, Florian ajouta :

— Votre blanche colombe Helena n'en saura rien. Elle est peut-être déjà informée de cette rumeur, si cela se trouve…

— C'est même certain ! En tout cas, sa mère… Mais bon, ce n'est pas si simple, vous dis-je !

— Et pourquoi donc ? s'agaça Florian en brandissant sa canne. Vous êtes énervant à la fin !

Rodolphe hésita, et finit par avouer :

— Parce que je suis tombé amoureux d'elle.

Chapitre 10

Sérénade

Paris, 8 novembre 1839, 6 heures.

Rodolphe était arrivé le premier devant le Café Doré. Fébrile, il n'osait entrer.

Les heures précédant leur rencontre avaient été une véritable torture. Sa tête bouillonnait entre sages résolutions et élans d'enthousiasme, excitation à l'idée de la revoir et néanmoins besoin de se ranger à la froide raison. Mais, de toutes ses émotions, c'était très certainement l'exaltation agitant son cœur qui menait la danse. Durant sa dernière leçon, il était tellement préoccupé que son élève lui avait joué tout son morceau sans qu'il l'arrête une seule fois. Son exécution était pourtant passable, mais il n'avait pas voulu l'interrompre, trop heureux de pouvoir plonger en lui-même, de sonder ses sentiments et de s'envoler avec Aurore par la pensée.

À présent, l'heure était venue de la retrouver et il n'en menait pas large. Il ne cessait de fixer la porte d'entrée du café, dans l'espoir de l'apercevoir à l'intérieur. Mais

aussi, de manière plus contradictoire, en formulant le
vœu qu'elle ait renoncé à le voir, le libérant ainsi de
cette fatale attraction.

— Bonjour, monsieur Mayer fit une voix féminine
d'une gravité suave derrière lui.

Il sursauta et son cœur partit au galop. Cette voix,
un beau mezzo-soprano, il l'aurait reconnue entre mille.

— Bonjour, Aurore, lui dit-il avant même de se
retourner.

Et lorsqu'il la vit, toutes ses sages résolutions volèrent
en éclats. Elle était sublime, toute de féminité et de pureté
dans une robe blanche de dentelle et de mousseline
bordée de bleu saphir, assortie à ses yeux. Un châle de
couleur semblable couvrait ses épaules, sur lesquelles
cascadaient ses cheveux bruns brillants, terminés par
des anglaises. Elle était époustouflante de beauté, et la
plus divine des créatures sur cette terre. Elle le fixait de
ses grands yeux, tandis qu'un demi-sourire charmeur
et énigmatique se dessinait sur ses lèvres pulpeuses.
Ah, ses lèvres ! Il aurait donné cher pour plonger sur
elles et les prendre. Elles l'attiraient irrésistiblement,
aussi devait-il d'urgence s'en détacher s'il ne voulait
pas céder à la tentation.

Il regarda en direction du café et lui suggéra :

— Et si nous allions nous mettre au chaud ?

— Avec grand plaisir ! répondit Aurore, tandis
que la peau irisée de ses bras nus laissait deviner sa
sensation de froid.

Ils se dirigèrent vers l'établissement et, lorsqu'ils y
pénétrèrent, Rodolphe perçu de nombreux regards sur
eux, en particulier masculins. Il faut dire qu'une femme

aussi solaire qu'Aurore ne pouvait qu'attirer l'attention. Il se sentit fier d'être en sa compagnie. Beaucoup auraient donné cher pour être à sa place. Ne comptait-il pas, pourtant, repousser ses avances et nier ses désirs pour se conformer à ce qu'on attendait de lui ? Il était vraiment le dernier des imbéciles !

— Avez-vous réservé ? lui demanda pour la seconde fois le garçon à l'entrée.

— Oui, pardon ! Au nom de Mayer.

Le serveur les considéra tous deux et baissa d'un ton, comme s'il avait été mis dans la confidence.

— Ah, oui ! Suivez-moi.

Il faut dire que Rodolphe était passé un peu plus tôt pour réserver, avec la recommandation de leur trouver un petit espace intime, où ils ne seraient pas dérangés.

Le serveur les introduisit dans un cabinet privé, où ils pourraient tout à loisir converser, sans être soumis aux regards et oreilles indiscrètes de la foule.

— Je me suis permis de demander un endroit tranquille…, glissa-t-il à Aurore.

— Vous avez très bien fait ! répondit-elle, réconfortante. La célébrité peut avoir quelques désagréments…

En réalité, il ne s'agissait pas de cela pour Rodolphe, mais de les protéger des ragots, ou d'intentions malveillantes. Du moins, tant qu'il ne lui aurait pas clairement annoncé ses intentions.

Le lieu présentait une table coincée entre une banquette confortable et une chaise, qui semblait l'être beaucoup moins. Rodolphe opta galamment pour cette dernière, tandis qu'Aurore prenait place avec élégance sur le cuir

du siège. Il eut le sentiment de voir une jolie fleur se
déployer en corolle et il brûlait d'en humer le parfum.

— Avez-vous fait votre choix ou voulez-vous que
je repasse plus tard ? questionna le serveur pressé, ce
qui ne fut pas sans perturber Rodolphe, consumé par
ses envies.

— Je rêve d'un chocolat viennois, avec quelques
gâteaux, répondit spontanément Aurore.

Rodolphe sourit en l'entendant mentionner Vienne.
C'était un clin d'œil amusant et judicieux. Il hésita à
commander de l'alcool pour se détendre, mais finalement opta pour la même chose.

— Je vous apporte cela tout de suite.

Lorsque le serveur disparut, ils se retrouvèrent seuls
et un trouble immense l'envahit.

Ce fut Aurore qui brisa le silence quelques minutes
plus tard.

— Comment allez-vous depuis l'autre jour ? Vous
semblez très occupé…

Elle lui donnait là une formidable occasion de se
justifier.

— En effet, je prépare actuellement un grand
concert pour quelques membres éminents de la noblesse
autrichienne.

Aurore hocha la tête, l'encourageant à poursuivre.

Le fait que l'événement avait été organisé par sa future
belle-mère lui resta cependant dans la gorge, et il se tut.

— Sous la forme d'un récital ou…, s'enquit Aurore,
intéressée.

— D'un concerto ! Je me produirai avec un orchestre

cette fois, expliqua Rodolphe, qui reprenait pied avec l'aspect concret de son métier.

— Cela devrait être grandiose !

— J'avoue que c'est très stimulant de jouer avec un orchestre. Il y a un dialogue qui s'instaure. Le pianiste est habitué à être seul en principe, c'est donc là une merveilleuse occasion de partager la musique avec d'autres. Personnellement, j'adore ! Même si je dois admettre que j'ai un trac terrible à cette perspective.

— Vous ? Le trac ?

— Oh ! que oui ! Je préfère mille fois rester dans ma chambre à composer, confia-t-il en partant d'un rire nerveux.

— Je vous ai pourtant trouvé très à l'aise durant le récital. Vous n'hésitiez pas d'ailleurs à faire preuve d'humour dans votre interprétation…

— J'avoue que c'est une façon de mettre le public de votre côté… Mais dans un concerto, c'est différent. Le chef d'orchestre et la centaine de musiciens qui jouent à vos côtés suivent une partition, et on ne peut s'en éloigner sous peine de perdre tout le monde.

— Je vois, le cadre est plus rigide !

— Absolument, en plus d'être assez protocolaire et beaucoup moins intimiste qu'un récital.

Il songea également sans le dire que l'enjeu était de taille, puisque si le concert était convaincant il se produirait devant l'empereur. De fait, il s'assombrit.

— Quelles œuvres interpréterez-vous ?

— Une pièce de Mozart, et du Rodolphe Mayer pour l'essentiel… Un programme tout autrichien, donc !

— Il me semble avoir vaguement entendu parler de ce Mayer. Très prometteur, à ce qu'il paraît !

Rodolphe éclata de rire. Elle avait décidément le don de le dérider. Il vit ses yeux pétiller, et elle en devint follement attirante. Il s'empressa de revenir à la perspective du concert.

— L'enjeu sera donc double : je devrais prouver mes qualités d'interprète et faire apprécier ma musique.

— Je ne me fais aucun souci pour vous ! Vous êtes un pianiste d'une virtuosité exceptionnelle. Quant à votre musique, elle est… au-delà des mots ! Comme je vous l'ai déjà dit.

Les paroles d'Aurore lui mirent du baume au cœur et apaisèrent son anxiété. Cette femme lui prodiguait décidément un formidable bienfait. Il l'incita à en dire davantage, ce qui lui permettrait de gagner plus de confiance encore.

— Justement, que vouliez-vous dire exactement par-là ?

Ce disant, il posa son visage sur ses mains, les coudes sur la table pour l'écouter et boire ses paroles.

Elle rosit légèrement et, après un peu de réflexion pour organiser ses pensées sans doute, des propos admirablement formulés jaillirent de sa succulente bouche :

— Si je dis que votre musique est au-delà des mots, c'est parce qu'elle est au-dessus de tout. Elle est même plus grande que l'interprète. Elle vous dépasse… Vous devenez alors un intermédiaire entre le ciel et la terre. La musique coule entre les deux, à la fois fontaine et lumière et je me plais à me désaltérer de cet élixir. Elle me fait du bien à l'intérieur, me ressource et m'élève, jusqu'à me permettre d'entrevoir le divin…

Ses mots résonnèrent un moment dans l'air, tandis qu'un ange passait. Rodolphe tortilla ses longs doigts fins. Il était très flatté par ses paroles, et en même temps elle touchait là un point sensible. C'est pourquoi il répondit :

— Vous avez raison, le musicien n'est qu'un intermédiaire. Je m'efforce d'ailleurs toujours de tendre vers cette perfection, sans jamais l'atteindre…

— Oh ! Rodolphe ! Vous nous emmenez au paradis. À votre contact, il me semble gagner en intériorité. Vous avez une telle manière d'exprimer vos sentiments, dans toute leur nudité. C'est presque impudique !

Rodolphe sentit une vague de chaleur l'envahir, tandis que son regard se perdait dans le creux de la voluptueuse poitrine mouvante et hypnotique de son interlocutrice.

— Vous ouvrez un monde de sensations nouvelles et d'expériences émotionnelles et spirituelles… Vous me faites changer, finit-elle par avouer du bout des lèvres.

— En bien, j'espère !

— Oh ! que oui !

Ce disant, elle allongea sa main jusqu'à couvrir la sienne. Il ressentit un frisson à son contact, puis se trouva bientôt submergé par sa douceur et la ferveur qu'elle irradiait. Il tourna alors sa paume, et ses doigts commencèrent à caresser les siens. C'était à la fois interdit, osé et bon, et si naturel aussi finalement.

La pulpe de ses doigts effleura sa peau. Il vit dans

son regard qu'elle glissait vers un sentiment proche de l'extase.

— Votre toucher de pianiste…, chuchota-t-elle, le souffle haletant. Je voulais tellement le sentir…

Il songea alors qu'il aimerait beaucoup l'éprouver sur tout son corps. Elle l'attirait terriblement. Tout en elle suscitait le désir, tout autant que son intelligence lumineuse et sa culture. Comment lui parler d'une simple relation amicale après cela ? Il remit aussitôt à plus tard ses sages résolutions pour ne profiter que de l'instant présent.

Ils étaient plongés dans leur monde, tout au plaisir de prolonger ces vertigineuses sensations, lorsque le serveur revint en poussant une desserte. Aussitôt, Rodolphe retira ses doigts enchevêtrés dans ceux d'Aurore qui fit de même, quoique plus mollement. Il fallait en effet préserver les conventions. Il était fiancé tout de même ! Tout autant qu'elle était toujours mariée, du moins à sa connaissance. Ils échangèrent un regard de connivence furtif et s'écartèrent l'un de l'autre. Le serveur, sans doute habitué au défilé des couples illégitimes dans ce cabinet privé, fit comme s'il n'avait rien remarqué.

Le cœur battant, Aurore observa la farandole de desserts qui s'offrait à eux sur la table roulante. Plusieurs gâteaux étaient présentés sous des cloches en verre. Le serveur les interrogea sur les pâtisseries qu'ils souhaiteraient déguster. Incapable de choisir, car désireuse de goûter à tout, Rodolphe y compris, Aurore demanda un assortiment.

Le garçon s'employa à lui couper une part de gâteau

aux fruits, un morceau de moelleux au chocolat, et il disposa quelques madeleines aux œufs sur son assiette. Puis, il ajouta un peu de flan, ainsi qu'une tranche de bavarois aux teintes acidulées. Cet assortiment de gourmandises aux couleurs variées flattait l'œil et donnait envie. Sans compter les odeurs encore chaudes des pâtisseries, préfigurant des saveurs inédites.

Ces friandises tombaient à point nommé, le début de leur conversation avait mis Aurore en appétit. Elle sentait aussi qu'elle avait besoin de forces et de sucre pour compenser l'effet de sa nervosité.

Rodolphe, quant à lui, insista tout particulièrement sur le moelleux cacaoté auprès du garçon et sur les entremets fruités. Enfin, leur serviteur leur présenta leur chocolat viennois dans une tasse de porcelaine aux motifs fleuris : surmonté d'un nuage de chantilly, il possédait une texture onctueuse et vaporeuse semblable à la robe d'Aurore. Puis, le garçon s'éloigna à pas feutrés en poussant son chariot.

Demeurés seuls, les deux artistes contemplèrent l'assortiment de l'autre, et Aurore fit naturellement cette proposition :

— Pourquoi ne viendriez-vous pas près de moi ? Ainsi, vous pourriez goûter à mes gâteaux et vice versa ?

Rodolphe ne se fit pas prier. Il saisit l'occasion et son assiette et quitta sa chaise très inconfortable pour la moelleuse banquette. Et tandis qu'elle sentait sa présence chaleureuse à ses côtés, son cœur se réjouit en sautillant dans sa poitrine. Après s'être, un temps, apprivoisés, ils commençaient à se rapprocher, dans tous les sens du terme.

— Saviez-vous que le chocolat chaud était préconisé par certains médecins[1] pour soigner le ventre, entre autres ? demanda-t-il sur un ton oscillant entre le sérieux et le facétieux.

— Ah, non je l'ignorais ! répondit-elle, tout en songeant qu'elle espérait qu'il puisse faire quelque chose pour apaiser son cœur.

Ils plongèrent alors avec gourmandise leur cuillère dans un des gâteaux de leur assiette. Aurore opta tout d'abord pour le moelleux au chocolat, à la structure fondante, un peu collante et cacaotée qui, au contact de sa bouche, lui fit connaître une sorte d'extase. Elle dut tellement rouler des yeux que Rodolphe l'imita aussitôt avec appétit. L'instant d'après elle mordait avec délectation dans son gâteau aux fruits défendus, à la mousse fine et aérienne, parfumé au rhum. L'odeur se diffusa et emplit son nez. Les fruits aux couleurs vives venaient apporter de la gaieté et une forme de fermeté acidulée, de fraîcheur et de croquant très agréable. Elle s'en régala tellement en émettant quelques murmures évocateurs, que Rodolphe demanda à le goûter également. Elle partagea alors avec lui, et de manière très intime, le contenu de son assiette.

Elle expérimenta de même quelques aventures gustatives du côté des madeleines aussi rondes et dorées que savoureuses, d'autant qu'elles étaient encore chaudes. Puis elle ressentit le besoin de boire une gorgée de son chocolat chaud. Elle posa dès lors avec délectation ses lèvres gourmandes sur le bord de sa tasse, non sans y

1. Il fut en effet utilisé jusqu'au XIXᵉ siècle pour soigner les maux d'estomac et apaiser certaines douleurs.

avoir au préalable plongé sa cuillère qui tinta délicatement
au contact de la porcelaine. Bien vite, la crème chantilly
remonta sur le mélange et elle éprouva avec sa langue la
texture délicate de cette matière vaporeuse. Elle souffla
de ravissement et Rodolphe l'observa en souriant.

— Eh bien, qu'y a-t-il ? demanda-t-elle, gênée.

Pour toute réponse, il avança son index vers elle,
qu'il passa sur la partie supérieure de sa lèvre, essuyant
doucement la mousse blanche qui s'y trouvait. La caresse
de son doigt chaud sur sa peau lui procura mille frissons.

— Pour une fois que vous n'êtes pas vêtue en homme,
il serait dommage de porter la moustache ! ajouta-t-il
alors, taquin.

Elle éclata de rire et ils pouffèrent tous deux. Elle
passa alors sa langue sur ses lèvres pour ôter le reste de
chantilly, se régalant au passage de la mousse blanche
mêlée au goût exquis de sa peau. Il la regarda faire,
fasciné.

Entre cette diversité de saveurs en bouche et la proximité de Rodolphe, c'était une explosion de sensations
et de bonheur pour Aurore. C'était simple et bon. Elle
aurait voulu que ce moment dure toujours.

— Mais nous n'avons fait que parler de moi jusqu'à
présent, et si nous nous intéressions à vous ? s'enquit-il
avec prévenance en luttant visiblement pour reprendre
pied. J'ai commencé à lire les ouvrages que vous m'avez
envoyés...

— Ah, oui ? fit-elle d'un ton détaché tandis que son
cœur battait plus vite. Et ?

— Je comprends mieux à présent pourquoi votre
talent génère autant d'adeptes, admit Rodolphe,

désormais plus à l'aise. Vous avez l'art d'installer une intrigue percutante et d'embarquer le lecteur dans votre univers. Vos mots sont judicieusement choisis, votre prose coule de source et l'histoire est passionnante. En un mot, bravo !

Aurore rougit à ces compliments. Elle avait l'habitude de recevoir des éloges, comme des critiques, même si une remarque négative la touchait davantage que dix commentaires positifs. Toutefois, ces louanges dans la bouche de cet homme en particulier étaient une véritable consécration. Elle les écouta religieusement, goûtant chaque mot à sa pleine mesure, tout en observant sa pomme d'Adam monter et descendre d'une manière charmante. Elle avait justement très envie de se jeter dessus pour l'embrasser. Elle brûlait d'envie de sentir son odeur et la tendresse de sa peau, et de s'y blottir.

Elle dut se faire violence pour revenir à la réalité et poursuivre la conversation. Elle s'efforça alors de parler de son art, malgré l'appel brûlant du désir.

— Vous évoquiez tout à l'heure le dialogue qui s'instaure entre le pianiste et l'orchestre dans un concerto. Eh bien, en ce qui concerne mes écrits, c'est un peu la même chose. Je vois l'œuvre comme un dialogue entre l'auteur et son lecteur à travers l'écriture.

— Davantage qu'un duo, il s'agit d'un trio dans ce cas ! s'exclama le musicien à ses côtés.

— Tout à fait !

Elle plongea son regard dans l'eau claire de celui de Rodolphe, éprouvant une sensation bienfaisante et langoureuse à s'y repaître.

— Et comment cela se passe-t-il pour les pièces de théâtre ?

— Peut-on parler d'œuvre chorale ou d'un opéra ?

Ils se sourirent à l'évocation du moment vécu ensemble dans l'intimité de la loge de l'opéra justement.

— J'aime beaucoup écrire du théâtre aussi, lui confia Aurore. Il faut penser la mise en scène dans un espace réduit, avec peu de personnages et une unité de temps, là où dans un roman vous pouvez décrire une bataille avec des centaines de chevaux et de figurants. De plus, les dialogues doivent être courts, percutants… en un mot : vivants ! Même si, bien entendu, ils sont une reconstitution du réel.

— En un sens, c'est plus de contraintes…

— Mais la créativité ne jaillit-elle pas justement des contraintes ?

Ils se regardèrent tous deux avec intensité. Cette maxime qu'elle avait faite sienne pouvait trouver son écho et sa résonance chez Rodolphe, mais aussi auprès de tous les artistes. Mais qu'en était-il en ce qui concernait leur vie personnelle ?

— Je suis d'avis également que l'expérience du cœur ne s'acquiert pas dans le désordre, osa-t-elle dire alors.

À cette évocation, le sien se mit à battre davantage. Le trouble s'insinua de plus belle entre eux.

— Tout dépend si l'on est en mesure de voir clair dans ses sentiments. Les situations sont parfois si complexes…, répondit Rodolphe, le regard soudain lointain.

Aurore joua avec sa tasse, son index en dessinant le contour de manière sensuelle, avant de murmurer :

— Vous est-il arrivé de vous débattre avec vos émotions, ou de les refréner ?

— Oh ! tout le temps ! Je doute beaucoup. Et vous-même ? lui rétorqua-t-il, peu désireux de s'attarder sur sa cause.

— Je suis mon cœur en règle générale !

— Vous n'êtes pas libre toutefois…, hasarda-t-il alors.

— Je le suis dans ma tête et dans les faits, même si la société tente de m'imposer le contraire. Pour moi, les choses sont claires. Je ne m'autorise cependant à succomber à mes sentiments que lorsque je sens la réciproque en face de moi.

Ce disant, elle changea de position sur la banquette, et sa cuisse effleura celle de Rodolphe. Il frémit aussitôt et elle sentit son souffle s'accélérer. Il semblait au supplice.

Elle hésita et lui retourna sa question.

— Et vous, êtes-vous libre ?

Elle le regarda profondément dans les yeux, sans s'embarrasser de dissimulation et de fausse pudeur.

Il se voûta soudain sur sa tasse.

— Je suis tout entier voué à la musique, comme je vous l'ai dit. Chacune de mes œuvres est une souffrance.

— Je vous comprends, je compare volontiers le processus de création à celui de l'enfantement. Mais n'y a-t-il aucune place dans votre cœur pour l'amour physique ?

Le mot était lâché.

— Si, bien sûr ! Je suis un homme, un être de chair et de sang et j'ai des sentiments et des besoins comme tout le monde. La musique, si elle me comble et me fait vibrer, ne peut m'apporter cette dimension.

— Je suis heureuse de vous l'entendre dire ! Mais vous ne répondez pas à ma question. Y a-t-il de la place dans votre cœur pour aimer une femme ?

— Bien entendu ! répondit-il, à son grand soulagement. Mais qu'entendez-vous par « aimer » ? Une relation platonique, purement physique, ou plus profonde ?

— Les deux dernières, serais-je tentée de dire. Mais je peux me contenter de peu…

Elle se remémora en effet qu'elle lui avait proposé une relation légère. Mais à présent qu'elle était près de lui, elle n'envisageait plus les choses de la même manière. Ils s'accordaient trop bien à tous les niveaux pour en négliger un seul. Car ils formaient un tout.

— Je me suis souvent interrogé à votre sujet. Combien une femme telle que vous, jeune, belle, intelligente et passionnée et qui revendique sa liberté, peut-elle accorder d'importance à l'amour ? s'enquit Rodolphe en la scrutant de son regard limpide.

— Vous voudriez savoir si je suis sérieuse, en somme.

Il pinça les lèvres, en signe d'approbation.

Elle se sentit sur les charbons ardents. Elle ne pouvait en effet nier qu'elle possédait un tempérament passionné et qu'elle aimait l'amour. Mais en même temps, elle ne voulait pas le faire fuir en donnant une impression de légèreté qui ne lui correspondait pas. Alors, elle opta pour dire :

— Lorsque j'aime, je me donne entièrement.

Il plongea dans sa tasse. Et elle songea que, par cet aveu, elle avait peut-être pu lui faire peur. Elle enchaîna cependant :

— Si j'ai répondu avec sincérité à votre question, pourriez-vous faire de même avec la mienne ?

— Je vous écoute.

— Votre cœur est-il libre ? demanda-t-elle encore.

Il la scruta de son regard clair, puis baissa les yeux, vaincu.

— Il l'est, oui, même si je suis engagé par ailleurs.

Par cet aveu, il vint confirmer ses craintes, tout autant qu'il lui laissait de l'espoir.

— Cette personne est-elle propre à faire votre bonheur ?

— J'en doute ! Elle ne fera qu'augmenter mes souffrances.

— Mais dans ce cas, pourquoi ?

Elle s'interrompit, songeant qu'elle n'avait pas à le juger. Il devait avoir ses raisons.

— Je m'en veux de m'être approchée de vous alors que vous étiez promis à une autre. Je me sens fautive.

— Vous l'êtes tout autant que moi dans les faits, puisque vous êtes toujours mariée.

Aurore avait envie de hurler que le seul qui l'intéressait était devant elle, mais elle s'en abstint, car de tels sentiments peuvent faire peur aux hommes. Elle était en colère cependant qu'il lui ait donné de faux espoirs en lui proposant ce rendez-vous alors qu'il était fiancé. Si une liaison entre eux n'était pas possible, alors à quoi cela rimait-il ? Il ferait aussi bien de se lever pour partir, ou elle de s'en aller, indignée. Cependant, il demeurait là, visiblement incapable de refréner cette irrésistible attirance entre eux. Et elle aussi.

La véritable question était : accepterait-elle de se

livrer à lui sans qu'il lui appartienne totalement ? Une telle concession pour une femme aussi entière était le plus grand des sacrifices, mais il était à la hauteur des émotions qui ravageaient son cœur. Et puis, qui sait, peut-être changerait-il d'avis lorsqu'ils goûteraient aux délices de l'amour partagé ?

Elle s'approcha de lui sur la banquette et leurs cuisses se touchèrent. Elle se laissa alors gagner par un étourdissant sentiment de volupté. Au même moment elle le sentit se raidir, car il était évident à présent qu'il avait tout lieu d'émettre des réserves. Cependant, il ne retira pas sa jambe et la pressa au contraire davantage contre la sienne. Son cœur fit des bonds de contentement dans sa poitrine.

— Vous êtes un homme de génie, Rodolphe Mayer, et un homme de cœur. Vous n'êtes pas un lâche, vous êtes honnête. Et je le suis également avec vous lorsque je vous dis que je me contenterai de ce que vous pouvez m'offrir.

La femme sensuelle en elle songea alors que l'alchimie puissante qui existait entre eux laissait augurer des échanges charnels d'une fulgurante intensité.

— Oh ! Aurore ! lâcha-t-il dans un murmure.

Il se pencha vers elle, mais au lieu de chercher ses lèvres, il souleva ses cheveux avec délicatesse et plongea sur sa nuque. Pendant qu'il se repaissait de l'odeur de sa peau, elle éprouvait mille frissons à sentir son souffle tout contre elle, et sa tête, logée dans le creux de son cou. Sa respiration devint haletante et elle pivota vers lui. Bientôt, leurs visages se firent face. Il lui embrassa alors le front, puis les paupières, glissa le long de l'arête

du nez, caressa ses joues veloutées… Ses lèvres douces
et avides descendaient vers les siennes, sans toutefois ne
jamais les contenter. Et au moment où il s'en approcha
le plus, une voix retentit dans tout le café :

— Messieurs-dames, l'établissement va fermer ses
portes…

— Déjà ? lâcha Aurore, haletante, dans un soupir.

Le visage de Rodolphe s'immobilisa tout contre le sien.
Il leur fallut quelques minutes pour revenir à la réalité.
En jetant un œil par la fenêtre, Aurore vit que la nuit
était bien entamée. Ils n'avaient pas vu le temps passer.

— Que faites-vous demain ? s'enquit alors Rodolphe
en la fixant de ses yeux clairs.

Chapitre 11

Appassionato

Ils se retrouvèrent tous deux le lendemain devant la façade du restaurant À la Petite Chaise pour déjeuner. Rodolphe avait passé sa matinée à composer. Il avait le cœur en fête et bien dormi, pour la première fois depuis qu'il avait quitté Vienne et sa famille. Son sommeil avait été peuplé de doux rêves, qui avaient bercé sa nuit. Il se sentait d'humeur légère et avait envie d'entreprendre mille choses. En dépit du ciel gris, il était vêtu d'un habit couleur champagne et d'une cravate de soie blanche.

Elle arriva tout sourires quelques minutes après lui, agitant la main avec enthousiasme. Elle portait une redingote noire sur une robe d'un rouge grenat sombre, semblable au nectar d'une bonne bouteille de vin français. Le tissu satiné et moiré de sa tenue s'accordait à merveille avec la carnation plutôt mate de sa peau et descendait en cascade sur ses hanches. C'était la robe d'une femme possédant de la maturité, au fait de sa sensualité, quoique encore jeune et resplendissante. Il songea un instant qu'il tremperait bien ses lèvres dans ce nectar. Lequel pouvait l'enivrer très vite !

— Comment allez-vous chère Aurore ?

— Je me porte comme un charme ? Et vous-même ?

— Formidablement bien !

Il lui trouva en effet une mine splendide, rehaussée par un rouge à lèvres coordonné aux teintes de sa tenue, des yeux étincelants et des cheveux relevés en un chignon. Certaines mèches folles s'en échappaient, à l'image de son esprit indépendant.

Il la vit détailler son habit clair avec le même contentement. Spontanément, elle glissa sa main gantée sous son bras, et ils pénétrèrent ensemble dans le restaurant.

— N'est-ce pas un peu audacieux ? lui susurra-t-il à l'oreille.

— Si nous avions des choses à nous reprocher, nous nous cacherions, non ? Mais entre artistes, nous pouvons bien faire commerce l'un avec l'autre.

— Mais, absolument ! Vous êtes formidable…

Elle lui lança une œillade complice qui acheva de le convaincre et ils parvinrent au comptoir devant l'entrée.

— Madame Delattre ! Quel plaisir de vous voir. Vous n'avez pas réservé, par contre, s'exclama le patron, embarrassé. J'ai bien peur que la petite table devant la fenêtre ne soit déjà prise. En revanche, je peux vous proposer de vous aménager un coin tranquille à l'étage, si vous le désirez…, dit-il en glissant un regard vers Rodolphe.

— J'apprécie tout particulièrement la vue sur la rue, vous le savez bien, répondit Aurore sans se démonter.

— Dans ce cas… Accepteriez-vous de prendre un

verre en attendant que la table se libère ? C'est la maison qui offre, bien entendu !

— Mais avec plaisir !

Le directeur de l'établissement les mena à un emplacement derrière le comptoir, où il leur servit son meilleur vin, agrémenté de quelques petits fours pour patienter.

Rodolphe était ravi, car il avait une faim de loup.

Ils trinquèrent avec enthousiasme à la création artistique et se jetèrent avec avidité sur l'assiette. Les feuilletés comportaient plusieurs surprises en leur cœur, tantôt de la viande, des légumes ou même des escargots au beurre aillé. Ce qui ne manqua pas de surprendre Rodolphe, avant qu'il ne les apprécie finalement.

— Eh bien, vous avez un bel appétit ! constata-t-elle.

— J'ai composé toute la matinée et j'ai une faim de loup ! (Il songea en effet que son énergie créatrice s'était libérée à la perspective de la revoir.) Mais je vous retourne le compliment !

Aurore rougit imperceptiblement, ce qui ne pouvait être un reflet de sa robe, pourtant.

— Je dois avouer qu'après vous avoir quitté hier soir, j'ai passé une bonne partie de la nuit à écrire… J'ai même un peu repris mon ouvrage ce matin. Je n'avais pas rencontré une telle créativité depuis un moment ! Les choses semblaient couler naturellement sous mes doigts au fil de l'encre…

— C'est joliment dit ! L'encre, comme la couleur de la nuit, d'ailleurs qui vous inspire tant…

— Seriez-vous poète, très cher ?

— Eh, non ! Musicien !

— Et comment la traduiriez-vous en musique, cette nuit ?

Rodolphe se mit à chantonner un air bien connu de Mozart.

Aurore l'écouta et reconnut rapidement la mélodie.

— L'air de la Reine de la Nuit ! Dans *La Flûte enchantée*… J'aurais dû m'en douter ! Vous voyez, je ne suis pas totalement inculte.

Elle sourit et trempa de nouveau ses lèvres carmin dans le liquide rubis de son verre. Rodolphe l'imita. Le nectar envahit son palais et libéra ses arômes fruités de cassis et de noisette dans son nez. Bientôt, une délicieuse ivresse s'empara de lui, ajouté à la présence d'Aurore, qui lui faisait perdre la tête.

— J'aime écrire la nuit, reprit-elle, songeuse. C'est un moment de calme et de quiétude exceptionnelle. J'apprécie surtout que tout le monde dorme, alors que je frétille d'idées à coucher sur le papier.

— C'est assez exaltant, en effet ! Je compose aussi parfois la nuit…

— Cela ne doit pas être du goût de vos voisins ! s'exclama Aurore, étonnée.

— Oh ! aucun problème ! Je travaille à la table, sans me servir du piano.

Aurore écarquilla les yeux, surprise.

— Comment faites-vous donc ?

— C'est simple, je joue la partition dans ma tête.

Aurore l'observa de ses grands yeux bleus emplis de ce qui ressemblait à de l'admiration. Puis, s'arrachant à lui pour revenir à la réalité, elle saisit les menus.

— Et si nous choisissions ?

— Excellente idée !

Rodolphe sourit en la voyant disparaître derrière la carte. Ce qu'elle pouvait être naturelle et adorable ! Chaque minute passée en sa compagnie ne le charmait que davantage.

— Ce sera la soupe à l'oignon gratinée pour moi !

— Et moi, le melon au porto !

— Vous êtes un petit joueur, très cher ! plaisanta-t-elle. Je vous croyais plus affamé que cela…

— Je me réserve pour la suite : cuisse de canard à l'orange et son gratin de légumes.

— Voilà qui est mieux ! J'opterai pour le pavé de saumon à la sauce safran pour ma part.

— Tout un programme !

Ils posèrent leur menu, et Aurore aperçut alors quelqu'un de sa connaissance. Elle s'assombrit quelque peu.

Rodolphe tourna la tête et remarqua un homme, dans la force de l'âge, en train de se lever de table.

— Qui est-ce ?

— Un de mes anciens employeurs… au *Figaro*.

Rodolphe hésita sur l'attitude à adopter.

— Voulez-vous que nous partions ?

— Pour quelle raison devrais-je lui céder la place ? Je vais au contraire le saluer ! Je n'ai rien à me reprocher.

L'homme rejoignit le comptoir accompagné des deux autres convives qui avaient partagé son repas. Aurore lui adressa un sourire poli avant de regarder ailleurs, feignant de l'ignorer. L'instant suivant, sa stratégie et son irrésistible aura avaient eu l'effet escompté, et l'individu accourait à leur table.

— Nicola Delestre, ça alors ! Je parlais de vous justement il y a quelques minutes…

— Tiens donc ! Et pour quelle raison ?

— Figurez-vous que votre ami Jules Delestrelle est venu me proposer un papier sur un pianiste virtuose et compositeur très en vogue, un certain Mayer. (Rodolphe manqua d'avaler sa bouchée de travers.) Et il a bien insisté en disant que c'était vous-même qui l'aviez recommandé. Alors, pensez donc, après vos réprimandes de l'autre jour concernant votre collègue Catherine Delorvel, j'ai failli m'abstenir ! D'autant que j'ai songé qu'il pouvait s'agir encore de l'une de vos conquêtes, dont vous vous seriez entichée…

Aurore fut prise d'une quinte de toux, visiblement embarrassée.

— Vous vous trompez ! finit-elle par articuler.

— En effet ! J'aurais eu grand tort car on ne parle de ce monsieur, dans les hautes sphères, qu'en des termes élogieux.

Aurore échangea un regard complice avec Rodolphe avant de déclarer :

— N'avais-je pas raison ?

— Je dois bien l'admettre…, répliqua son interlocuteur, obséquieux.

— Mais ce papier devait être de moi… Non de Jules.

— Comme vous ne faisiez qu'un à une époque, j'ai cru un moment que vous vous dissimuliez encore sous son nom…

— Je ne me suis jamais cachée, monsieur ! C'est me faire insulte ! riposta Aurore, toute rouge et embarrassée devant Rodolphe.

— Je vous charrie ! L'article et l'idée sont excellents. Vous êtes formidable, même si vous avez un caractère de cochon. (Aurore devient cramoisie.) Et vous me manquez beaucoup ! D'ailleurs un autre rédacteur a émis un avis un peu plus nuancé sur le roman de votre amie. C'est pourquoi, je serais tout prêt à publier une nouvelle critique… Si du moins vous daignez revenir parmi nous.

Aurore tapota la table d'un air distrait.

— J'y réfléchirai…

— Fort bien. Je vous ai assez importunée.

Il ajouta alors sur le ton de la confidence :

— De vous à moi, avez-vous croqué la pomme avec ce petit prodige ? S'il est aussi amusant au lit qu'au piano, vous ne devez pas vous ennuyer…

Aurore, terriblement mal à l'aise, ne laissa pas passer l'occasion de lui rendre la pareille.

— Eh bien, vous n'avez qu'à le lui demander vous-même. Vous l'avez devant vous ! s'exclama-t-elle en désignant Rodolphe.

Son interlocuteur blêmit.

— Monsieur Mayer ?

— Lui-même ! répondit Rodolphe assez sèchement. Et je suis assez étonné qu'un homme de votre classe s'abaisse ainsi à des quolibets de bas étage sur mademoiselle Delattre.

Le patron de presse écarta sa cravate pour mieux avaler une goulée d'air.

— Oh ! Ce sont des boutades entre nous ! Rien qui ne prête à conséquence. Je me garderais bien de juger l'attitude de cette autrice incomparable !

— C'est heureux ! Je n'apprécie guère que l'on entache la réputation de mes amis.

— Amis ? tiqua son interlocuteur.

— Eh oui ! Nous discutions création littéraire et musique, si vous voulez savoir ! lança Aurore.

— Ah ! fit-il dans un soupir et transpirant légèrement. Deux génies de ce siècle ensemble, cela aurait été trop beau ! Bon, je vais vous laisser à vos conversations alors ! Excellente journée. Au fait, monsieur Mayer, l'article paraîtra demain.

Rodolphe acquiesça tout en demeurant de marbre. De fait, leur interlocuteur les salua avec empressement et disparut sans demander son reste.

Il fallut plusieurs minutes à Aurore pour retrouver son calme. Elle finit par dire :

— Je vous remercie d'avoir mouché ce mufle. Je suis assez mortifiée d'entendre qu'une femme est taxée de grivoiserie sitôt qu'elle ose trouver l'amour en dehors des bras de son mari. Alors que ces mêmes histoires sont l'apanage des hommes. Lesquels se doivent de posséder une épouse et une maîtresse pour être bien considérés !

— C'est assez injuste en effet ! (La sentant blessée, il décida de changer de sujet.) En attendant, c'est moi qui vous remercie ! Grâce à vous, des éloges sur ma petite personne vont paraître dans un prestigieux journal.

Aurore sourit en songeant que finalement cet intermède lui était peut-être favorable. Elle minauda cependant en ajoutant :

— Ce sera toujours très en deçà de ce que j'aurais dit de vous !

— Mais auriez-vous été objective, très chère ?

— Ah, mais oui ! Parfaitement.

Il pinça les lèvres, perplexe.

— Comptez-vous retourner au *Figaro* ?

— Je vais y réfléchir. Mais je pense que je le devrais…
Il m'a appâtée en me proposant d'écrire une nouvelle
critique sur le roman de mon amie. En fait, il me tient !

— Vous êtes décidément très généreuse ! Je n'ai
même pas eu à solliciter vos faveurs pour obtenir un
article promotionnel, ajouta-t-il alors, taquin.

— Considérez donc que je vous ai fait crédit…,
répliqua-t-elle, le regard brillant.

Au même moment, le patron vint les avertir que leur
table était prête.

— Si ces messieurs-dames veulent bien se donner
la peine…

Le repas avec Rodolphe fut un véritable enchante-
ment. Ils avaient tous deux bien bu, bien mangé et passé
un excellent moment à discuter d'art, de musique et
d'écriture tout en se faisant de manière peu innocente
du pied sous la table. Ils devaient toutefois se montrer
vigilants, étant davantage exposés aux regards que
dans le cabinet privé de la veille. Après avoir prolongé
bien au-delà du raisonnable le déjeuner, et comme ils
n'avaient pas envie de se quitter, Rodolphe lui fit une
proposition.

— J'avais rendez-vous chez Pleyel, mon facteur de
pianos. Et j'ai complètement oublié l'heure en votre
charmante compagnie. Aussi, je dois me sauver. (Aurore
fit la moue.) Vous plairait-il de m'y accompagner ?

La jeune femme hésita, plus pour la forme cela dit.

— J'aimerais beaucoup, mais ne risque-t-il pas de trouver bizarre que je sois avec vous ?

— Oh ! rassurez-vous, Camille est mon ami. Et il est suffisamment discret pour ne pas nous poser de questions ou mettre les pieds dans le plat comme un certain monsieur du *Figaro* de votre connaissance.

— Dans ce cas, j'en serais ravie ! s'exclama Aurore, ravie de découvrir un pan de son univers.

Elle remit alors ses gants pour affronter la fraîcheur du dehors et évita de lui tenir le bras dans la rue, même si l'envie ne lui manquait pas.

Tandis qu'ils marchaient pour aller prendre un fiacre, ils discutèrent avec animation du métier de facteur de pianos.

— Il est un peu le confident du pianiste. Ce n'est donc pas étonnant qu'il soit devenu mon ami.

— Comment cela ? questionna Aurore, avec curiosité.

— Disons que l'instrument est un peu le prolongement du corps, du caractère du musicien, et de son tempérament. Le facteur doit par conséquent faire en sorte que son piano lui corresponde.

— C'est joliment dit ! Vos deux métiers sont complémentaires en quelque sorte.

Tout en cheminant, Rodolphe modéra cependant ses propos.

— Voilà ! Toutefois, c'est aussi un échange de bons procédés. Chaque facteur s'attache d'ailleurs un virtuose, et de préférence un compositeur. Car ainsi, il pourra promouvoir ses modèles auprès du public, tandis qu'en retour le facteur lui fournira un instrument adapté à son jeu et à sa personnalité.

— Mais comment cet artisan ou ce commerçant peut-il arriver à appréhender la sensibilité du musicien ?

— On dit que le luthier est comme le médecin des violons, c'est un peu la même chose en ce qui concerne le facteur de pianos. Il doit posséder une bonne oreille et une bonne écoute de manière générale. (Aurore sourit à ce jeu de mots.) De plus, mon ami Camille[1] est également pianiste et compositeur. Il est donc le premier à tester ses instruments.

— Cela aide ! Comment l'avez-vous connu ?

— À Vienne, j'ai rencontré son père, Ignace Pleyel[2], autrichien d'origine d'ailleurs, par l'intermédiaire d'un ami commun. Il fut l'un des plus fervents à m'encourager à venir à Paris, que l'on disait être la capitale du piano.

— La capitale du piano ?

— Oui, nous vivons une époque formidable pour cet instrument. Tout bourgeois qui se respecte se doit même d'en posséder un chez lui. Ce qui explique sans doute la centaine de facteurs de pianos sur la place de Paris et les milliers d'ouvriers mobilisés pour les satisfaire. La plupart sont de petits artisans, mais il existe trois maisons qui rassemblent une centaine d'ouvriers chacun : Pleyel, Erard et Pape.

Aurore buvait les paroles de Rodolphe. Ainsi lancé sur le sujet, on ne pouvait l'arrêter.

1. Camille Pleyel (1788-1855) est un compositeur français, directeur de la compagnie musicale Pleyel, qu'il a héritée de son père, et le créateur de deux salles de concert.

2. Ignace Joseph Pleyel (1757-1831) est un compositeur, éditeur de musique et facteur de pianos, d'origine autrichienne, naturalisé français.

Tout en montant dans une voiture à cheval, ils devisèrent sur l'instrument, ses possibilités, notamment par rapport au clavecin, et sur les œuvres majeures écrites jusqu'ici pour lui. Mais une fois dans l'intimité de l'habitacle, le désir resurgit entre eux, plus puissant encore. Étourdie par le discours passionné de Rodolphe, Aurore se sentit toute chose face à lui. Son inclination ne faisait qu'augmenter à chaque minute passée en sa compagnie. Alors, elle laissa judicieusement glisser sa main sur le côté de sa cuisse. Lorsqu'elle sentit ses doigts chauds s'empresser de saisir les siens, son cœur fit un bond dans sa poitrine. Bientôt, il les porta à ses lèvres et les embrassa avec ferveur. Ce geste, alimenté par le sentiment d'interdit procuré par cette promenade en plein Paris à bord d'une voiture à cheval, devait achever de la griser. La tête légèrement de profil à la fenêtre de la portière, Aurore ne laissait ainsi rien paraître de l'extase qu'elle ressentait sous le feu nourri de ses baisers. Bien malin qui devinerait également que Rodolphe, légèrement penché en avant, explorait minutieusement et avec ravissement la peau douce et parfumée de sa voisine, témoignant ainsi du désir brûlant qu'il éprouvait à son sujet.

Puis, ils arrivèrent à destination. Ils se détachèrent l'un de l'autre à regret.

Lorsque Rodolphe entra dans l'établissement, dont l'apparence ressemblait à la fois à un magasin, un atelier et une petite manufacture, mais à taille humaine, il se précipita au-devant du propriétaire des lieux. Lequel était occupé à tendre les cordes d'un piano à queue au moyen d'une clé, après les avoir fait tinter en frappant les touches.

Aurore observait Rodolphe, fasciné, tandis qu'il contemplait les entrailles du piano.

Camille Pleyel se redressa en apercevant son ami. Âgé d'une cinquantaine d'années, il était bel homme. Le fait de devoir se plier de la sorte sur les pianos devait certainement contribuer à son entretien physique.

— Mayer ! Vous ici ? Je ne vous attendais plus…, ironisa-t-il.

— Pardonnez-moi ! J'étais… ailleurs.

— Comme d'habitude, serais-je tenté de dire. Les artistes errent dans des dimensions qui nous échappent, à nous pauvres humains.

— Mais n'êtes-vous pas vous-même l'un d'eux ?

— Oh ! de façon modeste, mais je suis loin d'avoir votre talent !

Se retournant, il aperçut Aurore.

— Oh ! mais tu n'es pas venu seul ! (Il la salua poliment.) Une de tes élèves, sans doute, à qui tu souhaites faire tester l'un de ces pianos ?

— En effet ! approuva Rodolphe, à la surprise d'Aurore.

Camille Pleyel lui sourit d'un air entendu.

— Hélas, Rodolphe, je suis désolé, mais je dois partir ! J'ai un rendez-vous important. Mes ouvriers et assistants sont par monts et par vaux et je suis seul ici. Alors je vous montre la petite merveille que je t'ai réservée et je vous laisse les clés de la maison.

— Ce sera parfait ! J'enverrai François vous les rapporter. Où se cache-t-elle cette beauté ?

Les deux hommes dépassèrent de magnifiques pianos à queue et d'autre dit « carrés », bien que de forme rectangulaire, et s'arrêtent devant un piano droit, placé contre un mur.

Il était fait d'un beau bois d'acajou veiné de clair et comportait deux pédales et un pupitre dépliable pour poser des partitions. Aurore fut presque déçue en découvrant cette miniportion. Mais devant l'enthousiasme de Rodolphe, elle se défendit bien de le juger.

— Eh bien, je vous laisse !

— Et où allez-vous ainsi si ce n'est pas indiscret ? demanda Rodolphe au facteur.

— Dans l'une de mes salles, située rue Cadet dans le 9e arrondissement. Je dois faire quelques aménagements pour améliorer l'acoustique de mes pianos là-bas…

— Quelle patience ! Je vous admire. Peut-être aurai-je la chance de m'y produire ?

— Oh ! mais j'y compte bien !

Camille Pleyel sourit et sortit, les laissant seuls dans la caverne aux trésors du pianiste.

Aurore s'empressa aussitôt de le rejoindre.

— Alors, n'est-il pas beau ? s'extasia Rodolphe en caressant l'instrument.

— J'avoue qu'il n'est pas mal conservé pour son âge ! répondit Aurore, tout en se demandant bien pourquoi Rodolphe lui vantait ainsi les charmes de son ami.

— J'ai hâte d'en jouer !

— Pardon ?

En le voyant s'asseoir sur le tabouret et poser ses mains sur le clavier, Aurore comprit sa méprise et sourit.

Il produisit alors une cascade de notes perlées avec

une facilité déconcertante. Le son était presque aussi beau que celui d'un piano à queue, si ce n'était qu'il était un peu moins puissant.

— C'est stupéfiant ! s'exclama-t-elle, ahurie.

— N'est-ce pas ? Comme quoi peu importe que les cordes soient à l'horizontale ou à la verticale finalement ! Ce genre d'instrument va pouvoir trouver sa place dans des appartements plus petits et donc chez des particuliers moins fortunés. Le piano va ainsi se démocratiser ! s'écria Rodolphe, aux anges. N'est-ce pas formidable ?

— Oh que si ! Possède-t-il des qualités comparables aux instruments de plus grande taille ?

Il frappa de nouveau les touches d'ivoire.

— Assurément ! Comme les autres pianos de la maison, le timbre est doux et velouté dans le médium et cristallin dans l'aigu. Le son est moelleux et, même s'il manque d'intensité pour une grande salle de concert, il est tout à fait honorable !

Aurore observa les mains du pianiste s'élever avec grâce dans les airs, comme les ailes d'un oiseau, et se reposer avec douceur et légèreté au-dessus des touches. Elles les épousaient ensuite avec un mélange de force et de tendresse. La jeune femme était littéralement sous le charme. Elle frissonna en l'imaginant la toucher. N'étaient-ils pas seuls dans ce magasin, à l'abri des regards indiscrets ? Tout semblait possible entre eux. Comment la passion et le désir ne pouvaient-ils pas s'en trouver libérés ?

— Oui, je trouve qu'il convient bien à mon jeu ! conclut Rodolphe, satisfait.

— Comment le décririez-vous, justement, votre jeu ? interrogea-t-elle avec curiosité en se mordant les lèvres, consumée de désir.

— Je ne saurais trop vous dire. Certains disent qu'il est élégant, qu'il a du brillant et de la netteté.

— C'est un peu léger… On pourrait dire bien des choses en somme. Comme le fait que vous avez une palette infinie de nuances à votre disposition.

— C'est très gentil à vous, Aurore ! (Il travailla davantage l'instrument.) Je trouve les touches un peu dures. J'en ferai part à Camille, pour qu'il améliore cela.

Ah, ses mains ! songea Aurore au supplice. Que n'aurait-elle pas donné à ce moment-là pour qu'elles caressent sa peau, comme elle en avait eu un avant-goût dans la voiture.

— Autrement, la pédale est agréable et fonctionne bien, poursuivit Rodolphe. La dimension est correcte, il fait preuve d'équilibre, de rondeur, de puissance malgré son format réduit, d'un beau timbre et de caractère, et il offre de jolies couleurs. Bref, il me plaît beaucoup et je compte l'acheter ! Il m'en fallait justement un pour chez moi.

En écoutant Rodolphe énumérer les caractéristiques du piano, il sembla à Aurore l'entendre parler d'un bon vin, ou d'un être de chair, possédant sa propre voix. Elle en fut d'autant plus impressionnée.

Vint alors le moment où Rodolphe se leva et lui dit :

— Bien, assez observé, madame ! À vous d'entrer en piste à présent.

— Moi ? Mais je ne sais pas jouer… Enfin, je pianote un peu, il est vrai, mais vous allez trouver cela ridicule !

— Je me doutais que dans votre éducation, vous deviez avoir suivi quelques leçons de musique.

— J'ai bien reçu quelques cours étant jeune, mais cela empiétait trop sur ma passion pour l'écriture. J'ai dû faire un choix ! Oh ! ce que j'aurais voulu savoir en jouer comme vous le faites, avec cette aisance ! Et avoir la possibilité d'exprimer ce que j'ai sur le cœur par le biais de la musique… Mais je n'aurais jamais eu votre talent.

— Je suis persuadé que vous devez bien mieux jouer que nombre de mes élèves. Nous allons vérifier cela tout de suite !

Aurore s'agita cependant, peu désireuse de décevoir Rodolphe par une exécution lamentable. Lui, qui la portait en haute estime grâce à ses compétences d'écrivain.

— Je vous en prie, cela fait si longtemps que je n'ai pas joué…

— Ne vous inquiétez pas, je vous guiderai. Juste quelques notes.

Elle pinça les lèvres et s'assit sur le tabouret, face au piano, les mains recroquevillées sur sa robe.

— Je vous sens toute crispée, allons, détendez-vous !

Lorsqu'il posa ses mains chaudes sur ses épaules, un frisson la parcourut. Elle sut dès lors qu'elle allait passer un moment de délicieuse torture en sa compagnie. Et que la leçon de piano qui s'annonçait serait probablement la plus sensuelle qui soit.

Chapitre 12

Duo

Aurore prit une profonde inspiration, ôta sa redingote et prit place sur le tabouret de piano, non sans avoir pris soin de bien disposer sa belle robe rouge foncé sur la petite banquette de cuir noir. Puis, elle parcourut les touches du piano, cherchant à se rappeler quelques bribes de mélodies.

Positionné dans son dos, Rodolphe découvrit que sa robe rouge était fendue à la manière d'un drapé grec. De là où il se trouvait, il pouvait apercevoir ses courbes se couler dans le tissu, disparaître et sinuer jusqu'à la chute de ses reins. Stupéfait, il contempla ce jeu de clair-obscur sculpté par la lumière des candélabres et la beauté de ces lignes féminines. Là où il ne voyait d'habitude que les tenues très collet monté de ses jeunes élèves, qui ne laissaient pas filtrer une once de chair.

Sous le chignon d'Aurore, une nuque délicate surmontait de délicieuses omoplates. Quant à ses épaules, elles étaient parfaites, délicieusement arrondies et suffisamment musclées pour donner envie d'en caresser les formes.

Il suivit des yeux le dessin sinueux de sa colonne vertébrale, qui serpentait dans les méandres de son dos ; sa peau de pêche prenant des couleurs ambrées de plus en plus chaudes, à mesure que son regard s'aventurait vers cette fameuse chute de reins. Laquelle disparaissait dans le drapé satiné de sa robe rouge aux reflets moirés de noir. Sa cambrure était admirablement creusée, lascive, et incitait à la contemplation, avant de s'arrondir avec son bassin d'une forme vallonnée là encore toute féminine.

Il pensa que l'habit masculin qu'elle portait à l'occasion pouvait certes dissimuler ces trésors aux yeux des autres hommes, mais que sa féminité se laissait néanmoins toujours deviner ; ne serait-ce que par la démarche chaloupée qu'Aurore conservait en toutes circonstances.

Il se sentait le témoin privilégié de cette scène et de ce dos incandescent sur lequel les lampes projetaient leurs flammes ambrées, le rendant plus désirable encore.

Il en fut profondément perturbé. L'envie de la toucher, de la caresser et de la faire sienne se fit de plus en plus présente.

— Que souhaiteriez-vous que je vous joue, monsieur Mayer ? questionna Aurore, le tirant de ses songes. Je sais si peu de choses, et encore, c'est à peine si je m'en souviens.

Visiblement, elle guettait sa réponse depuis un moment.

Rodolphe toussa pour s'éclaircir la voix, constatant qu'un voile d'émotion l'avait quelque peu couverte.

— En général, les morceaux les plus prisés par les débutants sont de Bach ou Beethoven…

— Ah, en effet ! Je connais *La Lettre à Élise*

de Beethoven, du moins la partie lente, et un *Prélude*
de Bach.

— Celui en *do* majeur, j'imagine ?

— Sans doute ! Mais pour moi, toutes ses créations
sont des œuvres majeures ! plaisanta-t-elle.

Contre toute attente, Rodolphe éclata de rire. Il
était friand des calambours ayant trait aux musiciens.

— Ce *Prélude* est aussi idéal pour apprendre les
accords arpégés…, marmonna-t-il, comme pour
lui-même, avant de lire dans les yeux bleus d'Aurore
l'appréhension qui la saisissait.

Il ne connaissait que trop bien ce sentiment de
pudeur au moment de jouer devant un étranger, en
particulier quelqu'un qui pouvait le juger, c'était toujours
angoissant. Lui-même, en dépit de son habitude à se
produire, éprouvait constamment une gêne avant de
jouer, réticent sans doute à exposer un pan de son âme
à des inconnus.

— Va pour ce *Prélude* ! lança Aurore, comme pour
s'encourager.

Il la vit positionner ses mains au-dessus du clavier
et il saisit aussitôt le danger.

— Pardonnez-moi, l'interrompit-il. Êtes-vous certaine
d'être bien installée ?

Aurore observa ses bras, ses jambes, sans comprendre.
Rodolphe lui désigna le tabouret.

— Est-il à la bonne hauteur ?

Elle hésita sur la réponse à donner.

Il se pencha alors vers elle et, joignant le geste à la
parole, lui dit :

— Il est nécessaire que votre coude arrive au même niveau que le clavier.

Elle se leva et il actionna la molette sur le côté du tabouret jusqu'à ce que ce soit le cas.

Leur proximité renforça aussitôt le sentiment troublant d'intimité entre eux. Et ce geste anodin qu'il avait maintes fois répété avec ses élèves prenait soudain une tout autre dimension.

— Voilà ! N'est-ce pas plus naturel ainsi ?

Elle se rassit et approuva aussitôt. Ses cuisses de nymphe dans le froissement du tissu sur le cuir l'émoustillèrent davantage. Il dut se faire violence pour se concentrer sur sa leçon et rester professionnel.

— Il convient de veiller aussi à ce que vous soyez à bonne distance du piano, vos mains doivent se positionner juste au-dessus du clavier et votre pied atteindre la pédale sans difficulté.

Elle allongea légèrement sa jambe vers la pédale, et Rodolphe aperçut la plus fine et charmante cheville qui soit.

Il demeura fasciné l'espace d'un instant par sa grâce tandis qu'un courant chaud remontait dans tout son corps à l'image du désir qui le taraudait.

— Oui, c'est mieux ainsi. Votre jambe ne doit pas être trop pliée, et vos deux pieds, sur le sol, bien ancrés.

Il n'hésita pas à se pencher pour renforcer son propos. Sa main s'approcha très près de sa jambe, prête à la toucher pour lui indiquer de se détendre. Mais elle se contenta de l'effleurer, comme hésitant à entrer en contact avec le feu. Ce geste fut suivi avec grand intérêt par son élève dont le regard mutin semait encore davantage le trouble.

Aurore paraissait apprécier cette leçon particulière, elle semblait en confiance avec lui, mais demeurait cependant toujours tendue.

Il décida dès lors de ne plus l'entraver dans son exécution, croisa les bras et se tint de côté pour mieux l'observer.

Ainsi à distance et réfugié derrière un calme apparent, comment pourrait-elle deviner la lutte intérieure qui se jouait en lui.

Aurore prit un temps pour calmer sa respiration, posa ses mains sur le clavier, ferma les yeux et inspira profondément avant de jouer. Rodolphe détailla son profil, c'était celui d'une Vénus. Il était divin, et le pianiste n'avait qu'une envie : prendre ses lèvres.

La musique jaillit alors sous ses doigts avec une étonnante facilité et un naturel qu'il voyait rarement chez ses élèves.

Bien sûr, ses doigts n'avaient pas joué depuis longtemps, et leur vélocité était pour le moins rouillée, mais elle produisait de la musique. Avec des élans, des phrasés, une musicalité qui n'avait rien de scolaire, mais qui semblait vivre de tout son être. De plus, son corps oscillait au gré de son interprétation, se penchant vers le clavier, puis revenant en arrière. Ce qui avec sa superbe cambrure fournissait le plus beau des spectacles.

Dieu qu'elle est belle ! se dit-il, distrait de l'écoute attentive de sa musique.

Parfois les doigts ripaient quelque peu sur les touches, pas assez enfoncés ou trop, mais à sa décharge elle ne connaissait pas ce piano. Elle était très concentrée, son regard bleu parti vers un horizon lointain. Elle s'interrompit à la moitié de la partition environ, rougissante et confuse.

— Je suis désolée, je ne me souviens plus de ce qui vient ensuite…

— Ce n'est pas grave ! En général, je ne laisse pas mes élèves jouer longtemps sans les arrêter.

Elle sourit, à la fois gênée et réconfortée.

— Je vous avais prévenu que ce serait catastrophique !

— Ah, mais non ! Bien au contraire. J'ai été très agréablement surpris. Alors, bien sûr, vous manquez de pratique, mais la base, l'essentiel est là : vous faites de la musique ! Vous la vivez même, avec tout votre corps.

Il voulait ajouter que c'était touchant et magnifique à voir, mais il le garda pour lui.

— Tant mieux si je ne vous ai pas choqué ! J'aurais tant aimé savoir bien jouer. La musique exprime tant de sentiments…, répondit-elle, le regard de nouveau lointain, à moins qu'elle ne soit plongée en elle-même.

— Et vous la servez bien ! déclara-t-il avec une douceur inhabituelle et peu professionnelle.

C'est pourquoi il se reprit et usa d'un ton plus professoral pour dire :

— Avec quelques modestes ajustements, vous pourriez aller plus loin encore et posséder davantage les moyens de faire parler vos émotions.

— Lesquels, par exemple ? Enseignez-les-moi, je vous prie !

Ses yeux pétillaient d'intérêt et d'un insatiable désir d'apprendre.

Il s'estima flatté sur le moment de détenir un tel ascendant, un tel pouvoir sur elle.

— Tout d'abord, nous allons revoir quelques petites choses au niveau de la technique, le support des émotions.

Il s'approcha d'elle et sentit sa présence chaude à ses côtés.

Son regard glissa l'espace d'un instant sur son appétissant décolleté avant d'aller se fixer sur ses mains. Il déglutit, en se demandant s'il arriverait à tenir longtemps comme cela.

— Au niveau de votre tenue, nous allons revoir quelques points de détails, mais qui feront toute la différence, vous verrez. La position de vos mains sur le clavier tout d'abord, elle n'est pas assez arrondie. Il est souhaitable que votre main forme une voûte, comme ceci.

Il plaça sa main avec un doigt sur la note de *mi* et les autres sur les dièses à leur droite et le *do*. Puis il l'invita à toucher sa main pour qu'elle teste sa souplesse.

Ce contact l'émut plus que de mesure.

— Vous sentez, il faut que ce soit bien en appui.

— Oui, je le sens…

Un ange passa entre eux, avec un silence évocateur. Rodolphe s'empressa d'enchaîner.

— Surtout utilisez bien la pulpe des doigts, c'est important. Il est souhaitable également de détendre le poignet et de garder une souplesse, quelle que soit l'action des doigts. Il faut vous relâcher tout de suite après avoir joué. Vous appuyez, vous lâchez… Puis vous déroulez vos phalanges.

Il illustra chaque étape en lui montrant la manière de procéder de la façon la plus naturelle qui soit.

Son parfum, envoûtant, à la fois sucré, ambré et sensuel, était un miel des plus attirants. Il aurait tant aimé la butiner. En attendant, elle lui procurait un sentiment vertigineux, auquel il était près de succomber.

— Il existe quelques exercices pour délier les doigts, ce qui permet également d'appréhender la force avec laquelle appuyer sur le clavier.

Il les lui indiqua.

— Et en ce qui concerne le *toucher* ? demanda-t-elle en le fixant droit dans les yeux.

— La chose est délicate, répondit-il en évitant son regard pénétrant. C'est aussi quelque chose qui vous est très personnel et qui fait écho à vos sensations.

— Mais encore ? insista-t-elle, en fronçant de manière adorable son front, ses sourcils bruns en aile d'oiseau surlignant admirablement ses yeux saphir.

— Apprendre la sensualité au piano est très important. Il s'agit d'établir une proximité avec lui, d'entrer en résonance avec lui dans une sorte de rapport fusionnel et charnel.

— Un peu comme la relation unissant deux amants…, suggéra Aurore, sans s'embarrasser de fausse pudeur.

— Absolument ! lâcha-t-il, tout en baissant le regard. (Elle le mettait réellement au supplice avec un naturel confondant.) J'ai d'ailleurs pour habitude d'avoir recours à un exercice afin de trouver les sensations exactes.

Il se positionna au plus près d'Aurore, de sorte qu'il sentit son souffle court. Elle était visiblement encore sous l'émotion d'avoir joué, à moins que ce ne soit l'évocation de la sensualité qui avait mis le feu aux poudres.

— Avec le doigt, vous frappez la note, puis vous

glissez comme ceci en ramenant le doigt vers vous, de manière à caresser les touches. Vous vous exercez ainsi à faire revenir vos doigts les uns après les autres.

Après qu'il lui eut montré l'exemple, elle s'amusa à reproduire le geste, avant de l'assimiler rapidement.

Rodolphe constata que, chez Aurore, la sensualité était innée. C'était une femme charnelle, désirable, spontanée et naturelle. Ce que ce devait être bon de faire l'amour avec elle !

Une fois de plus, il chassa cette pensée pour revenir à leur leçon de piano.

— Pour terminer sur le chapitre de la tenue, j'ai remarqué que vous accompagniez volontiers les élans musicaux avec votre corps.

— Ah, je ne devrais pas ? demanda-t-elle d'un air candide, alors que tout son extérieur était sulfureux et transpirait sa brûlante sensualité.

N'en avait-elle pas conscience ? En jouait-elle ? Était-ce son imagination qui s'enflammait ou était-ce conçu à dessein pour le faire tomber dans ses filets ?

— Au contraire, surtout ne vous réfrénez pas ! C'est juste qu'il faut veiller à demeurer droite tout de même et à ne pas entraver votre jeu, car lorsque vos bras travaillent, le dos également !

— C'est bien pourquoi il n'y a pas de dossier à notre tabouret.

— Exactement !

Pour illustrer son propos, il plaça une main sur sa nuque, qu'il glissa ensuite le long de sa colonne, jusqu'à ses reins. Là où ce geste devait avoir une vocation d'enseignement, il en devint sensuel. Il eut presque le sentiment de se brûler en effleurant sa peau, tant ce contact lui procurait des picotements dans la pulpe des doigts.

Il revint alors sur ses épaules en les réchauffant au creux de ses paumes, pour appuyer la nécessité de demeurer droite face au piano. Et, contre toute attente, elle posa sa main sur la sienne et lui sourit.

Rodolphe se sentit glisser sur une pente dangereuse.

Lorsqu'il ôta ses mains de ses épaules, Aurore se trouva un peu désarçonnée. Ce geste lui avait paru si naturel, et tendre.

Et elle avait vu dans son regard brillant que lui non plus n'était pas insensible à ce courant de désir chaud qui la traversait tout entière. Même il s'en défendait et tentait de demeurer sérieux, concentré et incorruptible quelque part.

Se pourrait-il que lui aussi ressente le même désir brûlant que moi ? songea-t-elle. *Il n'y a qu'un moyen de le savoir…*

Elle se leva alors du tabouret et prit une profonde inspiration.

— Au fond, vous vous jouez de moi…

— Pardon ? s'exclama-t-il, surpris.

— Vous ne m'aimez pas… Et vous ne m'aimerez jamais ! dit-elle en regardant devant elle, droite comme la justice, tandis que ses épaules se soulevaient au rythme de sa respiration haletante.

— Que dites-vous ! Vous m'avez rendu fou… !

Et soudain, elle sentit son corps toucher son dos,

tandis qu'elle se retrouvait plaquée tout contre le piano. Elle étouffa un soupir et sourit. Elle avait gagné.

Ses doigts fins de pianiste commencèrent à caresser sa nuque, ses épaules, il s'était tellement contenu, il semblait avoir craqué. Soudain, elle sentit ses lèvres douces comme du velours se poser sur sa peau et creuser un sillon brûlant. Un frisson la parcourut.

Enfin !

Il l'embrassait dans le cou, chaud et parfumé, tandis que ses mains massaient ses épaules et dessinaient le trapèze de son dos. Elles descendirent entre ses omoplates, jusqu'à ses reins. Il l'enlaça et la serra fort tout contre lui, et elle sentit la force de son désir à travers son pantalon, puissant, impérieux.

Elle se tourna alors pour lui faire face et se retrouva adossée à l'instrument. Saurait-il jouer de son corps, comme il le faisait avec son piano ?

Elle ne demandait en tout cas qu'à se laisser apprivoiser par ses doigts, devenue matière malléable comme elle l'était en tant qu'élève quelques minutes plus tôt. Son regard se perdit dans le sien et elle y lut le même désir ardent, une urgence comparable à celle qu'elle éprouvait.

Elle lui prit alors le visage en coupe et fondit sur ses lèvres. Leurs bouches s'unirent dans un duo intense et passionné. Leur baiser se prolongea durant une éternité, le désir ayant eu tout le temps de grandir entre eux pendant la leçon qui avait précédé. Puis, il plongea avec appétit dans son cou, la dévorant littéralement de baisers. Il avait le souffle court, les sens en ébullition, tout comme les siens, tandis qu'elle savourait qu'il se libère enfin de ses entraves. Finalement, la leçon de piano avait été bénéfique pour tous les deux !

Ses mains s'aventurèrent en terrain non exploré jusqu'ici ; le long de son corset, puis de ses hanches, sur le bas de son dos où il s'était employé à corriger sa cambrure quelques instants plus tôt et enfin le long de ses cuisses. L'idée la traversa qu'il pourrait tout aussi bien relever ses jupons. Peut-être lui ferait-il l'amour ici même ?

Un délicieux vertige la saisit et elle perdit pied, tandis que lui poussait toujours davantage ses explorations.

Elle plongea ses mains dans ses cheveux. Lui continuait de butiner ses lèvres, son cou, l'arrondi de ses épaules. Il s'abaissa jusqu'à embrasser la partie bombée de ses seins qui vacillaient dans son bustier au rythme de son souffle court.

— Oh ! Rodolphe ! s'exclama-t-elle dans un frémissement.

— Je vous veux…, murmura-t-il, affamé, acculé autant que libéré. Est-ce que vous aussi…

— Oh ! oui !

Elle noua ses bras autour de son cou et il la souleva pour la positionner contre le piano. Ses mains s'aventurèrent alors jusqu'à ses chevilles, avant d'entreprendre leur lente remontée sous ses jupes.

Aurore pencha la tête en arrière, prête à s'abandonner à l'assaut de son amant et à assouvir enfin leur impétueux désir, qui avait eu le temps de monter crescendo. Le trouble entre eux était à son apogée, et son cœur battait à une intensité folle, tandis qu'elle pouvait sentir le souffle court de Rodolphe tout contre elle.

Un bruit de clochette retentit, en provenance de la porte.

Il lui fallut quelques secondes pour redescendre sur terre et réaliser l'imminence du danger. Quelqu'un venait d'entrer !

Heureusement, là où ils étaient, ils ne pouvaient être vus, songea-t-elle. Mais ils devaient à tout prix se reprendre, sous peine de se compromettre sérieusement !

Quelle terrible frustration ! Elle nageait en pleine extase et voilà qu'ils étaient coupés dans leur élan ! Quelle déception !

Complètement absorbé, Rodolphe semblait ne s'être rendu compte de rien, un comble pour un musicien !

— Attention, quelqu'un vient ! lui chuchota-t-elle tout en recoiffant ses boucles souples, dans lesquelles ses mains s'étaient perdues l'instant d'avant.

Il s'arracha alors à elle après un ultime baiser, les oreilles rouges comme un adolescent pris sur le fait. Il paraissait tout aussi frustré qu'elle et dépité.

Il tira sur son gilet d'un coup sec et referma son habit. Puis, il s'assit sur le tabouret en croisant les jambes pour se donner une contenance, tandis qu'Aurore s'en allait voir le piano à queue au fond de l'atelier. Ce qui lui permit aussi de se remettre.

La voix de Camille Pleyel retentit alors.

— J'avais oublié les clés de la salle ! Ce que je peux être tête en l'air, s'exclama-t-il, gêné, pensant sans doute les avoir interrompus dans la musique.

Ce qui en définitive n'était pas très éloigné de la réalité.

Chapitre 13

Trio

Paris, décembre 1839

Les semaines suivant cette leçon de piano, Aurore décida d'espacer les rencontres avec Rodolphe. Cette mise en retrait était censée permettre à Rodolphe de mieux se concentrer et lui laisser le temps de préparer son concert. Cela lui procurait toutefois des tiraillements douloureux et une grande frustration. Elle éprouvait en effet un terrible manque. Ne pas le voir lui occasionnait une vraie souffrance et un sentiment glacé de solitude et de tristesse, surtout après avoir connu une telle ferveur dans ses bras. Ce sacrifice était néanmoins nécessaire. Plus ils se fréquentaient, et plus leur inclination et le désir brûlant les poussaient à se rapprocher l'un de l'autre. Ils étaient alors si fusionnels, aussi bien sur un plan charnel que spirituel, que cette passion empiétait sur les différents aspects de leur vie.

Pour Rodolphe, dont la renommée allait grandissante à Paris, le moment n'était pas encore venu de se soustraire à l'engrenage de la célébrité qui pouvait le porter aux nues. Aurore savait donc que cette retraite provisoire était pour le bien du compositeur. Elle ne voulait pas non plus qu'un jour il puisse lui reprocher d'avoir entravé son ascension.

Et puis, elle avait la certitude à présent que l'amour qu'elle éprouvait pour lui, au-delà de cette formidable attirance, était partagé. Et cette conviction lui tenait chaud au cœur, tandis que tout son extérieur se refroidissait avec les températures hivernales parisiennes. Cette impression était confortée par les billets qu'ils s'échangeaient au quotidien. Ils s'arrangeaient cependant pour rester discrets, usant même d'un code secret, au cas où une personne mal intentionnée les intercepterait.

Ce jour-là, le compositeur lui écrivit, ayant judicieusement recours au champ lexical musical :

Ne pourrait-on transformer cette pause en demi-pause ? Le silence est difficile…

Aurore lui répondit :

Dans ce cas, vous plairait-il de troquer ce duo en trio ?

Un peintre de mes amis nous invite à jouer dans son atelier cet après-midi.

Rodolphe ne se fit pas prier pour souscrire à sa proposition par l'affirmative en envoyant son domestique chargé de ce message :

Tant que je peux voir et écouter « la Reine de la Nuit », je me réjouis d'ajouter une palette de couleurs à mon piano.

C'est ainsi qu'Aurore eut l'immense bonheur de retrouver Rodolphe sur les Champs-Élysées, d'où ils devaient prendre une voiture pour se rendre rue Neuve-Guillemin chez le peintre dans le 6e arrondissement de Paris.

Aurore appréciait tout particulièrement les Champs, où se louaient encore à bon marché de petites maisons avec des jardins d'un caractère très intime. Elle aimait flâner autour de ces maisonnettes blanches et propres, arborant de grandes haies d'aubépines derrière une barrière et des lilas en fleurs. Cela lui rappelait avec nostalgie la campagne, dans un Paris où la nature perdait de plus en plus de terrain à mesure que, de ses pavés, surgissaient de nouvelles constructions.

Arrivée la première, elle le vit sauter d'un fiacre pour la rejoindre quelques minutes plus tard. Lui aussi était en avance. Il avait le teint pâle et les cernes creusés, conséquence de ses nombreuses heures de travail sans doute. Son regard était toutefois lumineux et plus clair encore que dans ses souvenirs. Elle retrouva avec bonheur sa belle stature et son charmant sourire. Elle aurait eu mille fois envie de courir se jeter dans ses bras, mais par respect pour cette fichue bienséance, elle se contenta de lui sourire en retour, laissant filtrer l'éclaircie qui illuminait son cœur.

— Quelle joie de vous revoir ! s'exclama-t-il en la contemplant.

— Ce bonheur est partagé ! lui répondit-elle dans un souffle, tandis qu'une gaieté rayonnante irradiait de tous les pores de sa peau.

Il la perçut dans son regard sans doute, reflet de son

âme, où il s'attarda longuement, sans qu'un mot ne soit échangé. C'était ce genre de silence où beaucoup de choses se disaient, prélude au moment délicieux qui allait suivre.

— Nous sommes attendus pour 4 heures, mais nous pouvons nous y rendre plus tôt si vous êtes pressés…, dit-elle d'une voix fragilisée par l'émotion.

— J'ai tout mon temps ! J'ai pris congé de mon piano pour tout l'après-midi !

Elle soupira d'aise.

— Comment allez-vous ? Plutôt bien, si je lis entre les lignes de vos messages, hasarda-t-il tout en cheminant à ses côtés, mains derrière le dos.

— J'essaie de me plonger dans le travail… Ne pas vous voir m'est difficile, avoua-t-elle.

— C'est aussi mon sentiment ! Je trouve que vous me ménagez trop ! lui reprocha-t-il alors. Je me languis de vous…

Un frisson parcourut Aurore. Ses paroles étaient un baume apaisant sur la plaie ouverte dans son cœur.

— Que voulez-vous ? J'essaie d'être raisonnable pour nous deux !

Rodolphe souffla, puis pinça les lèvres.

— Quand je songe que certains vous décrivent comme fantasque !

— Des jaloux ! Ou alors ils ne me connaissent pas vraiment… En tout cas, pas comme vous !

Ils échangèrent un regard de connivence ambigu, puis se turent de nouveau.

— Comment les choses avancent-elles pour votre

concert ? Vous sentez-vous prêt ? questionna Aurore au bout d'un moment.

— Mon concerto est assez abouti, je pense. Il demandera tout de même quelques ajustements avec l'orchestre. Je maîtrise la plupart des œuvres du programme sur le bout des doigts, si j'ose dire. En revanche, le trac ne me quitte pas. Je préfère mille fois faire une tournée de concerts en Angleterre que de me produire devant ce parterre de perruches emplumées !

— Mais il est nécessaire à votre avancement…

— Cela reste à prouver ! répondit Rodolphe, sarcastique.

— J'aimerais tant y assister ! Ainsi vous joueriez pour moi seule et votre appréhension disparaîtrait. J'aurais, de plus, l'immense plaisir de vous écouter pour vous admirer davantage encore…

À ces mots, le visage de Rodolphe se crispa, puis s'assombrit.

— Notre complicité est par trop visible. Il serait plus prudent que vous ne veniez pas…, rétorqua-t-il d'une voix blanche.

— Vous avez sans doute raison…, dit-elle, non sans une profonde déception.

Elle songea en effet que, aux yeux de la société, certes elle était toujours mariée, mais lui était fiancé. Elle ne voulait pas mettre le compositeur dans une position inconvenante ni gêner son avancement, même si sa proposition était naturelle et dénuée de mauvaises pensées.

Elle ajouta alors :

— Je songerai bien à vous, en tout cas…

Il afficha un sourire contrit, dans un visage blême rongé par le trac.

Aurore décida de changer de sujet.

— Pour parler du peintre chez qui nous allons, il s'agit d'un ami très cher, qui se nomme Eugène Delacroix. Sans doute en avez-vous entendu parler ?

— Ah, oui en effet ! J'ai ouï dire qu'il serait le chef de file des romantiques…

— On aime bien mettre les gens dans des cases, se désola Aurore en soupirant. Mais Eugène lui-même récuse ce titre. En vérité, à l'instar des artistes de sa génération, il se détourne volontiers des œuvres glaciales de ses prédécesseurs pour peindre d'instinct.

— Voilà qui est audacieux !

— Mais paradoxalement, il souffre aussi de ne pas avoir appris toutes les techniques et « secrets perdus » des grands peintres comme David. Cela éviterait parfois que ses toiles s'abîment avec le temps, faute d'avoir respecté les délais de séchage.

— Quel homme tourmenté ! J'adore…

— C'est surtout un passionné ! Et c'est sans doute de cette contradiction que jaillit son talent !

— Eh bien, ce sera pour moi un honneur de le rencontrer ! s'exclama Rodolphe, enthousiaste.

— Il apprécie beaucoup la compagnie des artistes, et des musiciens en particulier…

— Est-ce qu'il me connaît ? demanda timidement le pianiste.

— Cela, je vous laisse le découvrir ! répondit Aurore, un sourire énigmatique sur le visage.

Ils discutèrent ensuite de peinture avec animation et

passèrent encore ensemble un moment exquis et hors du temps. Mais l'heure du rendez-vous approchant, ils décidèrent de héler une voiture à cheval. Celle-ci devait les mener dans une petite voie étroite du 6ᵉ arrondissement, aux façades hautes et resserrées. Elle n'avait rien à voir avec l'avenue qu'ils venaient de quitter, mais possédait un certain charme.

Le trajet fut aussi et enfin l'occasion pour eux de se rapprocher.

Rodolphe lui saisit la main et embrassa ses doigts de manière brûlante. Elle se blottit contre lui sur la banquette, son côté touchant la cuisse de Rodolphe. Sa chaleur traversant sa robe et sa couche de jupons pour mieux la nimber tout entière. Ce que c'était bon de le sentir près d'elle après le froid et la solitude de ces derniers jours !

Rodolphe s'enhardit alors et, se penchant de côté, commença à embrasser son cou chaud et parfumé. Aurore frissonna et lâcha un soupir.

— Oh ! Rodolphe ! Vous m'avez tant manqué…

— Et vous donc ! répondit celui-ci entre deux baisers. Quelle frustration d'avoir été ainsi interrompus l'autre jour !

— Au fond, ce n'est pas si mal. Cela a aiguisé notre appétit mutuel…

— Cela m'a rendu fou ! Je suis affamé de vous…

L'instant d'après elle inclina le visage vers lui et il lui prit les lèvres avec ardeur. Ils échangèrent un baiser fougueux et passionné, qui devait la laisser ivre, de joie et de tristesse à la fois quand elle songeait que celui-ci ne se reproduirait sans doute pas avant un longtemps.

Elle se demanda alors si Rodolphe la voyait comme une relation de passage finalement ou une personne chère. Après tout, les choses n'étaient guère définies entre eux. Mais bientôt, l'ardeur de ses lèvres eut raison du poison distillé par ses questions. Elle se résolut à ne jouir que de l'instant présent, fugace et éphémère, un moment d'éternité dans ses bras.

Rodolphe était encore étourdi lorsqu'ils parvinrent à destination. Il aurait bien prolongé ce moment avec Aurore plus longtemps. Pourquoi n'avaient-ils pas demandé au cocher de faire le tour de Paris ? La prochaine fois, ils iraient dans un petit café du bois de Boulogne, là au moins ils auraient tout le loisir de profiter du voyage.

Ils descendirent de voiture, Rodolphe paya la note, en dépit de la volonté d'Aurore de partager, ce qui suscita un certain étonnement chez leur conducteur. Puis, ils firent quelques pas.

Aurore fit alors remarquer qu'il avait des traces de rouge à lèvres autour de la bouche, mais aussi sur la joue et sur le col ! Que n'avait-elle opté pour une teinte chair ? C'était sans doute ce qui avait provoqué le sourire de leur cocher à la vue de Rodolphe, même s'il devait avoir l'habitude de transporter des amoureux, illégitimes ou non. Elle lui tendit un mouchoir, et il s'employa à effacer les traces du délit, même s'il les aurait bien gardées. Mais, après tout, à quoi bon ? Puisqu'il l'avait dans la peau…

Pour le col, comme il était plus difficile à nettoyer, Rodolphe choisit de renouer sa cravate d'une autre façon, et le détail embarrassant fut ainsi dissimulé. Quand il fut de nouveau présentable, ils frappèrent à la porte de l'atelier du peintre.

Un individu aux boucles brunes coiffé assez court et portant une moustache en accent circonflexe leur ouvrit. L'obscurité du seuil passée, Rodolphe constata à quel point leur hôte était bel homme, avec son nez droit, ses yeux marron clair, lumineux et profonds et sa fossette au menton. S'il n'avait su la nature amicale de l'attachement qui le liait à Aurore, il aurait même pu en être jaloux.

Delacroix portait un habit noir, assorti à sa cravate sur un gilet vert. Il les salua avec chaleur et les convia à monter au premier étage dans son atelier.

— Ce que je suis heureux de faire enfin votre connaissance, mon cher Mayer ! lui lança-t-il d'emblée, ce qui eut pour effet de lui inspirer une forme de gêne mâtinée de timidité.

— Je le suis également, répondit Rodolphe, songeant aux paroles d'Aurore qui lui avait vanté les mérites de son art.

— Savez-vous que j'ai assisté à plusieurs de vos concerts ? ajouta encore le peintre, et chaque fois, je suis resté sans voix ! Il faut dire que je suis un passionné de musique, et je n'ai pas trouvé depuis l'équivalent du plaisir éprouvé en vous écoutant.

Ne s'attendant pas à une telle avalanche de compliments, Rodolphe s'en voulut d'avoir éprouvé une quelconque jalousie envers l'artiste l'instant d'avant.

— Je ne sais que dire ! Vous me flattez…

— Oh ! que non ! La musique que vous jouez est

l'une de ces nourritures de l'âme qui sont rares dans ces temps-ci et même dans tous les temps.

Il se tourna alors vers Aurore, demeurée un peu en retrait, le sourire aux lèvres.

— Et vous, ma chère, comme vous avez bien fait de nouer une amitié avec un tel homme, et comme je vous envie !

— Peut-être pourrez-vous aussi vous entendre ? suggéra Aurore, persuadée qu'il en serait ainsi.

— Je tiens les musiciens en très haute estime, ajouta le peintre à l'intention de Rodolphe. J'ai moi-même reçu une éducation musicale précoce auprès d'un vieil organiste, qui adorait Mozart. La mort de mon père a, hélas, mis fin à mes velléités de devenir musicien. C'est pourquoi, depuis, je recherche toujours la compagnie des compositeurs et des instrumentistes.

— Je ne peux que me réjouir que vous ne le soyez pas devenu finalement, car nous aurions perdu un peintre de grand talent ! répliqua Aurore, se portant ainsi au secours de Rodolphe, submergé par les compliments.

— Vous êtes impayable, ma chère ! s'exclama leur hôte en partant d'un rire chaleureux, avant de reprendre : J'aime que la musique trouve une résonance sur mes toiles, et réciproquement. Je peins d'ailleurs souvent en musique !

— Il existe nombre de correspondances entre les deux arts, répondit Rodolphe, dont la passion prit le pas sur la timidité. En musique, comme en peinture, ne parle-t-on pas de couleurs, de gammes, de palette ?

— De nuances, de tons ? poursuivit Delacroix, au diapason de son invité.

— Mais absolument !

— Oh ! Mais n'est-ce pas *La Liberté guidant le peuple* que je vois là ? les interrompit alors Aurore, tout étonnée, en désignant le tableau posé sur une commode.

— En effet, je viens juste de la récupérer !

Le trio s'approcha de l'œuvre, et Rodolphe la contempla, stupéfait.

Une jeune femme à la poitrine nue, ce qui était étrangement érotique et audacieux, coiffée du bonnet phrygien, brandissait un drapeau tricolore et menait l'assaut sur des barricades où gisaient un soldat et un insurgé à demi nu. Elle surgissait de la fumée où l'on devinait une scène de bataille en arrière-plan. Un gamin des rues, armé et portant une casquette, l'escortait à sa droite, tandis qu'un homme barbu coiffé d'un haut-de-forme et tenant un fusil apparaissait sur le côté gauche. Tous deux représentaient le peuple dans sa diversité, composé d'ouvriers ou d'étudiants qui faisaient la révolution.

— Quelle œuvre magnifique ! s'écria Rodolphe devant leur hôte. Quelle vie dans ce tableau ! Que de mouvement, de couleurs, de furie ! Et cette femme, j'imagine aussi qu'elle incarne la France, qui symbolise l'espoir, la liberté ! J'entends déjà la musique dans ma tête ! Et j'en ai des frissons…

Delacroix écouta ses commentaires avec intérêt et émotion.

— Je me souviens de l'avoir contemplée au Salon, il y a neuf ans ! s'exclama Aurore, transportée.

— Quelle mémoire ! J'espérais alors m'attirer les faveurs du pouvoir en place, avoua le peintre. Et comme je n'avais pu participer à la révolution des Trois Glorieuses, car j'étais enrôlé dans les gardes de collection du musée du Louvre, j'ai peint pour ma patrie, à défaut de vaincre pour elle.

— C'était noble de votre part ! convint Aurore, admirative.

— Un acte patriotique, en définitive ! commenta Rodolphe.

— En effet, mon intention était de glorifier les héros de cette révolution, à savoir le peuple !

— Je ne peux qu'applaudir à cette idée ! renchérit Aurore, qui défendait volontiers la cause des classes populaires, en dépit de ses origines aristocratiques.

— Hélas, ma toile, que m'avait achetée le roi Louis-Philippe Ier, n'a été exposée au palais du Luxembourg que quelques mois à peine. Le directeur des Beaux-Arts l'a en effet fait mettre dans les réserves, par peur que son sujet n'encourage les émeutes ! (Il secoua la tête en signe d'aberration, approuvé par ses deux invités.) C'est son successeur qui m'a permis de la reprendre.

— Quelle hérésie ! Elle est mieux chez vous. Au moins pouvons-nous la contempler tout à loisir, répondit Aurore, assumant parfaitement l'égoïsme de sa réplique.

Elle fit sourire Rodolphe, qui partageait son opinion. Ils échangèrent un regard tendre. Eugène l'intercepta avec un petit sourire et leur proposa alors :

— Si vous voulez faire le tour de mon atelier, n'hésitez pas !

Rodolphe et Aurore ne se firent pas prier. Ils s'étonnèrent de trouver nombre de toiles, d'esquisses, de croquis, de carnets de voyage inspirés de l'Afrique du Nord.

— Je les ai rapportés de mon voyage là-bas. J'avais suivi la mission diplomatique auprès du sultan du Maroc confiée par Louis-Philippe au comte de Mornay. J'ai ainsi pu découvrir des paysages inédits, avec des couleurs et des lumières fantastiques et une manière de les percevoir différente. Sans compter une architecture et des populations tant musulmanes que juives, avec aussi leurs arts de vivre et leurs costumes.

— Regardez-moi ces étoffes, ces bijoux, ces objets ! Cette variété de motifs... et ce tapis ! Quelles merveilles ! s'exclama Aurore en observant des scènes représentant des femmes d'Alger dans l'intimité de leur appartement. D'autant plus qu'elles fument le narguilé avec une liberté peu commune, ajouta-t-elle, amusée.

— Elles sont chez elles toutefois ! Dans une ambiance tamisée, derrière ce qu'on dirait être une tenture, qu'ouvre cette servante sur la droite, compléta Rodolphe, plus nuancé.

Le peintre, mains derrière le dos, les écoutait se répandre en conjectures sur ses œuvres, sans mot dire. Après les avoir laissés visiter son atelier et discourir sur les toiles qui le parsemaient, il lança soudain :

— Dites-moi, mes amis. Tant que vous êtes ici, accepteriez-vous de poser pour moi ?

Rodolphe fut à la fois éberlué et flatté par sa proposition. Comment un peintre de son talent pouvait-il lui faire une telle faveur, lui, un exilé viennois, inconnu au bataillon ?

— C'est me faire trop d'honneur ! Vous allez perdre votre temps..., balbutia-t-il.

— Je sais que le vôtre est précieux, mon cher Mayer,

mais il est si rare que je reçoive des artistes de votre talent que je ne peux vous laisser partir ainsi ! Je me suis d'ailleurs permis d'emprunter un piano à la perspective de votre venue.

Rodolphe se tourna alors vers Aurore, réjouie et complice.

— Ainsi donc, cette invitation était un traquenard !

Il ne saurait en outre jamais qui des deux, du peintre ou de l'écrivaine, avait initié cette séance de pose. Elle rit doucement et son charme désamorça aussitôt son irritation.

Le trio s'achemina dans un coin de l'atelier où trônait un piano droit de chez Pleyel. La chose était de toute évidence concertée avec Aurore ! Lorsqu'il vit le bel objet, Rodolphe ne put résister à l'appel du clavier.

Et tandis qu'il prenait place sur le tabouret, Aurore vint naturellement s'asseoir sur une chaise ronde bordée de velours à ses côtés.

— Qu'attendez-vous de nous ? demanda Rodolphe, inquiet. Je n'ai jamais posé, je l'avoue !

— J'aimerais faire un double portrait de vous deux. Et pour reprendre des termes musicaux qui vous sont chers, le vôtre serait en quelque sorte le contrepoint de celui d'Aurore.

Il parlait le même langage que lui, et Rodolphe saisit donc aisément l'idée, qu'il approuva.

— Ce serait aussi une manière de réunir nos trois arts : le son, le ton et la plume ! ajouta Delacroix, emportant ainsi l'adhésion des deux autres. En outre, j'aimerais que vous ne soyez pas statiques ou figés. Le mouvement, c'est la vie ! Mon cher Mayer, voudriez-vous jouer ou composer ? Quant à vous, Aurore, pourriez-vous occuper vos mains ?

— Puis-je avoir de l'encre et du papier ? s'enquit-elle, enthousiaste.

— Dans ce cas, il faudrait vous mettre à la table… Mais cela ferait trop de meubles avec le piano, hélas !

— Je pourrais broder, c'est si féminin ! ironisa-t-elle.

— Par exemple ! fit Delacroix.

Peu désireuse d'entraver l'élan général, Aurore se soumit à sa directive. Tant que son cher pianiste était à ses côtés, rien d'autre ne lui importait, semblait-il.

Ils se mirent en place, tels des acteurs en représentation, s'amusant de leurs rôles respectifs tout en étant quelque peu crispés. Mais dès que Rodolphe se mit à jouer, la magie opéra et la scène prit vie.

Aurore près de lui s'imprégnait de sa musique et la ressentait jusqu'au tréfonds de l'âme. Tandis que lui, le regard à la fois lointain et perdu en lui-même cherchait les notes qui s'accordaient entre elles sur le clavier, humant l'ambiance amicale qui régnait dans l'atelier pour mieux la reconstituer. Au même moment, Delacroix réalisait une esquisse préliminaire à l'encre noire sur sa toile.

Ce moment était quelque peu étrange cependant. Rodolphe savourait le bonheur d'être près d'Aurore, il percevait son trouble en écho au sien et leur irrésistible attirance. Mais cette intimité comportait un témoin, sorte de troisième œil, qui les scrutait pour mieux les représenter.

C'était une sensation bizarre d'être ainsi « croqué » par un peintre. Son regard sur eux se faisait bienveillant, complice. Rodolphe avait bien senti que Delacroix avait compris la nature véritable du lien existant entre eux. Peut-être même qu'Aurore l'avait évoqué ? De fait, il se crispa à cette idée, en songeant que cette toile, si elle venait à être affichée au Louvre, pourrait bien les compromettre tous deux. Sans compter l'écho qu'elle trouverait auprès de certains membres de l'aristocratie viennoise… Il devait donc s'efforcer de ne rien laisser transparaître des émotions suscitées par Aurore. Elles débordaient pourtant de lui et irradiaient de sa musique : un tendre prélude, qui invitait à la rêverie et à l'amour. Entre eux, c'était si simple, si évident, si naturel… Trop, sans doute !

Rodolphe s'arrêta de jouer.

— Pardonnez-moi, mais cette scène ne met-elle pas en scène notre couple ? s'enquit-il un peu maladroitement.

Aurore baissa les yeux. Par sa question, il sentait qu'il la blessait, mais son honneur, son engagement vis-à-vis de sa fiancée et son respect pour les convenances l'y obligeaient.

Surpris, Delacroix réfléchit un instant.

— Je peux vous représenter à une certaine distance, si vous le désirez et même dresser une tenture de velours rouge entre vous deux !

— Voilà qui sera sans doute mieux, reprit Rodolphe avant de tousser et de se remettre à jouer.

Il songea ensuite que le rouge était la couleur de la passion. Mais cette fois, il n'ajouta rien. Il sentit seulement qu'il avait blessé Aurore, qui s'était refermée. Elle semblait toutefois se plonger dans sa musique, laquelle ne la décevait jamais, tout en fixant ses mains.

Ses mains qui l'avaient caressée si intimement l'autre jour et qui le feraient encore. Et cela, il en était persuadé.

Chapitre 14

Con brio

Paris, janvier 1840

De sa loge où il attendait, rongé par le trac, Rodolphe entendit les dernières mesures de la symphonie de Mozart jouée par l'orchestre. Cette pièce tenait lieu d'introduction au concert. Puis, une vague d'applaudissements polis mais enthousiastes lui parvint. Ses tempes battaient la chamade, son souffle était court, son cœur accélérait dans sa poitrine. Il n'avait de cesse d'essuyer ses doigts moites sur son pantalon. Cette humidité était dangereuse, car elle pouvait se révéler par trop glissante et donc assez catastrophique sur les touches du piano.

Que se passait-il ? Pourquoi tant de peur ? Il était pourtant habitué aux concerts et à se produire en public. Cette fois cependant c'était différent. Tout d'abord, l'enjeu était de taille, puisqu'il lui fallait convaincre ses auditeurs afin de pouvoir accéder à la récompense ultime : jouer devant l'empereur. Il le faisait pour son père, avant tout. Et cela lui causait plus d'anxiété de satisfaire les autres que lui-même finalement.

Et puis, surtout, il y avait cette Mme Knackel, qu'il allait ainsi contenter, et cela le rendait malade. Elle le tenait par le chantage, en brandissant la perspective d'épouser sa fille. Or, tout reposait sur le mensonge, car il n'était pas amoureux d'elle. En tout cas, il ne ressentait nullement l'inclination qu'il pouvait nourrir par ailleurs pour Aurore.

Des sentiments… le mot était lâché. Son cœur et son âme vibraient à l'unisson pour l'autrice. D'où son impression ici d'être un imposteur et un menteur. Il n'était clairement pas à sa place. Il aurait mille fois préféré se produire dans un salon, devant Aurore, pour elle. Il se sentait bien en sa compagnie et supportait de moins en moins celle des autres. En particulier, celle de ce cercle influent de l'aristocratie viennoise qui l'ennuyait prodigieusement, l'étouffait même et devant lequel il devait sans cesse se prosterner pour obtenir l'approbation de ses membres. Aurore était libre, elle ! Là où lui s'estimait enchaîné. Elle n'avait d'ailleurs pas hésité à remettre son ancien patron du *Figaro* à sa place au restaurant. Rodolphe admirait son caractère, sa fougue, son esprit indépendant… et toute sa personne. Il songea encore au bien-être qu'il avait ressenti en sa présence lors de la séance de pose chez Delacroix. Il ne savait pas quand ils y retourneraient, compte tenu de leurs emplois du temps respectifs, mais tout moment passé en compagnie d'Aurore était délicieux.

Il entendit des pas pressés dans le couloir, qui se rapprochaient de sa loge. Il revint aussitôt à la réalité :

le concert. Il prit une profonde inspiration, tira sur son gilet, réajusta sa cravate devant la glace. La porte s'ouvrit sur le chef d'orchestre autrichien qui lui dit dans sa langue :

— Mayer, c'est à vous !

Il essuya discrètement ses mains sur son pantalon.

L'instant d'après, il pénétrait à sa suite sur la scène du petit théâtre à l'italienne loué pour l'occasion. La salle était pleine et les balcons débordaient de curieux. C'était une débauche de grandes robes chamarrées à la mode viennoise et de costumes d'hommes sombres et élégants.

Il s'inclina en une respectueuse révérence face au public et alla s'installer sur le tabouret du piano à queue placé devant l'orchestre. Par tradition et convention, il serra la main du premier violon. Ce qui signifiait qu'il saluait ainsi tous les musiciens. Lesquels se tenaient au garde-à-vous et observaient son arrivée avec un mélange de flegme et d'impatience.

C'était un orchestre symphonique complet, car la partition du concerto qu'il avait composée faisait aussi bien appel aux cordes qu'à l'harmonie. Il les embrassa du regard, songeant à la satisfaction qu'il avait à voir se matérialiser les interprètes de ses rêveries solitaires. La composition pour lui répondait à la fois à un appel de plus haut et à un besoin intérieur d'exprimer ses émotions, enfin et surtout à une nécessité d'élever son âme en accord avec l'univers.

C'était un exercice mental, en particulier l'orchestration des mélodies, mais ces dernières lui venaient assez facilement en définitive, ce qui était une forme de don quelque part. Même si cela lui demandait un travail énorme de les coucher sur le papier et de mener l'élan initial à son terme.

La scène était éclairée de candélabres, et de nombreuses lampes brillaient, de sorte qu'il était un peu ébloui, tandis que la salle était plongée dans une semi-obscurité. Il distinguait cependant les premiers rangs et en particulier la grosse bonne femme vêtue à la manière d'un chou à la crème qui se tenait tout devant, fière comme Artaban, en s'accrochant à son sac à main. Rodolphe s'efforça de ne pas trop la considérer pour ne pas être perturbé, alors que son regard perçant et son insistance à se faire remarquer cherchaient à le harponner. Des toussotements discrets se firent entendre dans l'atmosphère sèche et étouffante de la salle tandis que des effluves de parfums, de linge frais, de poussière, de cire chaude et d'un peu de sueur lui parvinrent.

Il s'assit sur le tabouret, non sans avoir au préalable relevé les pans de son habit, avec beaucoup moins d'humour que lors de son dernier récital, auquel assistait Aurore d'ailleurs. Aurore… ce nom le réjouit. Elle lui avait dit qu'elle serait de tout cœur avec lui durant son concert. Il le dédia par la pensée à cette belle et noble dame, et son cœur devint plus léger, comme si leurs deux âmes en cet instant pouvaient se connecter. Il se sentit alors plus serein.

Il ferma les yeux quelques secondes pour faire le vide, prit une profonde inspiration et glissa un œil en direction du chef d'orchestre. Lequel se tenait debout, les mains croisées, face aux musiciens et dos au public. Il regardait discrètement de son côté pour savoir quand il serait prêt. Rodolphe lui adressa un petit signe de la tête.

Le chef d'orchestre leva sa baguette. Les exécutants se mirent aussitôt en position d'attaque, les violonistes, altistes, glissèrent leurs instruments sous le menton, et tous soulevèrent leurs archets... Le chef fendit l'espace, esquissant dans les airs le dernier temps de la mesure précédente pour bien marquer le tempo et d'un geste vif et précis déclencha le démarrage du morceau. Tout l'orchestre partit quand le bout de sa baguette atteignit le bas.

Rodolphe avait écrit quelques mesures d'introduction à l'orchestre pour installer l'atmosphère et former un tapis sonore sur lequel le piano pourrait venir se poser. Les vibrations de l'ensemble, puissantes et envoûtantes, le nimbèrent entièrement et l'emportèrent ; il se trouva à la fois plongé dans la musique et en lui-même.

Il essuya une dernière fois ses mains sur son pantalon, puis il esquissa un mouvement ample, rond et souple dans l'air, avant que ses doigts ne viennent toucher le clavier. Les premières notes jaillirent. Le travail avait fait son office avec les heures d'entraînement, c'était solide, il ne trembla pas. Tout s'enchaîna naturellement et sans heurts. La musique coulait sous ses doigts avec une cascade de notes perlées. Ses gestes étaient fluides, son interprétation, claire, élégante. Il épousait de son corps les élans des phrases musicales qu'il avait créées, tandis que l'orchestre l'accompagnait tout en nuances, sans jamais ni le couvrir ni l'écraser. Là aussi, le travail de répétition avait fait son œuvre.

Au niveau de l'acoustique, la salle pleine répondait

mieux qu'à la répétition, le son était plus homogène, plus rond, sans écho superflu. D'où un ensemble plus harmonieux. Ce qu'on appelait, dans le jargon des musiciens, « la magie des concerts » était en train de se produire.

L'*allegro* permit au soliste et à l'orchestre de dialoguer dans un mouvement à la fois passionné, virtuose et tendre, en harmonie avec son thème romantique. Il fit place à l'*andante*. Un second mouvement lent et méditatif qui lui permit d'exprimer toute sa sensibilité en déployant une palette d'émotions, de couleurs et de nuances. Il fut tellement en osmose avec la musique, les auditeurs et l'orchestre, dont les cordes se faisaient sensuelles et les vents caressants, qu'il s'évada par la pensée. Il se vit alors tel *Le Voyageur contemplant une mer de nuages*[1], le héros du tableau de Caspar David Friedrich, dans lequel un homme debout sur un récif scrutait une mer de brume se confondant à l'horizon avec le ciel. Il ressentait la même impression d'harmonie avec la nature et les éléments, un sentiment d'unicité au milieu de l'universalité, de communion avec le divin. Cette mer de nuages, à l'image de la musique, était à la fois un paysage éthéré, ténébreux et poétique, mais il était aussi le reflet de son intériorité, de ses émotions et de ses rêves. La musique lui permettait de faire le lien entre la terre et le ciel, d'être ce témoin privilégié, cette âme voyageuse qui offrait de guider les autres hommes, les incitant à s'élever toujours plus haut. Elle

1. Œuvre peinte en 1818, intitulée en allemand *Der Wanderer über dem Nebelmeer*.

lui accordait véritablement d'atteindre le divin et de le faire partager.

Il resta ainsi un moment suspendu dans des sphères célestes, avant qu'un grondement sourd en provenance de l'orchestre ne vienne introduire une nouvelle dynamique de tempo, un peu coléreuse cette fois, préfigurant l'orage et le tonnerre. C'était la transition vers le troisième et dernier mouvement. Celui-ci fut enlevé avec fougue. Le thème s'inspirait d'une valse à trois temps, mais il offrait de redoutables pages de virtuosité, dont Rodolphe s'acquitta avec panache dans un *accelerando* frénétique jusqu'au point d'orgue.

À la fin de son exécution, il était exténué. À sa grande surprise, il souleva une ovation sans pareille. Une vague d'applaudissements partit du fond de la salle et des balcons pour se répercuter sur les premiers rangs et vint se briser sur la scène. Rodolphe fut éclaboussé de plein fouet par ces démonstrations d'enthousiasme et ressentit un étrange sentiment de félicité. Il avait tout donné et transpirait, de la sueur perlait de son front et coulait dans son dos, son cœur palpitait d'exaltation et de l'exploit qu'il venait d'accomplir. Il était encore là-haut, parmi les anges et revenait progressivement sur terre, au milieu de ses contemporains qui lui manifestaient bruyamment leur contentement. Tout était flou cependant, il avait des étincelles dans les yeux. Ses tempes battaient et un brouhaha, sorte de magma sonore nébuleux, lui parvenait de façon trouble aux oreilles.

Ce fut le contact avec la main du chef d'orchestre serrant la sienne qui le réveilla tout à fait. Un lien de chair et de sang, concret et chaleureux, qui le reliait à la terre d'où il était parti. L'homme lui souriait et alternait avec des applaudissements, tandis qu'il ne lâchait pas sa baguette des doigts. Derrière lui, tout l'orchestre l'acclamait, les violonistes cognaient la baguette de leur archet sur leur pupitre, les vents frappaient des pieds, d'autres même sifflaient ou tapaient bruyamment dans leurs mains. Tous lui témoignaient un respect immense et une profonde reconnaissance. Lui-même, un peu ivre et épuisé, éprouva aussi une infinie gratitude pour le travail des musiciens et du chef qui l'avaient accompagné avec brio. Il se dirigea vers le premier violon solo et lui serra la main, manifestant ainsi qu'il remerciait tout l'orchestre. Au même moment, le chef fit lever l'ensemble orchestral pour qu'il récolte à son tour sa part d'applaudissements, juste rétribution de ses efforts.

Le public exprima encore un moment son enthousiasme, avant de réclamer un bis.

Comme il était prévu qu'il joue d'autres pièces, Rodolphe se mit alors au piano sans trop se faire prier. Les instrumentistes se rassirent pour l'écouter, tandis que l'assistance goûtait elle aussi avec délectation, semblait-il, à sa musique. Il interpréta deux *Nocturnes*, puis deux *Préludes* de sa composition. Il fut chaque fois salué par une salve d'applaudissements nourris, et le public en demandait toujours plus !

Rodolphe était ivre de fatigue, vidé. Il se tourna vers le chef d'orchestre, en quête d'une aide… Mais ce fut finalement une voix féminine, gueularde et un peu aigre, qui hurla dans la salle qu'il était temps à présent de passer au buffet. Et cette voix était reconnaissable entre toutes : c'était celle de Mme Knackel. Une sueur froide lui parcourut l'échine. Il se demanda s'il ne vaudrait pas mieux pour lui poursuivre la musique jusqu'à ce qu'il s'écroule sur son piano, s'épargnant ainsi la honte de ce qui allait suivre.

Son intuition fut confirmée lorsque, après être passé dans sa loge pour se rafraîchir et changer de redingote, il rejoignit la réception donnée en son honneur dans un des salons attenants à la salle de concert. En entrant dans cette vaste pièce constituée de parquet et dotée de hauts plafonds à moulures et de voilages blancs vaporeux aux fenêtres, une nouvelle salve d'applaudissements l'accueillit. Il avait pénétré avec hésitation dans la pièce, en quête de quelque chose à manger pour contrer le vertige qui le saisissait. Mais Mme Knackel s'était jetée sur lui pour s'agripper fermement à son bras et faire le tour de la salle, le brandissant comme son trophée. Elle éluda soigneusement tout plateau d'argent rempli de petits fours, pour éviter sans doute qu'il parle la bouche pleine. Et si elle finit par lui mettre une coupe de champagne dans la main, ce fut pour le dérider un peu. Elle le trouvait peut-être trop réservé, face aux hauts dignitaires autrichiens qui le félicitaient de son interprétation passionnée et de la qualité d'écriture de son concerto.

Il ressortait cependant dans les critiques de certains d'entre eux qu'un morceau plus solennel, voire pompeux, dans l'esprit d'une marche serait plus adapté pour une rencontre avec l'empereur. Mme Knackel conclut toute seule et sans l'assentiment de l'intéressé que le concerto serait composé au plus vite, du moins après le mariage avec sa fille, lequel devait être imminent.

Sa future belle-mère exultait en effet en le présentant comme son gendre, soufflant à qui voulait l'entendre que l'affaire serait « bientôt faite » ! Ce qui ne manquait pas d'irriter Rodolphe. Lequel finit par se perdre, les bulles de champagne aidant, dans ses pensées. Il laissa ainsi la mégère qui s'agrippait à lui comme une sangsue répondre à toutes les questions qui lui étaient posées et récolter également pour elle-même tous les compliments qui lui étaient adressés.

Lui songeait à Aurore, qui tout au long du concert n'avait pas quitté son cœur. Depuis la leçon de piano avec cette adorable femme, l'image de son beau visage, la courbe de ses seins, de ses hanches, la tendresse parfumée de son cou et surtout sa vertigineuse chute de reins le hantaient. Il n'avait qu'une envie : courir la retrouver. Il était clair qu'il éprouvait pour elle infiniment plus que pour la naïve jeune fille auprès de laquelle il s'était trouvé embrigadé, presque de force, par son dragon de mère.

Mme Knackel justement nuisait de plus en plus à son oreille. Sa voix égrillarde en continu allait bientôt lui faire saigner l'oreille ! Un courant d'air en provenance d'une fenêtre ouverte s'insinua dans son dos trempé et le fit frissonner. L'instant d'après, il fut victime d'une quinte de toux. Mme Knackel, qui eut sans doute peur pour elle-même, s'écarta de lui. Libéré de son emprise, il saisit l'occasion pour dire qu'il ne se sentait pas bien, qu'il était sûrement tombé malade. Inquiète qu'il puisse encore différer le mariage, la mégère s'empressa de le renvoyer chez lui, non sans lui avoir énuméré tous les ingrédients qu'il devait inclure à la potion à ingurgiter avant son coucher.

Sa dernière vision avant de partir fut celle du visage défait de Mlle Steiner, qui patientait pour lui parler, et dont Mme Knackel venait d'anéantir tout espoir de relation avec lui. Le terrain était décidément miné et truffé de pièges dans ce théâtre !

Une fois dehors dans la nuit fraîche qui exhalait la neige, Rodolphe se sentit léger et libre comme l'air. Sa première pensée fut de faire parvenir un message à Aurore pour la revoir le plus vite possible.

C'est ainsi qu'elle eut l'immense bonheur de le retrouver au théâtre, deux jours plus tard pour assister à un opéra. Rodolphe avait en effet obtenu grâce à Florian Varga des places dans une loge de côté pour eux seuls. Elle avait hâte de savoir comment s'était passée sa prestation et s'il avait pu décrocher le fameux concert devant l'empereur.

Quand elle le vit arriver, elle eut un peu peur tout d'abord. Il avait le teint blanc et cireux, bien qu'il ait dormi toute la journée précédente.

— Peut-être auriez-vous dû rester couché…, hasarda-t-elle, vous couvez peut-être quelque chose.

— Au contraire ! J'ai grand besoin de me changer les idées. L'air que j'ai respiré ces derniers jours était par trop vicié. C'est pourquoi vous voir était pour moi le meilleur des remèdes.

Elle contempla son regard clair, qui pétillait en la voyant, tandis que ses lèvres esquissaient un sourire charmant, devant lequel il lui était impossible de ne pas fondre.

— C'est me faire trop d'honneur, monsieur Mayer ! Mais je vous avoue que vous retrouver me fait aussi grand bien ! Je me languissais de votre présence. Mais ce sacrifice était nécessaire à votre avancement. Alors, comment les choses se présentent-elles ?

— Le concert s'est bien passé et ma musique a, semble-t-il, été appréciée, avança-t-il avec précaution.

— Comment pourrait-il en être autrement ? Vous composez de véritables merveilles, monsieur Mayer, et vous êtes un pianiste exceptionnel !

Il sourit timidement en baissant la tête, touché par ses compliments sincères, avant de s'assombrir.

— Certains obstacles demeurent toutefois avant de pouvoir rencontrer l'empereur…

Aurore n'en revint pas.

— Comment cela ? s'enquit-elle, ahurie.

— Il semble que ma musique ne soit pas assez solennelle ! Aussi serait-il souhaitable que je compose un autre concerto pour après-demain, ironisa-t-il, amer.

— C'est ridicule !

— C'est aussi mon avis.

D'un geste naturel, elle posa sa main sur son bras.

— Oh ! Rodolphe ! Surtout ne faites rien qui ne soit en accord avec votre cœur ou en résonance avec votre âme.

— C'est également mon intention ! lui répondit-il, ses lèvres s'étirant en un sourire à la fois énigmatique et rebelle.

— Mais, parlons d'autre chose ! Quel est donc cet

opéra que nous allons voir ? demanda-t-elle pour ne pas s'appesantir sur des choses douloureuses pour lui.

— Aucune idée ! J'ai choisi celui pour lequel je pouvais avoir des places au plus vite…

Il ne prit même pas la peine de déguiser sa hardiesse et ils échangèrent un regard de connivence, conscients tous deux de l'urgence qu'ils avaient de se revoir.

En entrant dans le théâtre, ils discutèrent encore au milieu de la foule, comme s'ils étaient seuls au monde. Ils se fichaient des ragots et des rumeurs. Puisqu'ils existaient de toute façon, alors autant ne pas se priver ! Et ils savouraient le plaisir d'être ensemble et de partager de longues conversations passionnées sur les arts, le théâtre, la musique et les gens dans la salle.

Ils prirent place dans leur loge tout en discutant et, dès que la musique débuta, ce fut le langage du corps qui parla pour eux. Les doigts de pianiste de Rodolphe coururent sur le côté de la robe de la jeune femme, s'entrelacèrent aux siens, puis ce furent des frôlements suggestifs, des caresses esquissées, des regards brûlants de désir inassouvi. Leurs gestes cachés prirent une saveur particulière renforcée par le goût du risque et de l'interdit.

Trois heures plus tard, ils sortirent dans le froid après avoir connu les affres d'une salle surchauffée et surpeuplée. Les Parisiens semblaient tout particulièrement aimer se rendre au théâtre l'hiver pour y trouver de la chaleur humaine et du divertissement dans une ville rongée par la grisaille et le piquant du dehors et du dedans. Ils évoquèrent avec animation le programme qu'ils venaient de voir, Rodolphe argumentant sur l'aspect musical, tandis qu'Aurore jugeait davantage l'œuvre sur la qualité de son intrigue et de sa mise en scène. De fait, leurs commentaires étaient complémentaires, et ils furent unanimes sur le talent des chanteurs. Puis, ils durent convenir tous deux qu'en fait ils n'étaient pas particulièrement concentrés sur l'exécution de l'œuvre, trop préoccupés qu'ils étaient par ailleurs.

— C'est fou comme votre éventail et votre programme sont tombés souvent…

— Oui, pardonnez-moi ! Ce que je peux être maladroite ! convint Aurore, mutine.

— En même temps, ils m'ont permis d'admirer les plus jolies chevilles que j'ai vues de ma vie, répondit-il, charmeur.

— Elles se souviennent d'ailleurs encore du passage de vos mains ! admit-elle en esquissant un sourire espiègle.

Ils rirent tous deux et échangèrent un regard complice.

Ils marchèrent un temps le long des quais de Seine éclaboussés de flaques de lumière diffusée par les réverbères. De temps à autre, un bateau glissait au fil de l'eau. La scène était à la fois intimiste et propice aux confidences. Aurore éprouvait un sentiment de bien-être en compagnie de Rodolphe, contrebalancé toutefois par le froid glacial et humide de la nuit. Comme il la voyait frissonner, il lui offrit son bras, et elle se blottit contre lui. Elle retrouva alors avec bonheur la chaleur de son corps et son odeur sensuelle et musquée. Le désir, puissant, revint la mordre avec plus d'intensité encore.

— Voudriez-vous venir prendre une boisson chaude chez moi pour vous réchauffer ? demanda-t-elle de manière spontanée, même si l'idée de passer le reste de la nuit avec lui l'avait depuis longtemps effleurée.

Elle le sentit hésiter, puis se crisper.

— Ce n'est pas une bonne idée… Une autre fois, peut-être !

Aurore comprit qu'il n'était pas encore prêt à faire fi des conventions, même si elle, bien qu'officiellement mariée, se considérait déjà comme libre et donc plus entreprenante. Il semblait pourtant se moquer des convenances au théâtre en décidant de donner raison aux rumeurs, plutôt que de chercher à les apaiser. Et ne lui avait-elle pas proposé d'entretenir avec elle une relation légère ? Alors, pourquoi se réfrénait-il encore ?

Elle était on ne peut plus déconcertée par son attitude, d'autant que la situation avait failli dégénérer chez le facteur de pianos l'autre jour… Oui, vraiment elle ne savait pas à quoi s'en tenir avec lui. Il était peut-être temps d'en discuter sérieusement. Elle bouillonnait. L'incertitude ne menait à rien de bon et pouvait envenimer leur relation. Mais ne risquait-elle pas non plus de le faire fuir en lui demandant de se prononcer sur ses sentiments ?

Elle, dont le caractère indomptable l'avait toujours poussée à aller de l'avant, avait appris à son contact à tempérer ses ardeurs. L'enjeu était trop grand, elle pouvait le perdre.

Mais tant pis, elle devait prendre des risques, car elle vivait mal le fait de ne pas être fixée, tandis que lui soufflait tantôt le chaud, tantôt le froid sur leur duo. Si elle était sincère avec lui, elle se devait aussi et avant tout

d'être honnête avec elle-même, et c'est ce qui la décida
à agir. Un incident allait cependant l'en empêcher.

Un couple hélait un fiacre pour rentrer, sans doute
ravi d'en trouver un, car ils étaient pris d'assaut à la
sortie du théâtre. Lorsque au même moment un autre
ménage arriva et leur passa devant pour s'emparer de la
voiture. La situation s'envenima et les deux hommes en
vinrent aux mains, tandis que leurs épouses hurlaient.

Rodolphe et Aurore se regardèrent, puis, gentleman,
le pianiste décida d'intervenir. Il traversa la route pour
s'interposer entre eux et calmer le jeu, imité en cela par
Aurore qui tenta de faire de même auprès des femmes,
plus harpies encore que leurs compagnons. Ce qui lui
valut d'être assez fraîchement accueillie.

— Mais qui est-elle celle-là ? De quoi se mêle-t-elle ?

Voyant que la situation dégénérait, Rodolphe inter-
vint aussitôt pour la protéger des furies, en l'entourant
de ses bras.

— Venez, ne restons pas ici !

Mais mal lui en prit, car au même moment l'une des
mégères les reconnut.

— Mais regardez qui voilà ! M. Mayer, comme on
se retrouve ! Il semble que vous alliez beaucoup mieux
depuis votre concert… Je ne vous aurais pas cru si
vite remis !

Rodolphe leva les yeux et s'aperçut avec frayeur, tout
comme Aurore, de qui il s'agissait.

— Mademoiselle Steiner ! s'exclama-t-il dans un
souffle.

— Encore en compagnie de Nicola Delestre ? Je

pensais cette « affaire » pourtant terminée, compte
tenu de votre mariage prochain…, persifla la perfide.

Ainsi donc, l'engagement n'est pas rompu, songea
Aurore avec tristesse. Connaissant toutefois le sens de
l'honneur de Rodolphe et son respect des traditions,
c'était finalement cohérent avec lui. Et puis, sans doute
n'avait-il pas eu le temps de s'en préoccuper, accaparé
par son concert. Comme Rodolphe tardait à répondre,
ce fut elle qui prit la parole :

— De quelle *affaire* parlez-vous donc ? Je n'ignore
pas en effet la nature de l'engagement de M. Mayer.
Mais voyez-vous, à Paris, il est fréquent que les artistes
fassent commerce les uns avec les autres, cela n'a rien
de répréhensible, cela fait simplement progresser les
arts ! Mais peut-être cette notion vous échappe-t-elle…

Son interlocutrice demeura bouche bée, sans savoir
quoi répondre.

— Allons, Rodolphe, venez ! Laissons-les donc se
battre comme des chiffonniers si tel est leur désir !
ajouta encore Aurore en prenant le pianiste par le bras.

Les deux messieurs avaient eux aussi cessé de lutter
pour les observer. Tandis qu'ils s'éloignaient, Aurore
entendit l'un d'eux commenter :

— Ainsi donc, c'est elle cette fameuse Nicola Delestre
que l'on dit toujours vêtue comme un homme ! C'est
une créature on ne peut plus féminine…

— Absolument ! Et je la trouve charmante pour ma
part…, répondit l'autre individu avant de crier, car sa
femme lui avait administré une tape sur l'épaule.

Tandis qu'ils s'éloignaient, Aurore jubilait.

— Eh bien, voilà ! Nous avons retourné la situation à notre avantage.

Mais Rodolphe se montra plus timoré.

— J'ai bien peur que l'incident ne fasse parler de lui, au contraire…

— C'est fort probable, en effet !

Elle sentit une terrible menace peser sur leur amour naissant.

— Ce n'est plus possible, les choses ne peuvent continuer ainsi…, marmonna Rodolphe.

Aurore ressentit un profond et immense pincement au cœur. Elle savait que cela devait arriver, tôt ou tard, mais elle aurait souhaité que cela survienne le plus tard possible.

— Je suis désolée, dit-elle simplement.

— Oh ! ce n'est pas à vous de l'être ! C'est une décision que j'ai trop longtemps différée…, ajouta-t-il encore, tandis que ses yeux brûlaient d'une étrange lueur. Il est plus que temps que je tranche et que je reprenne les choses en main !

Chapitre 15

Tumultuoso

Le lendemain matin, Rodolphe traversa la rue avec empressement. Il avait peu dormi, ayant passé une bonne partie de la nuit à songer aux propos qu'il comptait tenir dans l'heure. L'incident lors de la soirée avec cette Mlle Steiner avait été la goutte d'eau qui avait fait déborder un vase trop plein d'émotions. Il n'en pouvait plus de subir la volonté d'autrui. Désireux de ne blesser personne, c'était lui finalement qui en pâtissait le plus !

Il souffrait tout d'abord de ne pouvoir laisser libre cours à ses sentiments pour Aurore. Il était clair à présent qu'il l'aimait avec passion et profondément. Ce qu'il avait pensé n'être au début qu'une attirance purement charnelle était aussi alimenté par l'amour le plus intense et le plus pur, la reconnaissance de l'autre et une vraie communion spirituelle. Il n'avait jamais rencontré une femme avec laquelle il ressente autant de connexions, avec laquelle il puisse autant partager, et ce, sur tous les plans. Elle était une perle rare, qu'il ne devait pas laisser filer !

S'il avait eu des préjugés à son sujet, il s'était bien vite rendu compte qu'elle était très différente de la manière dont on la dépeignait : Aurore, la scandaleuse, la femme facile, la redoutable séductrice… Tout cela était faux et archifaux ! Elle l'avait toujours respecté, sans jamais s'imposer, allant même jusqu'à faire en sorte de s'effacer afin qu'il prépare son concert. Elle ne lui avait jamais demandé des comptes ni les raisons de ses réticences. Quel homme aurait pu résister à une telle femme ? Elle n'était que bienveillance, soutien et écoute. Elle veillait à son bien-être tout autant qu'à la qualité de leurs échanges. Et cependant, c'était aussi une illustre autrice, sans doute la plus talentueuse de son époque. Elle cultivait tout autant sa farouche indépendance que son franc-parler. Elle était tout aussi audacieuse et courageuse que candide la seconde d'après, irrésistible en somme ! Chaque rapprochement physique avec elle lui laissait une trace brûlante et indélébile sur la peau. Sa sensualité toute féminine enflammait son imagination. Ils possédaient, de plus, une complicité incroyable, là encore extrêmement rare !

Lorsqu'ils ne s'étaient pas fréquentés pendant la préparation de son concert, il avait ressenti un manque terrible, un besoin viscéral de la revoir. Cette obsession n'était pas liée qu'au désir qui le tenaillait, mais aussi à la puissance des émotions et aux sentiments qui les réunissaient désormais. Il était d'évidence tombé fou amoureux d'elle. Il se languissait de ses caresses de velours, de ses baisers sensuels et passionnés. Et il n'avait qu'une envie : la faire sienne ! Enfin, il désirait plus que tout être à ses côtés et s'attacher à celle qu'il considérait de plus en plus comme son âme sœur. Il n'en pouvait plus de se contenir en sa présence, de nier son inclination ou de feindre qu'il pouvait dompter ou étouffer ses sentiments ; il s'éteignait lui-même de la sorte.

Pour reprendre pied, il n'y avait qu'une solution : il devait trancher le cordon qui le retenait à l'étrangler et couper les amarres d'une situation devenue ridicule à force d'être mensongère. Il devait rompre avec Helena et affronter son dragon de mère. Son bien-être et le bonheur d'une vie à deux avec Aurore étaient à ce prix. Même s'il était vrai qu'elle aussi n'était pas libre, du moins officiellement. Elle l'était en tout cas plus que lui, et il était prêt à s'en contenter ! Quant aux conséquences possibles sur son père, il verrait par la suite. Après tout, il était loin, et sans le réseau de renseignements de sa future belle-famille, il ne pourrait avoir vent de ses moindres faits et gestes. C'était du moins ce dont il tentait de se persuader.

Il devait d'ailleurs agir avant que la rumeur de l'incident ne parvienne jusqu'à Mme Knackel. Il ne s'était écoulé que quelques heures, il y avait donc peu de chances pour qu'elle en ait déjà été informée. Son ex-future belle-mère serait en effet furieuse d'apprendre que, au lieu de se soigner selon ses prescriptions, il avait passé sa soirée avec la rivale de sa fille.

Mlle Steiner, assurément jalouse d'Aurore, à qui elle avait failli griffer le visage, serait certainement pressée de déverser sa bile et de se venger de lui, faute de n'avoir pu obtenir ce qu'elle désirait. Il était donc urgent que Rodolphe devance le cataclysme à venir.

Mme Knackel exigerait sûrement des explications,

mille excuses aussi, et il devrait encore se rabaisser. Le temps était venu pour lui de faire face à son pire cauchemar pour que ses tracas s'effacent. Après tout, c'était sa vie, c'était son choix ! Oh ! elle pouvait hurler, le menacer, vociférer ! En rabattant le clapet de son acariâtre belle-mère, il était bien décidé à clore ce qui devait l'être.

Lorsqu'il frappa à la porte des Knackel, une servante vint lui ouvrir. Lorsqu'elle le reconnut, elle rougit fortement, visiblement embarrassée. Rodolphe comprit que la nouvelle s'était déjà propagée. On le fit attendre. Un temps qu'il mit à profit pour se remémorer son discours.

Et lorsque apparut Mme Knackel, tirant une tête de dix pieds de long, il se douta que ce ne serait pas chose aisée.

Aurore finissait de reboutonner son gilet sur son pantalon lorsqu'elle avisa le courrier que la servante était en train de disposer sur la table dans la petite entrée.

Pensive, elle jouait avec son cigarillo encore éteint, car il était tôt. Mais l'odeur du tabac et surtout le vertige qu'elle éprouvait lorsqu'elle fumait, la démangeaient. Elle avait envie de se détendre, car elle avait les nerfs en pelote. Et ce, depuis cet incident survenu sur les quais de la Seine la veille.

Combien de temps encore ce petit jeu du chat et de la souris entre le pianiste et le cercle parisien de l'aristocratie viennoise allait-il durer ? Serait-il libre un jour enfin de l'aimer ? Sans compter qu'il avait formulé des paroles ambiguës. Qu'entendait-il exactement par : « C'est une décision que j'ai trop longtemps différée…

Il est plus que temps que je reprenne les choses en main » ? Comptait-il enfin se libérer de ses fiançailles ? Ou devait-elle s'attendre à ce qu'il mette un terme à leur relation ?

Elle n'avait eu guère d'explications la veille au soir. Il était ensuite resté silencieux et pensif. Le sentant trop préoccupé, elle avait même renoncé à lui poser des questions sur l'avenir de leur couple. Il était clair que c'était une notion abstraite en l'état actuel des choses, en dépit de leur formidable attirance, des gestes de moins en moins innocents échangés qui les consumaient tous deux, ou des baisers volés. Elle devait donc se montrer patiente, tout en gardant espoir. Ce qui la rendait folle !

Le seul intérêt de sa situation cependant était que sa créativité était revenue. Son rythme d'écriture n'avait jamais été aussi soutenu, ses personnages, si bien incarnés, débordants de désirs et de sensualité. C'était un peu comme si elle sublimait sa frustration à travers ses textes et qu'elle prolongeait leurs entretiens brûlants dans les chapitres qu'elle écrivait. Rodolphe l'inspirait.

Pour la première fois de sa vie, il lui semblait éprouver le vrai amour. En un sens, les vœux qu'elle avait formulés avaient été entendus et exaucés. Elle espérait cependant qu'ils pourraient sortir du marasme dans lequel leur relation s'enlisait actuellement et qu'ils pourraient tous deux s'aimer librement.

Songeuse, elle se dirigea vers la petite table du courrier. Plusieurs lettres l'y attendaient. Deux d'entre elles lui avaient été transmises par son éditeur, il s'agissait de messages d'admirateurs qui avaient apprécié ses précédents romans. Elle les parcourut, sourit et les mit précieusement de côté, résolue à prendre le temps de leur répondre, comme elle le faisait à chaque fois.

Une autre missive provenait de *son ancien époux*, comme elle l'appelait, même si ce n'était pas encore le cas, hélas ! Elle reconnut en effet son écriture et les taches d'encre qui l'accompagnaient. Il n'était pas doué avec une plume. Décidément, à part son titre, qu'avait-elle bien pu lui trouver ? Elle jeta un coup d'œil sur la dernière enveloppe, qui émanait d'un homme de loi. Elle fronça les sourcils et revint sur la lettre de son mari.

Elle la parcourut sans trop se faire d'illusions à son sujet, mais contre toute attente son visage s'éclaira au fur et à mesure de sa lecture. Il lui annonçait en effet que à la suite de leur discussion, il avait pesé le pour et le contre et conclu qu'il était vain de lutter. (Il devait surtout en vérité avoir compris qu'il n'obtiendrait pas gain de cause…) Il préférait rester en bons termes avec elle et lui rendre sa liberté. Mais pourraient-ils demeurer de bons amis ? Aurore en doutait, même si l'intention était louable. Il lui confirmait donc par la présente qu'il avait accompli les démarches nécessaires et qu'ils étaient désormais officiellement séparés. Les papiers du notaire et les documents administratifs divers lui avaient été adressés par son homme de loi. Il devait s'agir de l'autre enveloppe, laquelle contenait un paquet de feuilles assez dodu. Il signalait encore qu'elle retrouvait ainsi la jouissance du domaine familial dans le Sud de la France, dont elle avait hérité et qui avait appartenu à feu sa grand-mère. Autant dire un endroit où elle aurait rêvé de se rendre avec Rodolphe !

Aurore exulta. Elle était enfin dégagée de ses obligations

matrimoniales et indépendante financièrement ! Et surtout, elle était totalement libre d'aimer ! Elle était au comble de la félicité. Les obstacles qui s'opposaient à sa relation avec Rodolphe étaient désormais envolés ! Elle n'avait qu'une envie : se ruer chez lui pour lui dire qu'ils pouvaient dorénavant s'aimer, sans arrière-pensées, ni se soucier du qu'en-dira-t-on, qu'elle n'était plus une femme mariée ! Ils allaient enfin pouvoir assouvir leurs désirs… Aurore se sentit pousser des ailes.

Elle entendit soudain frapper à sa porte. Faiblement tout d'abord, puis de manière insistante. Qui cela pouvait-il bien être ? Elle n'attendait personne pourtant. À moins que ce ne soit Rodolphe ?

Les yeux brillants et le cœur en fête, elle alla elle-même ouvrir, devançant ainsi sa femme de chambre, occupée à faire du ménage.

Quelle ne fut pas sa surprise lorsqu'elle se retrouva devant une jeune demoiselle, un peu frêle, le visage pâle et les yeux d'une infinie tristesse ! Elle portait un chapeau noué sous le menton par un ruban, assorti au manteau qui couvrait sa robe à volants de petite fille. On aurait dit une poupée, sauf qu'elle était trop âgée pour être ainsi attifée de la sorte.

Encore une petite fille modèle à sa maman ! songea-t-elle.

— Madame Nicola Delestre ?

— C'est moi-même, répondit Aurore, surprise.

— Bonjour, madame. Je m'appelle Helena et… puis-je entrer ?

Bien que timide, la jeune fille semblait savoir ce qu'elle voulait. En tout cas, elle avait une mission à accomplir.

Curieuse d'en apprendre davantage, Aurore lui rétorqua :

— Oui, bien sûr ! Enfin, si vous ne comptez pas rester trop longtemps, j'ai des choses à faire ! ajouta-t-elle, non sans une certaine ironie.

— Non, non…, répliqua Helena.

Elle scruta alors la pièce et, avisant ce qu'elle cherchait dans le salon, elle se sentit rassurée.

— Je suis venue vous interpréter un morceau de Rodolphe Mayer.

— Ça par exemple ! s'exclama Aurore. Mais pourquoi donc ?

La douce jeune fille ne répondit pas.

— Puis-je ? questionna-t-elle poliment en désignant le piano.

— Je n'y vois pas d'inconvénient, mais…

La demoiselle s'était déjà dirigée d'un bon pas vers son objectif.

C'était un petit piano droit de marque Pleyel identique à celui sur lequel ils avaient failli faire l'amour. Aurore se l'était fait livrer peu avant le concert de Rodolphe, dans l'espoir un peu fou qu'un jour il viendrait jouer chez elle. Ou qu'en tout cas il trouverait là un motif agréable de s'attarder à son domicile. Et voilà qu'une jeune fille venait lui interpréter une sérénade de son compositeur favori !

Aurore songea alors que la fille devait sans doute être l'une de ses élèves. Et que Rodolphe avait dû fomenter cette surprise en lui demanda de venir lui jouer l'un de ses morceaux.

Aurore la suivit jusqu'au salon et l'observa ôter son

chapeau et le poser avec ses petits gants blancs sur le dessus du piano. Puis, elle retira son manteau et Aurore le lui prit des mains pour l'installer sur une chaise derrière elle.

La jeune fille rougit légèrement et articula un merci à peine audible. *Quelle bien étrange créature !*

Elle avait un beau visage, mais était dénuée de charme, comme de personnalité. En outre, elle semblait triste, presque désincarnée. Ce qui était ridicule, car même une plante possédait une âme !

— La fumée vous gêne-t-elle ? questionna Aurore, par politesse bien qu'elle soit chez elle.

— Non, répondit la jeune fille.

Helena l'observa de ses petits yeux curieux. Aurore ouvrit une fenêtre et s'assit, jambes croisées, sur l'accoudoir d'un fauteuil. Elle saisit une allumette qu'elle craqua avant d'allumer son cigarillo et d'approcher son cendrier. Depuis le temps qu'elle attendait ce moment ! Elle relâcha alors une volute de fumée dans la pièce et se sentit investie d'un nouveau calme, tandis que son cœur accélérait légèrement. La souris grise l'observait à présent avec une sorte de fascination.

— Qu'allez-vous jouer ? lui demanda Aurore.

— Un prélude.

— Fort bien. Je vous écoute.

L'exécutante retourna ses doigts, comme pour les étirer, ce qui était une bien curieuse manière de faire. Elle songea alors aux agrès, anneaux et autres instruments de torture qu'elle avait vus chez Pleyel et qui étaient en vogue auprès de certains pianistes pour assouplir leurs doigts et agrandir leurs écarts. Rodolphe les avait en horreur cependant, arguant qu'ils faisaient plus de mal que de bien, et privilégiait le naturel et sa fameuse « voûte » de main.

Esquissant un mouvement dans l'air, vaguement inspiré de la méthode Mayer, mais sans en avoir la grâce, Helena planta ses phalanges dans les touches pour débiter les premières notes.

Au début, Aurore eut quelques difficultés à identifier la musique comme étant celle du compositeur, car elle était exécutée avec tellement de froideur qu'il était ardu d'y retrouver sa douceur veloutée et son romantisme passionné. C'était très scolaire, quoi que à peu près propre et en rythme.

Aurore sourit en imaginant qu'il devait en effet s'agir d'une élève de Rodolphe. Il la lui avait sans doute envoyée pour qu'elle n'oublie pas de songer à lui ! Elle trouva l'attention charmante. Et en même temps, elle n'avait pas besoin de cela pour penser jour et nuit au musicien qui faisait battre son cœur.

Tandis qu'Helena poursuivait à grand-peine l'assassinat en règle du morceau, Aurore se remémora ce que Rodolphe lui avait dit chez le facteur de pianos. Il n'avait jamais vu une pianiste aussi douée qu'elle et qui vive autant la musique. En voyant la pauvre jeune fille toute raide sur son tabouret massacrer à ce point la partition du compositeur, elle comprit ce qu'il voulait signifier. Au bout de quelques minutes, elle souhaitait même lui dire de cesser, mais la petite semblait très concentrée, aussi n'eut-elle pas le cœur de l'interrompre. Enfin, après un laps de temps pendant lequel Aurore eut au moins le plaisir de se régaler de son cigarillo, l'apprentie pianiste exécuta les dernières notes.

Aurore l'applaudit gentiment.

— C'était très beau ! Je vous remercie. Vous direz à Rodolphe que j'ai beaucoup apprécié son cadeau.

La petite baissa les yeux sur ses mains, tandis que ses oreilles étaient devenues écarlates.

— Il ignore que je suis ici…

— Mais alors, que faites-vous chez moi ?

La jeune fille releva la tête et planta son regard sombre dans le sien.

— Je lui suis très attachée, vous savez !

Aurore ne sut quoi répondre. Elle percevait de la détresse chez cette fille, et en même temps elle ne comprenait pas ce qu'elle venait faire là. Était-elle une admiratrice du compositeur ? Avait-elle eu vent de leur liaison ? Se pourrait-il qu'elle soit aussi amoureuse de lui ?

En contemplant sa supposée rivale dans sa robe de poupée, elle eut un sourire attendri. Non, cela ne se pouvait ! Elle ne pouvait aucunement considérer cette gamine comme une concurrente, elle ne faisait pas le poids face à une femme d'expérience au sommet de sa sensualité. Et pourtant… elle était là, chez elle, à lui ânonner son attachement pour le compositeur.

Au même moment, on frappa.

On se croirait dans le hall d'un théâtre !

Lorsque la servante alla ouvrir, Aurore reconnut aussitôt la voix grave qui s'était annoncée et dont lui étaient parvenues des bribes. Son cœur redoubla ses battements. Rodolphe !

— Quand on parle du loup…, dit-elle à l'intention

de la douce jeune fille, qui se crispa. Attendez-moi là, je reviens !

Aurore se leva, éteignit son cigarillo dans le cendrier et se précipita vers l'entrée, oubliant même qu'elle était vêtue en Adam, les cheveux coiffés au naturel. Mais elle était trop heureuse de le revoir, surtout avec la bonne nouvelle qu'elle avait reçue plus tôt !

Lorsqu'elle le vit, elle n'en revint pas. Un large sourire étirait ses lèvres, ses yeux brillaient, en dépit des cernes qui les soulignaient ; il rayonnait. Elle ne l'avait jamais trouvé plus beau, dans cette splendide lumière de fin de matinée où perçait un pâle soleil d'hiver.

— Aurore ! J'ai une formidable nouvelle à vous annoncer !

— Figurez-vous que moi de même ! s'exclama-t-elle, au comble de la joie, comme en écho à la sienne.

— Que vous arrive-t-il ? demanda-t-il, toujours aussi galant.

— Non, vous d'abord !

— Fort bien !

Il rassembla ses pensées et déclara :

— Désormais, plus rien ne pourra venir s'inter-poser entre nous ! Je suis libre, vous m'entendez, libre ! Aurore, depuis que je vous connais, vous me faites croire au bonheur. C'est vous que j'aime avec passion et nous allons enfin pouvoir céder à notre inclination l'un pour l'autre.

Il s'approcha alors pour la prendre dans ses bras et la fit valser tout autour de lui.

Aurore rit aux éclats. Avant de lui dire :

— Figurez-vous que j'allais moi aussi vous dire la même chose !

Mais elle s'interrompit, car il s'était figé en voyant la silhouette de la jeune fille se découper dans l'encadrement de la porte du salon.

— Helena ? Que faites-vous ici ? questionna-t-il d'une voix glaciale.

Le visage de l'intéressée se décomposa et elle baissa les yeux.

Il regarda en direction d'Aurore d'un air suspicieux et tenta d'établir un lien entre elle et la demoiselle, mais en vain. Il revint alors vers Helena.

— C'est votre mère, qui vous a envoyée, n'est-ce pas ?

La petite pianiste opina de la tête.

— Mais… qui est cette fille ? interrogea Aurore, qui n'y comprenait plus rien.

La visiteuse commença à répondre :

— Je suis sa f…

Mais Rodolphe l'interrompit de manière cinglante.

— Ça suffit ! Sortez immédiatement ! ordonna-t-il, hors de lui.

Helena éclata en sanglots, ses frêles épaules secouées de spasmes.

Aurore songea que sa jeune admiratrice le poursuivait peut-être de ses assiduités. Apitoyée, et ayant connu les affres de l'adolescence et de ses attachements inconditionnels pour quelques idoles, elle prit la défense de la petite.

— Vous êtes un peu dur avec elle, Rodolphe !

— Disparaissez ! aboya le compositeur, furieux. Que je ne vous voie plus rôder par ici, c'est compris ?

La petite attrapa ses affaires et sortit presque en courant, les yeux noyés de larmes et les joues en feu.

Lorsqu'elle se fut envolée, Rodolphe demeura figé, abattu et le regard ténébreux. Son souffle était court et agité. Aurore s'en inquiéta même. Elle ne l'avait jamais vu dans un tel état. Il était hors de lui. Retrouvant un peu son calme, il balbutia à l'intention d'Aurore :

— Pardonnez-moi…

Puis il partit à son tour, laissant Aurore désemparée.

Chapitre 16

Libera me

Le reste de la journée passa sans qu'Aurore ait l'ombre d'une explication sur la scène étrange qui s'était déroulée chez elle. Elle fut bien tentée d'aller chez le compositeur, mais cela aurait été trop frontal, elle devait trouver un moyen détourné d'en apprendre davantage. C'est pourquoi elle décida de se rendre chez son amie Catherine quelques jours plus tard. Florian étant proche de Rodolphe, peut-être se serait-il confié à lui sur les tourments qui l'agitaient ou sur cette curieuse jeune fille qui l'avait mis hors de lui ?

Il devait être 5 heures quand elle frappa à sa porte. Un domestique lui ouvrit et l'introduisit auprès de sa maîtresse dans le salon. La pièce était plongée dans une semi-pénombre, quelques chandelles y brûlant faiblement. Elle découvrit son amie assise dans un fauteuil, près de la fenêtre, son livre sur les genoux. Lorsqu'elle tourna le visage vers elle, Aurore lui trouva la mine défaite et les yeux rougis.

— J'ai beau parcourir mon roman, je ne comprends

pas ce qui a pu les décevoir à ce point. Les critiques le qualifient de « sans intérêt », disant que le style est malhabile, les descriptions inutiles et les personnages stéréotypés. Je les ai pourtant créés de toutes pièces ! Ils ne ressemblent à rien de ce que j'ai lu jusqu'ici. Ils sont même en grande partie inspirés de mon vécu. Alors je vois mal comment ils pourraient être ternes et convenus !

Aurore pinça les lèvres, attristée par les paroles de son amie.

— Qui donc a écrit cela ?

Catherine haussa les épaules.

— C'est sans importance ! Des journaleux… On dirait qu'ils se sont tous ligués contre moi…

— Si je peux faire quoi que ce soit…

— Oh ! non ! Vous en avez déjà assez fait !

Aurore fut déstabilisée par sa réplique.

— Que voulez-vous dire ?

— Un article élogieux à mon sujet a été publié dans le *Figaro* peu de temps après ce que je pense être votre intervention.

Aurore songea à sa rencontre avec le rédacteur en chef du journal lors de son déjeuner avec Rodolphe À la Petite Chaise. Ainsi donc, il l'avait fait…

— Eh bien, qu'y a-t-il de mal à recevoir des compliments ? s'enquit-elle. Pourquoi bouder votre plaisir, alors que les mauvaises critiques vous atteignent autant ?

Catherine la regarda, les yeux embués de larmes.

— Comprenez-moi, j'aimerais obtenir des éloges que je devrais à mon seul mérite.

Aurore haussa les épaules, en songeant que le relationnel primait parfois sur les qualités littéraires dans ce métier. Sans doute Catherine payait-elle encore sa brouille avec quelques éminents journalistes lors de son exil.

— Ces reproches ne doivent pas vous atteindre, ils sont écrits par des jaloux, souvent des auteurs frustrés de ne point être édités, et qui, la plupart du temps, ne possèdent pas le quart de votre talent.

— Oui, oh ! Je sais : la critique est aisée, et l'art est difficile !

— Exactement ! lui assura Aurore en rapprochant une chaise de son amie.

— Pardonnez-moi, je manque à tous mes devoirs : désirez-vous une tasse de thé ? Des gâteaux ? demanda la maîtresse de maison en se redressant soudain.

— Non, je vous remercie ! J'ai un peu l'estomac noué.

— Allons bon, que vous arrive-t-il encore ?

Bien qu'Aurore espérât cette question, elle sentit toutefois son interlocutrice mal disposée pour accueillir ses paroles.

— Oh ! ce n'est rien ! Je ne vais pas vous ennuyer avec mes problèmes…

— Vos ennuis me sortiront des miens, si je puis dire. Alors, ne craignez rien, je suis tout ouïe !

Aurore hésitait cependant à répondre à son invitation. Mais comme la curiosité était la plus forte, elle lui raconta la scène qui s'était déroulée chez elle le matin même.

Catherine l'écouta sans mot dire, puis baissa les yeux.

— Qu'en pensez-vous ? J'avoue être un peu perdue…

— Vous dites que Rodolphe a complètement changé d'attitude en voyant cette jeune fille ?

— Oh ! oui ! Il était furieux, hors de lui !

— Et comment a réagi la gamine ? questionna Catherine, tout en jouant nerveusement avec les angles de son livre.

— La pauvre ! Elle s'est effondrée, en larmes. Je l'aurais bien prise dans mes bras pour la consoler… (Catherine arqua les sourcils.) Selon moi, il est fort probable que cette demoiselle soit l'une de ses admiratrices et, qu'ayant peut-être entendu dire que nous nous fréquentions, elle soit venue me voir.

Catherine sourit, tandis qu'une lueur étrange s'allumait dans son regard.

— Comment avez-vous dit qu'elle s'appelait ?

— Helena !

Aurore attendit, le cœur battant, que son amie lui fasse part de ce qu'elle savait. Catherine parut retrouver un peu de sa superbe et le courage de surmonter son orgueil bafoué. Elle prit le temps de choisir ses mots.

— J'avais hésité à vous en parler, car je ne voulais pas vous faire souffrir.

Un gouffre béant s'ouvrit sous les pieds d'Aurore. Elle était cependant prête à tout entendre, plutôt que de rester dans l'incertitude.

— Je vous en prie, dites-moi ce que vous savez ! la supplia-t-elle presque.

Catherine pinça les lèvres et raconta alors doucement ce qui allait suivre.

— Figurez-vous que j'ai appris par la comtesse Mariani, qui elle-même le tenait de la matriarche d'une prestigieuse famille autrichienne installée à Paris que Rodolphe était fiancé à leur fille.

Cette annonce n'eut cependant pas l'effet escompté sur Aurore, qui soupira.

— Oui, cela, je le sais !

— Leur fille est également l'élève de Rodolphe…, poursuivit Catherine.

— Continuez…

— Et elle se prénomme Helena !

— Ça par exemple ! s'exclama, Aurore, abasourdie. Ainsi donc, cette frêle jeune fille serait la fiancée qu'on lui destine ? Mais enfin, c'est ridicule ! Elle est beaucoup trop jeune, trop innocente, trop… je ne sais pas ! Il va s'ennuyer avec elle !

— Les gamines ont parfois du vice ! répondit Catherine, acerbe.

— Oh ! non, pas elle !

— Alors, c'est pire ! Car les oies blanches sont souvent manipulées par leur mère. Et celle-ci en possède une très influente. Il paraît d'ailleurs qu'elle se vante à tout-va que Rodolphe et sa fille seront bientôt mariés ! Leur mariage étant annoncé comme imminent… Il vous l'a dit cela aussi ? questionna-t-elle, perfide.

Aurore secoua la tête.

Puis, elle revit en pensée la figure de Rodolphe quand il était venu la voir, impatient de lui révéler qu'ils étaient désormais libres de s'aimer. Qu'allait-il lui dire ? Et que faisait donc Helena chez elle ? Ne lui avait-il pas d'ailleurs demandé si c'était sa mère qui l'avait envoyée ?

— Vous ne dites rien…, reprit Catherine, guettant sa réaction. Comptez-vous aller trouver Rodolphe pour exiger des explications ?

— Non. Cela ne sera pas nécessaire. Au fond, je suis

la seule à blâmer dans l'histoire. J'ai causé mon propre malheur en lui écrivant cette lettre…

Catherine tiqua un peu à l'évocation de la missive.

— Mais il est libre de ses choix !

— Certes ! Mais il avait ses engagements avant de me connaître, d'où sa réserve au début de notre relation.

— Sans doute…

— Il semblait tellement contrarié de trouver Helena chez moi ! Sa fiancée, vous rendez-vous compte ! Elle avait donc appris pour nous deux. Devoir ainsi affronter la maîtresse présumée de son futur époux, pour lequel elle éprouve un attachement sincère, quelle souffrance ! Pauvre fille !

— Sa mère doit être au courant également, ajouta Catherine. C'est d'ailleurs sûrement elle qui vous l'a envoyée.

— Songez à la déception de cette pauvre mère et à la honte pour sa fille ! Cette innocente créature dont j'ai causé la ruine.

Aurore se prit le front dans la main, des larmes de compassion, mais aussi de colère, montèrent en elle.

Ses pensées allaient à toute allure. Elle réalisa alors autre chose :

— Sans compter que j'hérite du rôle de la méchante dans l'histoire, celle par qui le scandale arrive ! Imaginez un peu les répercussions sur ma réputation !

Aurore s'était levée et tournait dans le salon, en proie à un sentiment mélangé de désarroi, de honte et de dégoût.

— Oh ! il y a pire ! répliqua Catherine, sans conviction toutefois.

— Cet esclandre fera grand bruit si les choses venaient à se savoir !

— Il n'y a pas de raison que cette scène s'ébruite. Car à moins qu'Helena en parle, ce dont elle ne se vantera pas, je doute que Rodolphe s'épanche sur ce sujet.

— Je suis moins optimiste que vous ! Je pense que la fille racontera tout à sa mère, qui sera furieuse. Sans compter que ma femme de chambre a tout vu et peut aussi s'en faire l'écho.

— On ne peut plus se fier à son personnel de nos jours, rétorqua Catherine, amère.

— Après un tel scandale, je n'ai pas d'autre choix que de me faire oublier…

— Ce serait sans doute mieux, en effet ! Le temps que les choses se calment, répondit Catherine, pour qui c'était du vécu.

— Je devrais partir quelque temps… Peut-être même pour toujours ? Après tout, je suis libre ! Mes éditeurs peuvent me faire parvenir mes manuscrits corrigés par courrier ou malle-poste, réfléchit Aurore à haute voix.

— Ne faites rien que vous ne pourriez regretter ensuite ! ajouta alors Catherine en constatant que les choses allaient un peu loin.

— Je suis fatiguée de tous ces masques, ces mensonges, ces rôles à jouer. J'aurais tellement voulu réussir en étant moi-même, sans artifices, et aimer, tout simplement !

Catherine la regarda avec compassion : elle aussi écrivait sous un pseudonyme masculin et savait combien il était pesant de devoir user d'un autre nom que le sien pour pouvoir exister par sa plume. Elle aussi enfin

était tombée amoureuse de la mauvaise personne et ne
cessait de le payer depuis.

— Ma décision est prise ! conclut Aurore.

— Attendez ! Que comptez-vous faire ? demanda
Catherine en écarquillant les yeux.

Quelques jours s'écoulèrent durant lesquels Rodolphe
se terra chez lui. La scène à l'appartement d'Aurore l'avait
anéanti. En lui se bousculait un sentiment de honte
pour le spectacle que lui avait offert Helena sur l'ordre
de sa mère vengeresse et pour sa piètre réaction sous
l'effet de la colère. Il avait été incapable de se contrôler
et de refréner ses émotions.

Il s'était aussi montré terriblement dur avec Helena,
la douce jeune fille n'étant après tout que l'instrument
de sa génitrice. Il aurait tant voulu qu'elle lui désobéisse
pour une fois et qu'elle refuse de s'abaisser de la sorte.
Il désirait lui faire sentir qu'elle était allée trop loin en
allant trouver Aurore. D'autant qu'il ignorait tout de
la conversation que les deux femmes avaient pu avoir.
Helena l'avait-elle informée de l'imminence de leur
mariage ?

Il n'avait même pas eu le temps de lui dire qu'il avait
rompu ses fiançailles ; à grand mal, cela dit. Mme Knackel
avait, comme il s'en était douté, vociféré, menacé et
utilisé tous les raisonnements à sa disposition pour le
faire changer d'avis. Mais Rodolphe avait argumenté
qu'il n'était pas suffisamment amoureux de leur fille
et qu'il ne voulait pas la rendre malheureuse toute sa
vie. Ce à quoi la marâtre avait répondu :

— Et depuis quand se marie-t-on par amour ?

Dans son milieu, peut-être que cela n'avait pas d'importance, mais Rodolphe n'était pas seulement exilé de son pays, il l'était aussi du cœur et de l'esprit. En tant qu'artiste, il pensait différemment et il avait beaucoup de mal à se conformer aux règles de la société, viennoise en particulier.

Il était venu chez Aurore aussitôt après sa visite aux Knackel. Ce n'était donc pas la rupture de ses fiançailles qui avait déclenché ce mécanisme de vengeance, mais sans doute la soirée de la veille. Mlle Steiner avait dû informer Mme Knackel qu'elle les avait vus très proches sur les quais et cela avait provoqué son ire.

Comment pourrait-il jamais vivre heureux à Paris avec de telles harpies autour de lui ? C'était impossible. Au fond, il ferait presque mieux de retourner à Vienne, ou peut-être même de fuir ailleurs. À Londres, peut-être ? Camille Pleyel, le facteur de pianos, devait s'y rendre prochainement, peut-être pourrait-il l'y accompagner ? L'idée de ne plus voir Aurore lui était insupportable cependant.

Il lui avait fait porter deux lettres depuis cette fameuse scène, lesquelles lui étaient revenues, son domestique ayant trouvé porte close. Il aurait fallu qu'il prenne son courage à deux mains et qu'il aille la voir pour s'expliquer et implorer son pardon pour son attitude déplorable. Que devait-elle penser de lui à présent ?

Pour éviter de trop ruminer, et le temps d'y voir clair dans son esprit, Rodolphe se plongea dans le travail. Il composait un nouveau concerto de piano la nuit, dont la mélodie lui était inspirée par Aurore. Et il continuait de donner ses cours le jour. Du moins, quelques-uns, car la plupart de ses élèves s'étaient mystérieusement désistés.

Rodolphe avait appris également que plusieurs de ses concerts et récitals étaient annulés ou reportés. Comme ils avaient lieu chez des personnes issues du cercle viennois, Rodolphe comprit qu'il subissait les représailles de son ancienne future belle-mère. Laquelle ne tarda pas d'ailleurs à s'inviter chez lui.

Elle débarqua dans l'après-midi, en terrain conquis. La pauvre et douce Helena, aussi blanche qu'un linge, sur ses traces.

— Alors, on fait moins le malin à présent, n'est-ce pas, monsieur Mayer ? lui lança-t-elle en se pavanant, son sac bourse serré tout contre son ventre proéminent.

Rodolphe songea qu'elle devait être certaine de le voir ramper à ses pieds en implorant son pardon. Mais il ne lui donna pas ce plaisir.

— Bonjour, madame Knackel. Mademoiselle, répondit-il en les saluant poliment l'une et l'autre, tout en s'efforçant de garder son calme, ce qui avait tendance à furieusement agacer son interlocutrice. Je ne comprends pas, que voulez-vous dire ?

— Allons, ne faites pas l'innocent ! Je sais que plus aucun élève ne désire venir prendre de cours chez vous et que vos concerts s'annulent en cascade.

Elle mima un écroulement de dominos.

— En effet, j'ai beaucoup d'annulations en ce moment. C'est, je suppose, en rapport avec le temps froid de ces derniers jours.

Mme Knackel s'esclaffa bruyamment.

— Vous savez très bien que, sans nous, vous n'êtes

plus rien ! Et en vous mettant à dos toute l'aristocratie viennoise, vous pourrez dire adieu à votre réussite ! Tout autant qu'à votre concert devant l'empereur.

— C'est fâcheux, en effet ! Mais j'escompte bien qu'il finisse par entendre des échos favorables de ma musique et qu'il sollicite de lui-même l'envie de me rencontrer.

— Vous rêvez, mon ami ! Sans l'aide de gens influents, vous n'êtes rien ! Vous m'entendez ? Rien du tout !

— Il me reste toujours la musique…

Là encore, madame Knackel partit d'un rire rauque, qui dérailla ensuite dans les aigus de façon fort désagréable.

— Pensez-vous que des gens viendront encore vous écouter après avoir appris la manière désastreuse dont vous vous comportez ? Notamment avec ma petite fille ?

La mégère désigna Helena, qui piqua du nez, plus ennuyée cela dit que consternée. Rodolphe sentit chez elle comme un frémissement de révolte. À moins qu'il ne se fasse des idées.

— Pardonnez-moi, Helena. Je n'aurais pas dû crier sur vous. Mais cette situation était inconvenante et Mme Delattre n'avait rien fait pour mériter d'être mêlée à nos histoires.

Si, jusqu'ici, Mme Knackel avait écouté ses excuses avec complaisance, elle fronça les sourcils en entendant la dernière partie de sa phrase. Et bien plus encore lorsqu'il ajouta :

— Vous devriez d'ailleurs prendre exemple sur Mme Delattre pour vous émanciper à votre tour.

La jeune fille leva les yeux sur lui, intéressée. Mais sa mère tempêta au même moment :

— Il suffit, Mayer ! Vous devriez me manger dans

la main au lieu de chercher à enrôler ma fille dans vos manigances avec cette scandaleuse femme. S'habiller en homme, a-t-on jamais vu cela ?

— Cela lui allait bien et semblait très confortable ! ajouta Helena, tandis que sa mère devenait rouge de confusion.

— Taisez-vous, petite insolente ! Ne prenez jamais exemple sur ces gens-là, ils ne sont pas de notre monde !

— Puis-je vous demander l'objet de votre venue ? questionna alors Rodolphe en feignant de s'impatienter. J'ai du travail…

— Vous avez du travail, vous ? Ah bon ? fit son interlocutrice d'un air étonné et gonflé d'importance.

— Je compose un nouveau concerto…

— Ah, oui ! Celui pour l'empereur. Je vois donc que vous n'avez pas totalement renoncé à ce projet. Mais pour le voir, monsieur Mayer, vous allez devoir ramper, c'est moi qui vous le dis ! Surtout après ce que vous avez fait…

— Je ne céderai plus à votre chantage, madame Knackel. C'est terminé !

— C'est vous qui êtes terminé, Mayer ! Mais je suis persuadée que quand vous aurez perdu tous vos élèves et que vous ne pourrez plus vous acquitter de vos dettes, vous reviendrez me supplier de vous aider !

— J'ai bien l'intention de ne plus jamais vous revoir ! À présent, je vous demanderai de sortir de chez moi, madame. Vous m'avez assez insulté et fait perdre mon temps.

Mme Knackel fulminait, elle serra plus fort son sac à main et répliqua :

— Ne vous faites pas d'illusions, personne ne voudra plus vous écouter d'ici peu ! Et vous ne pourrez trouver d'aide auprès de personne, même pas cette gourgandine[1] après qui vous courez. D'ailleurs, c'est bien simple, elle a disparu de la circulation. Pfuit, envolée ! Au moins, elle ne pourra plus nuire à personne, celle-là !

Sur ce, elle éclata d'un rire bruyant et sortit en claquant la porte.

Rodolphe demeura interdit. Que voulait-elle dire par là ? Et qu'était-il donc arrivé à Aurore ?

1. Femme de mauvaise vie.

Chapitre 17

Doloroso

Paris, mars 1840

Lorsque Aurore arriva devant la belle demeure provençale de sa grand-mère, elle trouva les volets clos et le vaste domaine qui l'entourait, presque à l'abandon.

Le découragement la gagna, d'autant que le périple en voiture malle-poste, diligence et enfin fiacre qui l'avait menée jusqu'ici avait été long. Mais à quoi s'était-elle attendue ? Lorsque son mari avait mis main basse sur ses possessions, il avait également dû sabrer les dépenses superflues. Et parmi elles, les revenus du personnel qui contribuait à entretenir cette superbe demeure.

Elle s'assit sur les marches en pierre du perron entouré de deux grosses jarres de terre cuite. L'une d'elles était fendue. Elle secoua la tête et, portant son regard au loin, elle aperçut au bout de l'allée un trésor. La couleur turquoise de la Méditerranée se fondait avec le ciel azur dans lequel s'ébattaient quelques oiseaux blancs en piaillant. La lumière de cette fin de matinée était déjà intense, Aurore fut un peu éblouie, le contraste était saisissant comparé à la grisaille parisienne qu'elle avait quittée quelques jours plus tôt. Un vent tiède balayait les hauteurs où se situait le domaine, et une douce brise marine venait rafraîchir l'atmosphère. La généreuse végétation méditerranéenne exhalait ses parfums, de pin, de résine, de thym, de fleurs et de miel. Elle contempla avec ravissement les couleurs qui l'entouraient. Le dégradé de verts des arbres tout d'abord, puis les fleurs où le rose tendre des lauriers-roses le disputait au jaune solaire et au blanc nacré de certaines corolles.

Elle se laissa gagner par toute cette beauté qui élevait l'âme, savourant les bienfaits que lui offrait la nature. Un frisson de bien-être la parcourut. Elle qui par commodité avait voyagé vêtue en homme ressentait à présent le besoin de desserrer sa cravate. Elle arracha le foulard de soie noire qui bordait son col et, dans la foulée, libéra sa chevelure brune du joug du chignon bas qui les maintenait. Le vent tiède put ainsi jouer dans ses cheveux. Sa tenue était trop épaisse pour la contrée. Bien qu'on soit en mars, il faisait déjà chaud pour la saison, surtout en comparaison des températures hivernales qu'elle venait de quitter. Elle aurait volontiers troqué son vêtement de voyage pour une robe de linon. Elle songea également qu'elle devrait s'acheter un chapeau de paille pour se protéger du soleil. Elle devait se rendre au village, au plus vite.

Mais pour le moment, elle se laissait gagner par une foule de souvenirs enfouis au fond de sa mémoire qui lui revenaient, stimulés par les odeurs et les sons. Elle se rappela ainsi que sa grand-mère d'origine noble avait acquis ce domaine pour y trouver refuge durant la Révolution. Par la suite, la jeune Aurore aimait y passer les étés. Elle avait ainsi appris à monter à cheval et adorait se promener avec des fils de paysans locaux vêtue comme un garçon, parce que c'était plus pratique pour chevaucher qu'en amazone. Sans compter qu'il fallait toujours un chevalier servant pour l'aider à grimper quand elle était en robe, alors qu'elle chérissait plus que tout son indépendance et sa liberté. *Déjà à l'époque !* Elle sourit.

Elle se souvint aussi qu'elle aimait aller se baigner, à demi nue, dans la mer. Des sensations infiniment agréables et rafraîchissantes lui revinrent. Elle pouvait jouer des heures dans les vagues, ne remontant au domaine que la peau fripée et les cheveux glacés par le sel de mer, tandis qu'un vent chaud les lui séchait.

Elle soupira, puis se leva et introduisit la clé dans la serrure de la porte d'entrée. Elle dut insister, car le mécanisme était un peu grippé. La lourde porte de bois noble grinça, puis s'ouvrit sur une maison sombre et froide. Tous les meubles avaient été couverts de draps blancs, ce qui n'était pas sans leur conférer une allure fantomatique. Les domestiques avaient bien fait toutefois de tout protéger avant de partir, de la saleté en tout premier lieu.

Elle gagna alors son endroit favori : la vaste cuisine du rez-de-chaussée qui donnait sur le jardin. Elle y pénétra et ouvrit en grand les volets dont la couleur était à présent passée.

Il faudrait leur donner un bon coup de frais !

Des rayons de lumière dorée entrèrent dans la maison et, à travers les faisceaux irisés, Aurore vit de la poussière pailletée qui s'envolait. En sa présence, la vie revenait. Et elle comptait bien ranimer complètement cette vieille bâtisse. Même si cela prendrait sans doute du temps pour y ramener les rires de son enfance. Elle contempla avec ravissement les rangées de casseroles qui n'avaient pas bougé, les fourneaux et surtout les grands chaudrons en cuivre. Des récipients rouge irisé dans lesquelles sa grand-mère aimait confectionner des confitures, d'agrumes notamment, les parfums alternant en fonction des fruits de saison.

Aurore sourit en se promettant de s'y mettre elle aussi un jour, perpétuant ainsi la tradition familiale, en espérant se souvenir de la recette de son aînée.

J'aurais tellement voulu partager tout cela avec Rodolphe !

Dos à la fenêtre, elle s'assombrit. Des larmes, trop longtemps contenues, embuèrent ses yeux. Ce que cela pouvait être douloureux d'aimer ! Surtout lorsque le destin prenait un malin plaisir à vous arracher à l'être que vous chérissiez le plus. Mais Aurore devait se faire une raison, Rodolphe n'était pas pour elle.

En dépit de la patience qu'elle avait déployée pour le conquérir et le garder auprès d'elle, en rêvant qu'un jour ses efforts seraient payés de retour, elle devait bien admettre qu'elle avait échoué. Il ne serait jamais à elle. Si tant est que l'on puisse posséder un être d'ailleurs !

Heureusement pour Aurore, il lui resterait toujours l'écriture pour entretenir un lien fort avec la gent

masculine et des confitures pour repaître leurs esto-
macs affamés. La perspective de mitonner de bons
petits plats dans ces superbes récipients cuivrés avec
leur goût unique lui donna une motivation nouvelle.
Elle allait courir au marché, acheter des provisions,
du sucre et des fruits. Elle en profiterait aussi pour
s'enquérir si, dans la population locale, il n'y avait
pas quelques personnes qui cherchaient du travail.

Elle quitta la cuisine et monta à l'étage pour faire
une rapide estimation des travaux à effectuer afin
de restaurer les lieux. La grande demeure de forme
rectangulaire comptait une dizaine de pièces. Il lui
faudrait donc au minimum une femme de chambre et
un domestique pour l'aider dans les tâches ménagères,
l'entretien général et les courses… Elle constata au
passage que sa petite chambre était restée dans l'état
dans laquelle elle l'avait laissée, sa grand-mère l'ayant
jalousement conservée comme une pièce de musée.
Elle décida qu'elle en ferait son bureau et prendrait
possession d'une des chambres destinées aux invités,
plus grande et contenant un lit pour adulte. Hors de
question toutefois qu'elle s'attribue la chambre de son
aïeule, pourtant dotée d'un grand lit à baldaquin. En
entrouvrant la porte, elle put encore sentir sa présence.
La silhouette spectrale des draps blancs sur les meubles
prit alors tout son sens.

— Pardon, grand-mère ! dit-elle en se hâtant de
refermer la porte, les larmes aux yeux.

Elle s'en voulait terriblement de ne pas avoir été
présente lorsqu'elle était partie pour d'autres cieux.
Mais elle vivait déjà à Paris, et sa situation était précaire.

Elle n'en avait toutefois pas informé sa parente, car elle avait la fierté de s'en sortir par elle-même, sans solliciter son aide financière. D'autant plus que, autoritaire comme elle l'était, la vieille dame n'aurait pas hésité à monnayer ses largesses en lui imposant de redescendre en cas d'échec.

Sa grand-mère n'avait jamais apprécié son esprit indépendant, qui lui rappelait sa mère, et sa volonté d'être écrivain, « un métier de crève-la-faim », disait-elle. Elle aurait préféré la voir épouser un noble de la région. Même si, paradoxalement, elle avait été la première à reconnaître son talent et à l'encourager à écrire. Enfant unique et solitaire, Aurore avait ainsi développé son imagination et sa plume, nourrie par les nombreux ouvrages que contenait la bibliothèque du salon. Ses dispositions littéraires lui devaient donc beaucoup. Aurore espéra cependant que, là où elle était, elle était fière d'elle. Au même moment, elle vit une plume blanche voltiger dans l'air, elle s'en émut et l'interpréta comme un signe positif !

Après avoir fait le tour des pièces, Aurore rejoignit sa malle demeurée devant la maison. Elle l'avait péniblement hissée de l'entrée du domaine jusqu'au seuil, renonçant toutefois à lui faire grimper les quelques marches du perron. Il faut dire qu'en arrivant elle ne s'attendait pas non plus à trouver porte close, sans personne pour l'aider.

Elle ouvrit alors son coffre de voyage et constata, déçue, que toutes ses robes étaient faites d'un tissu trop épais pour le climat. Puis elle ôta son nécessaire pour écrire et remonta à l'étage pour disposer ses feuilles et son encrier sur le petit secrétaire de sa chambre. Elle s'assit. Et, retrouvant toute sa confiance avec la sensation de ses doigts sur la plume, elle dressa un état des lieux et un inventaire des travaux à effectuer dans la maison pour la remettre en état. Et la liste était longue ! Heureusement qu'elle bénéficiait d'un pécule confortable. C'était déjà un énorme souci en moins !

Combien de temps comptait-elle rester ? Quelques jours ou toujours ? Elle l'ignorait. Pour le moment, elle avait quitté Paris pour se faire un peu oublier et pour se retrouver. Mais surtout et avant tout, elle avait fui pour s'efforcer d'oublier Rodolphe, et cela risquait fort de prendre du temps ! Et même si tout finissait par passer, elle savait qu'elle ne serait plus jamais la même.

Comme elle ne répondait pas à ses messages et ne donnait aucun signe de vie, Rodolphe, fou d'inquiétude, se précipita chez Aurore où il trouva porte close. Au sortir de son immeuble, il héla un fiacre pour se rendre chez ses amis Catherine et Florian, qui, l'espérait-il, pourraient l'éclairer sur son absence.

Il les trouva tous deux attablés pour le déjeuner.

— Je suis désolé de vous déranger, balbutia Rodolphe, confus.

Voyant son ami dans un état second, Florian l'invita à partager leur repas. Rodolphe avait l'estomac noué, il accepta cependant de s'asseoir pour converser avec eux.

Florian lui servit aussitôt un verre de vin en guise de remontant.

— Vous êtes tout pâle, que vous arrive-t-il ? demanda Varga, aux petits soins avec lui.

— Aurore est partie ! J'ai trouvé sa porte close en me rendant chez elle. Cela faisait plusieurs jours que je lui faisais parvenir des messages, mais mes gens me revenaient toujours en disant qu'il n'y avait personne. Je pensais qu'elle ne voulait pas répondre et avait donné des instructions en ce sens, argumenta-t-il d'un débit rapide et haché, à l'image de son emportement. Je ne pourrais pas le lui reprocher cependant, vu ce que je lui ai fait !

— Tenez ! lui dit Florian en lui tendant le verre de vin.

La bouche sèche, Rodolphe ne se fit pas prier pour y tremper ses lèvres. Et comme le breuvage était à son goût, il engloutit le liquide rubis en quelques gorgées.

— Sauriez-vous par hasard où elle est allée ? questionna-t-il, revigoré.

Catherine échangea un regard avec son compagnon, puis elle piqua du nez.

— Je ne sais pas si nous sommes les mieux placés pour vous l'apprendre ou si même… elle aimerait que nous vous le disions.

— Ce ne serait peut-être pas vous rendre service, ajouta Florian, solidaire de sa compagne, sur un ton de sérieux que Rodolphe ne lui connaissait pas. Cette relation vous consume, l'un et l'autre ! Elle vous épuise, faute d'un dénouement heureux, poursuivit-il, tandis que Catherine hochait la tête en signe d'approbation. Car elle ne peut aboutir, n'est-ce pas ?

Ce disant, il planta son regard interrogatif dans le sien.

— Non, cela, c'était avant ! Je suis libre à présent !

Catherine releva les yeux.

— Comment cela ? Vous êtes fiancé, n'est-ce pas ? Avec cette fille, Helena…, s'exclama-t-elle, avant de regretter son indiscrétion.

Rodolphe constata que si personne n'ignorait plus son secret, ils n'avaient toutefois aucunement été informés des récentes évolutions.

— Nous avons rompu nos fiançailles, répondit-il calmement.

Catherine étouffa un cri.

— Je suis allé trouver sa mère pour lui dire que je ne pouvais faire son bonheur et que je ne pouvais concevoir un mariage sans sentiments, expliqua Rodolphe. Nous avons eu un échange pour le moins houleux…

Florian écarquillait les yeux, stupéfait.

— Mais pourquoi ne pas l'avoir dit ?

— Je suis allé chez Aurore ce jour-là pour le lui annoncer. Mais la mère d'Helena m'avait devancé en envoyant sa fille chez elle pour se venger ! Elle lui a joué un morceau de ma composition et j'ignore ce qu'elle a dû lui dire…

— Elle lui a confié qu'elle était très attachée à vous…, révéla Catherine, devant Rodolphe abasourdi.

— Les femmes parlent entre elles ! Vous le savez bien, argumenta Florian.

— Que vous a dit Aurore à mon sujet ? questionna Rodolphe aux abois, en se penchant sur la table vers

Catherine, qui recula de surprise. M'en veut-elle ?
Est-ce qu'elle m'aime, enfin ?

— Voyons, mon ami ! Reprenez-vous, lui dit
Florian, l'exhortant au calme.

— Pardonnez-moi, mais je deviens fou sans elle !

Un silence passa. Rodolphe tenta de rassembler
ses esprits, mais le vin lui échauffait les sens et tout
bouillonnait en lui.

— Dites-moi seulement si elle est partie à cause de
moi…, s'enquit-il sur le ton de la supplique.

Catherine, qui eut pitié sans doute, répondit :

— Je crois que c'est l'imminence de vos fiançailles
qui l'a décidée à s'en aller. C'était trop pour elle…

— Mon pauvre amour ! s'exclama Rodolphe, pour
lui-même. Je suis un misérable. Comme elle a dû
souffrir à cause de moi…

— L'aimez-vous donc tant que cela ? questionna
Catherine, attendrie.

— Je donnerais ma vie pour elle ! C'est bien
simple, depuis qu'elle est sortie de mon existence, je
ne suis plus bon à rien. Dire qu'il a fallu ce silence
pour que je constate à quel point elle était tout pour
moi. Savez-vous seulement où elle est partie ? questionna-t-il encore, les yeux brûlants. Ne me dites pas
qu'elle est retournée chez son époux ? Elle ferait là
une énorme bêtise et je ne supporterais pas de l'avoir
poussée dans les griffes de cet homme de peu de foi,
qui l'a aussi mal traitée…

— Elle est partie en province, mais pas chez son
mari. Et pour cause, puisqu'ils sont désormais officiellement séparés, lui révéla alors Catherine.

— Ah, oui ? questionna Rodolphe, qui voguait décidément de surprise en surprise.

Se pourrait-il que ce fût ce qu'elle voulait lui annoncer le jour où il était allé chez elle ? Elle disait en effet qu'elle aussi désirait l'informer de quelque chose, elle paraissait si heureuse !

— Parce que vous l'ignoriez ? interrogea Catherine, stupéfaite.

— Ah, mais complètement !

— Au fond, vous avez tous deux été victimes d'un énorme malentendu. Plus encore que la vengeance de quiconque, résuma Florian en grattant sa barbe naissante. Quel gâchis !

— Il n'est pas trop tard ! Je dois aller la trouver et tout lui expliquer ! s'écria soudain Rodolphe en bondissant de la table. Savez-vous dans quelle direction elle est allée ?

D'un regard, Catherine consulta son compagnon. Ce dernier pinça les lèvres et hocha la tête en signe d'assentiment.

— Elle est partie dans le Sud de la France.

— Dans le Sud ? répéta Rodolphe, choqué par la distance.

— Elle avait hérité du domaine de sa grand-mère. À la suite de sa séparation d'avec son époux, ce domaine est redevenu le sien.

— Savez-vous où il se trouve ?

— Elle m'a parlé du massif de l'Estérel. Mais je suppose qu'avec son nom de naissance, vous devriez pouvoir le trouver, répliqua Catherine, devançant

ainsi son compagnon, qui sembla un peu surpris par
sa réponse.

La tâche était ardue, mais il en fallait bien plus
pour le décourager et l'empêcher de mener son
projet à bien ; il irait la retrouver pour l'implorer de
le pardonner et pour lui dire qu'ils étaient désormais
libres de s'aimer ! Enfin !

— Je pars dans l'heure ! Je ne sais comment vous
remercier, mes amis ! s'exclama Rodolphe, tandis qu'il
gagnait la porte de leur appartement, raccompagné
par Florian et Catherine.

— Soyez heureux, surtout ! Cela nous contentera.

Rodolphe échangea une accolade virile avec son
ami, salua Catherine et s'en fut presque en courant.

Sa décision était prise : il s'en retournait chez lui
laisser une note à son intendant en lui demandant
d'annuler tous ses concerts et leçons jusqu'à nouvel
ordre. Ensuite, il réunirait quelques affaires avant de
s'envoler en direction du Sud de la France !

Ses pieds étaient devenus légers. Les choses se
mettaient-elles enfin en place pour leur permettre
de se retrouver et de s'aimer ? Tous les obstacles
étaient-ils levés ? Il en était persuadé, ce n'était plus
qu'une question de temps à présent.

Hélas, à peine eut-il franchi la porte de son appartement qu'une nouvelle épreuve surgit, plus menaçante
encore. Et ce fut François, son domestique, le visage
blême, qui le lui annonça :

— Monsieur Mayer, des personnes sont arrivées
de Vienne pour vous voir. Ils vous attendent au salon.

— Alors là, ce n'est vraiment pas le moment !

répondit Rodolphe. Excusez-moi auprès d'eux, dites-leur que je suis souffrant et demandez-leur de revenir plus tard.

— C'est ma foi impossible, monsieur Mayer ! rétorqua le valet, ennuyé.

— Et pourquoi donc, je vous prie ?

— Parce que je peux difficilement éconduire…

— Tes parents, tonna la voix grave d'un homme à la haute stature qui avait surgi devant lui.

Terrifiant et magnifique, telle la statue du Commandeur dans le *Don Giovanni* de Mozart[1], Rodolphe reconnut son père.

---

1. Dans cet opéra de Mozart créé en 1787, sur un livret de Lorenzo da Ponte inspiré du mythe de don Juan, le Commandeur, tué par le célèbre séducteur après que celui-ci a tenté de séduire sa fille, revient pour l'affronter sous la forme d'une statue.

Chapitre 18

Dies irae

Après l'effroi qui l'avait saisi, Rodolphe rejoignit ses parents au salon. Il pouvait en effet difficilement s'opposer à cette figure paternelle, un homme à la haute stature, aux cheveux paille de fer assortis à ses sourcils broussailleux, dont l'austérité s'accordait avec son caractère ombrageux.

En le voyant entrer, sa mère se précipita vers lui pour l'embrasser.

— Mon chéri ! Tu es tout pâle, est-ce que tu vas bien ?

— Asseyez-vous ! ordonna son père. Nous devons discuter.

Sa femme obtempéra tout en manifestant une vive désapprobation pour la façon dont il leur parlait. Rodolphe demeura debout cependant. Bien décidé à lui tenir tête, car il devinait le motif de sa présence.

— Assieds-toi ! insista son père en élevant la voix.

Rodolphe se sentit soudain redevenir le petit garçon que le patriarche faisait marcher à la baguette. À la fois en tant que chef d'orchestre, mais également parce qu'il usait volontiers de cet instrument pour le battre lorsqu'il était enfant.

Rodolphe serra les dents et obéit, tout en se disant qu'il allait devoir lui faire face s'il voulait que tous ses tracas s'effacent. Il se sentait prêt en effet à ne plus sacrifier son bonheur pour satisfaire d'autres que lui. Mais il savait aussi que, devant son père, ses résolutions seraient difficiles à tenir.

Bien que de grande taille, l'homme se tenait un peu voûté, la marque de l'âge et d'une maladie qui progressait chaque jour davantage. Rodolphe connaissait sa faiblesse et c'était folie que d'avoir entrepris un tel voyage pour le voir. C'était donc que l'affaire était d'importance.

— Nous avons été très contrariés d'apprendre que tu avais annulé tes fiançailles avec Helena Knackel, commença son père.

— C'était une erreur ! rétorqua aussitôt Rodolphe, voulant signifier que cette liaison était vouée à l'échec.

Mais son père ne le laissa pas poursuivre, ajoutant d'un ton sombre où perçait une menace sourde :

— Les Knackel sont une famille aristocratique illustre et très influente, aussi bien à Vienne qu'à Paris. Ils sont une occasion inespérée de faire progresser ta carrière. D'autant que j'ai ouï dire que madame était admirative de ton talent.

— Comme de tout ce qui lui permet de briller en société, riposta Rodolphe, amer.

— Pardon ? gronda son père, en le considérant d'un air sombre.

Rodolphe sentit le sol se dérober sous ses pieds. Il n'insista pas et serra la mâchoire.

— Au lieu de cela, nous avons appris que tu fréquentais la plus scandaleuse des créatures sur cette terre en la personne de Nicola Delestre ! Une femme qui s'habille en homme, qui fume le cigare et qui jure comme un cocher !

— C'est faux ! s'exclama Rodolphe, qui ne supportait pas qu'on insulte la personne qu'il aimait. C'est la plus belle, la plus talentueuse et la plus brillante des femmes que je connaisse. Oh ! père, si vous pouviez la rencontrer ! Vous changeriez d'avis. Elle est… merveilleuse…

— Elle t'a ensorcelé, oui !

— Oh ! non ! C'est la meilleure des femmes, et elle me correspond tout à fait ! Et non cette petite dinde d'Helena, pas fichue d'exprimer ses sentiments, même sur un piano !

— Il suffit ! tempêta son père. On ne t'a pas demandé ton opinion ! Crois-tu que je me sois sacrifié afin de t'élever, pour que tu ailles te vautrer dans le caniveau avec cette traînée ?

C'en était trop, Rodolphe se leva et fit face à son père, pour la première fois sans doute depuis qu'il était né.

— J'ai toujours tout fait pour vous satisfaire, lâcha-t-il entre ses dents. Je me suis usé la santé, rabaissé devant des gens qui m'ont piétiné et je me suis presque prostitué finalement pour leur plaire !

Son père rougit, au bord de l'apoplexie.

— Ne me retirez pas la seule chose qui me reste : la possibilité d'aimer qui je désire !

— Comment oses-tu me parler de la sorte ? gronda l'homme, encore plus menaçant.

Rodolphe sentit qu'un orage terrible était sur le point d'éclater, mais il demeura stoïque devant l'épreuve.

— C'est terminé, père ! Je ne céderai plus à votre bon vouloir et à la culpabilité. Moi aussi, j'ai le droit au bonheur, je l'ai mérité ! Jusqu'à présent, je n'ai fait que travailler dur et ruiner mes chances d'être heureux. Maintenant, la femme que j'aime est partie et j'ai peut-être encore une possibilité de la rattraper. Vous ne m'en empêcherez pas cette fois ou alors il faudra me tuer de vos mains !

Le père de Rodolphe observa son fils comme s'il le voyait pour la première fois.

— Tu oses défier mon autorité ?

— Si c'est pour mon bien, alors oui !

— Je te préviens, si tu ne rentres pas dans le droit chemin, tu le regretteras ! Je ne te reconnaîtrai plus comme mon fils. Tu deviendras un étranger pour moi.

— Je prends le risque. Maintenant, laissez-moi !

Hors de lui, son père sortit de la pièce en serrant les poings.

Rodolphe l'entendit claquer la porte, puis exploser d'une quinte de toux.

Il se reprocha aussitôt d'avoir pu lui causer du mal.

— Laisse…, dit alors une voix derrière lui. Il n'est rien que tu puisses faire.

— Est-il condamné ? questionna Rodolphe, anxieux.

— Nous le sommes tous, à courte ou brève échéance. Mais il convient entre les deux de profiter du temps qui nous est donné pour être heureux.

— Oh ! maman ! s'exclama Rodolphe en se ruant dans ses bras.

Elle le serra à son tour tout contre lui.

— Tu me manques tant, mon chéri ! lui dit-elle. Mais je serais tellement soulagée, si je te savais comblé.

Rodolphe baissa les yeux.

— Je ne le serais certainement pas auprès d'Helena Knackel et de son dragon de mère !

— Je sais, mon chéri ! lui souffla sa mère d'une voix douce. Ton père et moi sommes en désaccord sur ce point. Mais à sa décharge, il veut le meilleur pour toi. La réussite, la fortune…

— Ce n'est pas le plus important à mes yeux dans la vie.

— C'est aussi mon avis ! murmura sa mère, complice et désireuse de ne pas être entendue de son époux.

Elle prit quelques secondes, tout en lui caressant la tête.

— Donne-moi plus de détails sur cette Aurore ou plutôt Nicola Delestre. Est-elle si merveilleuse que tu le dis ?

Rodolphe s'employa alors à dresser d'elle un portrait on ne peut plus élogieux, vantant son indépendance d'esprit et sa formidable carrière.

— Une telle réussite pour une femme de lettres est assez exceptionnelle, en effet ! approuva sa mère, conciliante. Surtout compte tenu de la piètre condition où l'on cantonne souvent les femmes. Je dois dire aussi qu'elle écrit très bien !

Ainsi donc, elle l'a lue ! songea Rodolphe aux anges et pétri de gratitude d'avoir trouvé un écho favorable chez elle.

— Puis-je vous jouer quelque chose ?

— Avec grand plaisir ! s'exclama sa mère.

Rodolphe courut s'installer devant son piano droit, ce qui déstabilisa quelque peu sa mère, qui n'avait jamais vu de telle chose, habituée qu'elle était aux pianos à queue. La surprise passée, elle vint près de lui pour l'écouter.

Il interpréta le début du premier mouvement du concerto qu'il venait de composer. Le thème était infiniment romantique, et la mélodie, superbe. Sa mère en eut les larmes aux yeux.

— Qu'est-ce donc ? lui demanda-t-elle en essuyant ses joues, lorsqu'il eut terminé de jouer.

— Il s'appelle *L'Aurore*. Je l'ai écrit pour elle ! s'exclama-t-il.

C'était pour lui une manière d'exprimer ce qu'il ressentait, étant plus à l'aise avec la musique qu'avec les mots.

— C'est sublime ! s'exclama sa mère. Ce doit être une femme vraiment exceptionnelle…

— Oh ! oui maman !

Elle hésita un peu avant de demander :

— Es-tu certain de tes sentiments ?

— Oui, je le suis ! répondit-il fermement.

Rodolphe n'avait en effet jamais été aussi épris de quelqu'un auparavant.

— Et est-ce qu'elle t'aime tout autant ?

— Oh ! et même plus encore, je crois !

Sa mère l'observa de ses grands yeux bleus avec un sourire attendri.

— Le rôle des parents est à la fois de donner des racines à ses enfants, mais aussi de les encourager à avoir des ailes pour s'envoler. Si ton bonheur est avec elle, alors va, mon petit. Va la retrouver !

— Oh ! merci maman ! s'écria-t-il en la prenant dans ses bras.

Il la serra fort contre lui et la fit même tourner un temps dans l'espace, comme pour une valse viennoise.

Elle rit.

— Et surtout, termine ton concerto ! Ce sera sans doute l'une de tes plus belles œuvres.

Rodolphe le lui promit, puis se rembrunit.

— Mais, et père ?

— Ne t'inquiète pas pour lui ! Je me charge de lui faire entendre raison, ou plutôt de lui faire perdre sa raison !

— Oh ! merci !

— Tu vois, moi aussi, à mon petit niveau, je peux avoir du pouvoir. Alors, va et je m'occupe de calmer ton père. Sois heureux, surtout !

Vêtue d'une robe légère et coiffée d'un chapeau de paille, Aurore était affairée à peindre les volets en lavande, ce qui serait du meilleur effet sous le ciel azur, lorsque le jardinier vint l'interrompre. Il désirait avoir son opinion sur des lupins qu'il comptait planter dans l'allée.

— C'est une excellente idée, Marius ! Et puis, j'aime beaucoup l'association du fuchsia et du mauve… Tu as toujours eu du goût ! le complimenta-t-elle.

Il faut dire qu'ils se connaissaient depuis l'enfance. Ils traînaient tous deux avec d'autres gamins du village. Aurore avait été ravie de le retrouver, ainsi que plusieurs compagnons de jeunesse. Les habitants du Sud avaient été très heureux de la revoir et ils lui avaient réservé un accueil chaleureux, d'autant qu'ils étaient peinés que le magnifique domaine de sa grand-mère soit laissé en friche. Ils étaient fiers également d'Aurore, de sa notoriété et de ce qu'elle était devenue et ils ne manquaient pas de lui témoigner leur admiration. Les rapports avec ces gens étaient simples et conviviaux. Cela la changeait beaucoup de ses relations à Paris, qui se jouaient pour l'essentiel de manière stratégique et où les liens se tissaient très vite pour mieux se perdre au gré des cercles que l'on fréquentait.

Le plus dur pour elle au fond lorsqu'elle pensait à sa vie parisienne était d'oublier Rodolphe. La plaie était vive et son cœur saignait beaucoup. Elle avait la tête encore pleine de sa musique, de leurs conversations et de leurs rires. Sans compter ses merveilleux baisers et ses sensuelles caresses qui lui procuraient tant de sensations. Les sentiments qu'elle éprouvait pour lui étaient profondément enracinés et ils mettraient du temps avant de s'effacer. Si tant est qu'ils disparaissent un jour ! En attendant, elle perpétuait son souvenir et elle puisait dans ses traits pour écrire un roman dans lequel le héros lui ressemblait beaucoup. Elle s'efforçait ainsi de réécrire l'histoire, à sa manière cette fois, sans que ce soit le destin ou toute autre personne qui décide à leur place. Peu à peu, le vrai Rodolphe s'effaçait dans son esprit au profit de cet être de papier, c'était sa thérapie à elle pour tenter d'aller mieux.

Aussi, lorsqu'elle vit ce jour-là au bout de l'allée se profiler une silhouette qui lui ressemblait étrangement, son cœur s'emballa. Elle demeura figée à l'observer.

Était-ce un mirage ? Un effet de son imagination ? Le silence se fit, chargé de tant de choses et de non-dits, uniquement troublé par le discret bruit du vent qui balayait le domaine. L'inconnu, vêtu d'une redingote noire sur un habit fait sur mesure par le tailleur le plus chic de Paris s'avança vers elle. Elle put alors mieux discerner ses traits, c'était bien ceux de Rodolphe, si fins et adorés. Ses cheveux étaient un peu hirsutes, le vent jouant facétieusement avec ses boucles. Il était blanc comme un linge, très cerné et semblait exténué, nonobstant ses yeux de braise qui la fixaient. Elle ne sut si elle devait se réjouir de sa présence ou pleurer. Dire qu'il avait fait tout ce chemin jusqu'ici ! Comment d'ailleurs avait-il fait pour la retrouver ?

Ils n'étaient plus qu'à quelques pas l'un de l'autre, lorsque le jardinier s'interposa entre eux. Il se planta devant Rodolphe, le sécateur à la main en lui demandant :

— Peut-on savoir ce que vous faites ici, monsieur ?

Rodolphe le considéra avec surprise. En tant qu'homme du monde, habitué à fréquenter les cercles huppés de la capitale ou de Vienne, il avait du mal à échanger avec les petites gens, sans paraître gêné. Ce trait de sa personnalité qui ne l'avait pas marquée jusqu'ici sauta aux yeux d'Aurore. Elle ne put s'empêcher de réprimer un sourire.

— Je désirerais voir Mlle Delattre, balbutia Rodolphe avec une voix teintée d'un accent autrichien qui lui avait beaucoup manqué.

— Laisse-le, Marius ! lança Aurore, en posant elle aussi l'instrument qu'elle tenait à la main. Je le connais.

Elle parcourut la distance qui le séparait de Rodolphe, les jambes tremblantes.

— Monsieur Mayer ! Quelle surprise de vous voir ! s'exclama-t-elle d'un ton qu'elle voulait détaché. Que faites-vous donc ici ?

— J'ai fait un long chemin pour vous retrouver, répondit Rodolphe. M'accorderiez-vous un peu de votre temps pour discuter ?

La politesse galante de Rodolphe fut une caresse pour Aurore, même si son cœur meurtri lui suggérait qu'elle allait sans doute de nouveau souffrir. D'ailleurs en le voyant, ses sentiments avaient resurgi avec la même intensité qu'avant son départ. La preuve, s'il en était, que le feu couvait toujours sous la cendre et qu'il n'était pas près de s'éteindre !

— Venez avec moi ! lui intima-t-elle, non sans avoir adressé à son jardinier quelques recommandations.

— Surtout, n'hésitez pas, si vous avez besoin de quoi que ce soit ! ajouta Marius, suspicieux vis-à-vis de son visiteur.

Rodolphe perçut cette méfiance, et il parut quelque peu contrarié de la voir tutoyer ce paysan. Lequel d'ailleurs avec ses cheveux bruns, sa peau mate et ses yeux comme des olives noires était plutôt bel homme. De fait, il ressentit peut-être une pointe de jalousie. Il devait se demander s'il était possible qu'elle l'ait déjà remplacé. *Et par un homme du terroir qui plus est. L'horreur !*

Aurore l'entraîna dans la cuisine, où sa domestique s'activait aux fourneaux. Sans s'embarrasser de manières, elle réclama qu'il leur soit servi à tous deux un grand verre de jus d'orange pressé. Cette proposition ravit

Rodolphe, qui accepta avec joie. Il parut cependant surpris lorsqu'elle l'invita à s'asseoir avec elle autour de la table en bois. Laquelle était couverte de saladiers emplis de généreux légumes gorgés de soleil, destinés à composer le ragoût du jour agrémenté de poisson frais. Aurore adorait cette place située au cœur de la cuisine, devant la fenêtre ouverte, donnant sur l'allée bordée de fleurs de son jardin.

Rodolphe s'installa sur une chaise en osier et posa son chapeau haut de forme à côté de lui. Il inspecta ensuite la pièce, silencieusement, s'attardant sur les fourches de bois garnies de fausses grappes de raisins au mur et sur les grandes bassines en cuivre.

La servante s'affairait toujours auprès d'eux et cette proximité sembla le gêner.

— Alors, que me vaut votre visite ? questionna Aurore, à l'aise et dans son élément.

— Comme je vous disais, j'avais besoin de vous parler. Vous êtes partie si vite… Je n'ai même pas pu vous dire au revoir.

— Oh ! vous étiez bien occupé par ailleurs ! Avec un tel mariage à organiser…, ironisa Aurore, dont la colère était encore bien présente.

La servante tiqua en entendant ces paroles. Rodolphe s'abstint de répondre, gêné.

— Comment m'avez-vous trouvée ? enchaîna Aurore, vindicative.

— Nos amis communs m'ont appris votre départ et… (Il hésita.) Ils m'ont informé également de l'existence de cette maison, héritée de votre grand-mère.

— Il est décidément très difficile de demander à des gens de garder un secret !

— J'ai dû beaucoup insister pour cela. En revanche, ils ne m'ont pas dit où se situait le domaine exactement.

Aurore arqua un sourcil.

— Ah, bon ?

— Non, répondit Rodolphe. Pourquoi, ils le savaient ?

— Qui croyez-vous qui m'écrive régulièrement pour me tenir informée des ragots de la capitale ? répliqua Aurore, piquante.

Elle se radoucit cependant, considérant le mal que Rodolphe avait dû se donner pour la trouver.

— Je pense qu'ils ont voulu me protéger et peut-être tester votre motivation.

— C'est normal, et je ne leur en veux pas. Je l'ai mérité après tout, dit Rodolphe en baissant les yeux.

— Comment avez-vous fait alors ? questionna Aurore, qui ne désarmait pas.

— Mon seul indice était le massif de l'Estérel. Après quatre jours de malle-poste, j'ai pris une diligence, un fiacre… (Aurore sourit, car elle avait suivi le même parcours.) Et j'ai écumé tous les villages des environs en cherchant le domaine associé à votre nom de naissance.

— Cela a dû vous demander un temps fou ! Et causer aussi beaucoup de désagrément…

Elle suggérait en cela qu'il avait du mal à communiquer avec les paysans.

— J'ai eu de la chance dans l'ensemble, car les habitants étaient bienveillants à mon égard. Le voyage en lui-même n'a pas été trop pénible, il m'a d'ailleurs inspiré de nombreuses mélodies. Les autres voyageurs voyaient parfois d'un œil trouble mes mains s'agiter dans le vide en jouant sur un piano imaginaire. Je crois qu'ils m'ont pris pour un fou !

Aurore éclata de rire, car elle visualisait bien la scène. Rodolphe était comme un poisson en dehors de son bocal. Il était de toute façon un être à part, mais là où il pouvait faire de la musique, il était chez lui.

Elle sourit, attendrie.

— Je vous reconnais bien là…

Rodolphe s'éclaira un peu en la voyant sourire. Son regard était d'une telle tristesse qu'Aurore sentit que lui aussi avait dû beaucoup souffrir de leur séparation, ou alors elle se faisait des idées.

Elle se tourna vers sa servante.

— Dites-moi, Fanette, pourriez-vous aller vérifier dans la réserve si nous avons un peu de vin rosé au frais ? (Puis se pivotant vers Rodolphe.) Avez-vous déjeuné ?

— Non, pas encore !

— Vous dresserez également la table dans la salle à manger.

— Bien, madame ! répondit la domestique avant de s'éclipser, les laissant seuls.

Il lui sourit, reconnaissant.

Aurore le considéra alors avec plus d'attention. Elle huma son odeur, si familière, se repaissant du ton de sa voix, dont la vibration lui faisait tant de bien. Elle se sentait bien en sa compagnie, comme si elle avait retrouvé son port d'attache. Ce qui était dangereux étant donné sa situation.

— Où logez-vous ?

— J'ai trouvé une petite auberge, sur la route, pas très loin d'ici.

— Ah ! Je vois laquelle. Mais cela va vous coûter cher… À moins bien sûr que vous ne repartiez très vite, hasarda-t-elle, le cœur battant.

— Je ne suis pas pressé…

— N'avez-vous pas une fiancée qui vous attend ? demanda-t-elle alors en plantant son regard dans le sien.

Il secoua la tête.

— J'ai rompu nos fiançailles.

— Tiens, donc ! fit Aurore d'un ton badin, bien qu'elle en eût le souffle coupé. Et pourquoi donc ?

— Je ne pouvais lui promettre le bonheur, puisque je suis éperdument amoureux de quelqu'un d'autre, répondit-il en l'observant à son tour bien dans les yeux.

Une boule d'émotion monta dans la gorge d'Aurore. Il y eut un silence, durant lequel elle considéra le paysage par la fenêtre.

— Vous devriez rapatrier vos bagages de l'auberge. J'ai ici une chambre d'amis qui ferait très bien l'affaire, dit-elle enfin.

— Je ne désirerais pas vous ennuyer…

— Vous êtes ici chez vous !

— Cela ne risque-t-il pas d'être inconvenant pour une femme dans votre position ?

— Mon mari et moi sommes officiellement séparés, rétorqua Aurore en regardant ses fleurs dans l'allée. Et puis, je suis chez moi, je fais ce que je veux !

Rodolphe acquiesça. Il l'avait déjà su de la bouche de ses amis, mais l'apprendre de la sienne était une confirmation plus plaisante encore.

— Dans ce cas, j'accepte avec plaisir ! répondit Rodolphe, avec un certain soulagement dans la voix.

Elle se leva alors, feignant de rejoindre sa servante.

— Pardonnez-moi…

En vérité, une fois hors de la pièce, elle autorisa ses larmes à couler, déversant ainsi toute la douleur qu'elle avait si longtemps contenue.

Se pourrait-il que, comme les rayons de lumière qui filtraient du dehors, elle perçoive enfin les prémices du bonheur ?

Chapitre 19

Duo Amoroso

Rodolphe emménagea le lendemain dans le mas provençal d'Aurore.

Si cela lui procurait un certain soulagement de ne plus demeurer à l'auberge, il fut cependant quelque peu gêné de s'inviter ainsi chez Aurore. La proximité avec cette charmante femme n'était pas non plus sans susciter chez lui de l'excitation à la perspective de partager son espace et son intimité. Il devinait que les choses allaient sans doute dégénérer. Après avoir si longtemps attendu, son désir était resté intact et s'était même nourri de l'espérance d'être assouvi un jour.

Lorsqu'il arriva en fin de matinée avec sa malle, il fut toutefois surpris d'apprendre qu'Aurore s'était absentée pour la journée. Elle était partie au village voisin, invoquant des courses à faire. De fait, il se sentit un peu perdu sans elle, dans cette grande maison.

Fanette le mena à sa chambre dont le lit avait été préparé avec des draps blancs qui sentaient bon la lavande. Y était également disposé tout un nécessaire de toilette avec broc et bassine de porcelaine, des savons parfumés et des serviettes moelleuses. Il en profita pour se rafraîchir.

La servante vint lui demander s'il n'avait pas du linge à laver et, bien qu'il en soit très embarrassé, il le lui confia avec plaisir. Il espéra toutefois que tout soit sec avant que la maîtresse des lieux ne rentre au logis. Elle ne devait cependant revenir qu'en fin de journée, les bras chargés de paquets, dont bon nombre d'entre eux étaient destinés à son installation.

Il l'accueillit en bras de chemise et gilet satiné. Après avoir fort bien déjeuné de produits locaux, il avait passé l'après-midi à travailler sur son concerto, accompagné par le chant des grillons et des oiseaux, tout en se laissant bercer par l'air tiède et enivrer par les odeurs de résine de pin. Ébloui, il n'avait eu de cesse de contempler les oliviers, les pieds noueux des vignes plus loin dans la vallée, les orangers et les citronniers, et la végétation luxuriante du fabuleux jardin d'Aurore. Lequel se détachait sur fond de ciel d'azur, qui se prolongeait jusqu'à flirter avec la mer, entre turquoise, émeraude et lapis-lazuli. Et surtout, il avait pu apprécier la sérénité et le calme des lieux. Un véritable luxe comparé au tumulte des rues parisiennes.

Ma musique sentira le paradis à plein nez ! avait-il songé tout en écrivant ses notes sur sa partition. Sans compter que la maison était habitée par un ange ! Pour résumer, il se serait cru dans le jardin d'Éden.

Finalement, c'est grâce à l'amour partagé que l'on jouit vraiment de la plénitude de la vie et que l'on touche à l'éternité.

Lui, qui aimait à répéter qu'il cherchait toujours à atteindre la perfection dans la musique sans jamais y parvenir, il sentait qu'il y était, que le bonheur était là, enfin, à portée de main.

Il s'endormit à l'ombre d'un olivier, la plume à la main et ses partitions sur les genoux.

Ce fut dans cette position qu'Aurore le trouva, en rentrant. Elle le contemplait probablement depuis un moment en souriant lorsqu'il recouvra progressivement ses esprits.

— J'ai dû m'assoupir, je crois…, réussit-il à balbutier.

— Vous devez avoir beaucoup de sommeil à rattraper. Votre séjour ici vous permettra de vous revigorer.

— Cela me fait déjà un bien fou ! Rien que le fait de vous revoir…, parvint-il à articuler.

Il la vit rougir. Ils échangèrent un regard profond, empli de gratitude. Elle finit par le rompre pour expliquer :

— Pardonnez-moi, j'ai dû m'absenter. Je suis allée au village, notamment pour répandre la nouvelle de votre arrivée. Une façon comme une autre de devancer les ragots qui ne tarderont pas à se répandre ! (Rodolphe pinça les lèvres, gêné pour elle, même si elle n'en parut nullement affectée.) J'en ai profité aussi pour prendre diverses choses qu'il me manquait afin de vous accueillir comme il convient.

— Vous êtes trop bonne avec moi ! Vous n'étiez pas obligée de vous donner cette peine…

— Oh ! cela me fait plaisir ! J'ai gardé cette tradition familiale de ma grand-mère qui traitait toujours ses invités comme des rois.

— Au fond, elle n'avait vraiment rien d'une révolutionnaire, votre aïeul !

— Oh ! que non ! Ce qui explique aussi que sa maison soit un mélange étrange d'Ancien et de Nouveau Régime. Comme vous avez dû le remarquer, le salon est très chargé en peintures de nos ancêtres, en meubles et rideaux lourds, alors que la cuisine est toute de lumière et de simplicité. C'est d'ailleurs mon endroit préféré !

— Il me semble l'avoir noté en effet, dit-il en souriant. C'est une très belle demeure en tout cas. Y veniez-vous souvent en étant enfant ?

— Oh ! que oui ! Et même jusqu'à un âge avancé. C'était mon havre de paix, un endroit où j'aimais me ressourcer avant de partir vers d'autres aventures…, expliqua-t-elle, rêveuse.

— C'était donc cela le secret de votre âme conquérante !

Elle sourit.

— Il suffit de s'exposer un peu au soleil pour s'imprégner d'une énergie nouvelle, et de respirer à pleins poumons cet air aussi léger que pur pour se sentir revigoré !

Il se leva alors.

— Je vous remercie encore bien sincèrement pour votre accueil. Et d'ailleurs, je me suis permis de vous amener quelque chose moi aussi !

Rodolphe s'en fut dans sa chambre pour la retrouver quelques instants plus tard sous le patio. Il posa un volumineux paquet devant elle, qu'elle contempla avec des yeux ébahis.

— Oh ! Rodolphe ! Il ne fallait pas, qu'est-ce donc ?

Il avait trouvé en chemin une petite boutique qui vendait de la vaisselle de porcelaine peinte à la main avec des motifs colorés et lumineux de lavande et de mimosa. Il lui avait également offert des verres de couleur ambre à pied bleu fabriqués par un artisan verrier de la région.

Aurore s'extasia en découvrant ces merveilles.

— Oh ! Rodolphe ! C'est magnifique ! Merci infiniment !

Elle appela Fanette pour que ces objets soient aussitôt nettoyés et placés sur la belle nappe blanche pour le dîner, tout comme le bouquet de fleurs séchées qu'elle avait rapporté du village.

Fanette acquiesça et dut se faire aider pour emporter tout ce matériel raffiné.

— J'espère que vous êtes bien installé ? demanda enfin Aurore, soucieuse de son bien-être.

— Merveilleusement bien ! Et votre linge sent très bon…

— C'est grâce aux petits paquets de lavande séchée que l'on met dans les armoires, murmura-t-elle. Encore un secret de ma grand-mère et une tradition que je me plais à perpétuer.

— Quelle riche idée !

Il la contempla alors. Elle était rayonnante dans sa robe blanche, les cheveux attachés en un chignon bas. Elle avait même des fleurs sur les tempes. Sa peau mate s'était légèrement hâlée, et ses yeux bleus pétillants n'en ressortaient que davantage. Il était fasciné par sa beauté, son charme et le charisme qui irradiait d'elle. Elle semblait plus libre ici qu'à Paris. Et cette image tranchait avec le souvenir qu'il avait gardé d'elle, vêtue en pantalon, les traits tirés lors de cet horrible jour où il avait surpris Helena chez elle.

Il s'obscurcit et dit alors :

— Je ne saurais vous dire à quel point je suis désolé pour ce qui s'est passé dans votre appartement. Le fait qu'Helena soit allée jouer chez vous comme cela… Cela dépassait l'entendement ! À sa décharge, je crois que sa mère l'a manipulée, et la pauvre enfant faisait tout ce qu'elle lui disait, sans discernement.

Aurore s'assombrit à son tour.

— Elle a toutefois trouvé le courage de m'avouer qu'elle vous était très attachée…

Rodolphe ressentit un pincement au cœur. Il ne pouvait ignorer en effet que la jeune fille lui vouait une certaine admiration, mais comme un amour de l'âge tendre. Avec le temps, ses sentiments auraient fini par changer, du moins en était-il persuadé.

— Je suis vraiment désolé… J'imagine la peine terrible que cela a dû vous causer.

Aurore croisa les bras et le regarda d'un œil plus dur.

— Je vous avoue que sur le moment c'est davantage votre attitude qui m'a blessée et que je n'ai pas comprise.

C'était ce qu'il craignait le plus !

— Pardonnez-moi ! Je suis un imbécile… Pour ma défense, et même si ce n'est pas une excuse, j'étais tellement choqué ! Si en colère aussi. Je ne savais comment réagir. Et quand c'est comme cela, je me referme comme une huître.

— Une attitude très masculine, monsieur Mayer ! Nous les femmes nous crions en général pour expulser notre mal, nous pleurons, nous geignons… Mais surtout, nous parlons, ce qui parfois aussi permet de dissiper les malentendus.

Rodolphe était profondément embarrassé.

— Je me suis mal comporté. Et je vous implore de me pardonner.

Aurore cligna plusieurs fois des yeux, touchée.

Il toussa pour s'éclaircir la voix, voilée par l'émotion.

— Il faut aussi que je vous avoue que, si je ne me suis pas affranchi de ces fiançailles avant, c'était en partie pour ne pas m'opposer à la décision de mon père. Pour lui, ma carrière compte plus que tout, même mon propre bonheur ! Il s'est beaucoup privé pour m'aider et je lui dois beaucoup. Mais j'ai fini par réaliser que je ne pouvais lui sacrifier ma vie et ma félicité. Et je ne les voyais clairement pas avec cette jeune fille que l'on me destinait, mais auprès de vous ! Parce que je suis profondément amoureux de vous, chère Aurore.

Il avait discouru presque sans s'arrêter, sans réfléchir à l'ordre de ses mots, qu'il avait pourtant maintes fois répétés dans son esprit en espérant avoir la chance de la revoir.

Aurore leva ses grands yeux vers lui pour scruter sa sincérité.

— Ainsi donc, vous m'aimez ?

— À en perdre la tête ! lui assura-t-il. Et de toute mon âme. Au point de remuer ciel et terre pour vous retrouver…

Elle plongea dans ses yeux clairs, comme pour y trouver la confirmation de ce que ses lèvres venaient de lui avouer. L'amour inconditionnel qu'elle dut y lire la

conforta et elle se précipita aussitôt dans ses bras. Il la
serra fort tout contre lui. Ils restèrent ainsi blottis l'un
contre l'autre pendant de longues minutes.

Puis, elle se détacha de lui pour saisir son visage
entre ses mains et le contempler. Cette fois la joie illuminait ses traits. Ils se sourirent, puis il se pencha pour
l'embrasser. Timidement, tout d'abord comme lorsque
l'on réapprend à marcher. Puis ayant apprécié ce qu'elle
venait de goûter, Aurore, dont le tempérament n'était pas
à la tiédeur, y revint encore et encore. Ils échangèrent
alors un baiser fougueux et passionné. Puis il la reprit
dans ses bras et la fit tourner. Elle en eut le vertige.
Ils rirent, trop heureux et désormais libres de s'aimer.

Il lui demanda :

— Me pardonnerez-vous jamais ?

— Allons, n'en parlons plus, c'est oublié, répliqua
Aurore, radoucie.

— Oh ! je ne sais comment vous remercier !

Elle mordit ses lèvres gourmandes avant d'ajouter :

— En revanche, je pense que le Tout-Paris friand de
ragots mettra davantage de temps à oublier cet incident…

— Je suis conscient que cela peut aussi nuire à votre
réputation…

Aurore partit d'un rire forcé.

— Ma réputation ? Cela fait longtemps qu'elle se
nourrit de scandales. Non, c'est plus la douleur d'Helena
qui m'a affectée, je crois. Sur le moment, j'ai même cru
à une blague de votre part… (Rodolphe blêmit.) Et ce
n'est que lorsque vous m'avez dit que vous aviez rompu
vos fiançailles que j'ai compris que vous aviez également

été victime de cette situation. C'était d'ailleurs ce que vous étiez venu m'annoncer ce jour-là, n'est-ce pas ?

— Oui, je sortais de chez ses parents et j'étais infiniment heureux, car enfin libre de vous aimer ! Vous-même aviez une bonne nouvelle, ce me semble…

— Oui, je venais de recevoir un courrier m'informant que la séparation d'avec mon ancien époux était officielle !

Rodolphe n'en revenait pas de ce terrible malentendu. Soudain, une idée lui vint :

— Ne pourrait-on effacer le temps et reprendre la partition à cette mesure-là ?

— Vous voulez dire : que nous rejouions la scène à partir de cette réplique ? questionna la dramaturge.

— Absolument ! compléta le musicien, amusé par leur double langage ; ce qui au fond signifiait la même chose.

Il se pencha alors pour la prendre dans ses bras. Surprise, elle s'accrocha à son cou en riant.

— Ainsi donc, nous sommes complètement et infiniment libre de nous aimer ? s'enquit Rodolphe.

— Absolument ! s'exclama Aurore, les yeux bleus pétillants, au comble du bonheur.

Il plongea avec délectation dans son regard et approcha ses lèvres brûlantes pour la dévorer de baisers, lorsque la cuisinière fit tinter une clochette.

— Ah, le repas est servi ! s'exclama Aurore.

Un peu frustré, Rodolphe songea que ce n'était pas de cela dont il avait faim ! Il hésita à relâcher sa captive, consentante cela dit, puis il pensa qu'après tout ils avaient tout le temps désormais. La soirée s'offrait à eux, pleine de promesses.

Le dîner en compagnie de Rodolphe fut pour Aurore à tous points délicieux. Elle ne pouvait compter d'invité plus charmant, spirituel et amusant. Il la régalait en parlant de musique avec passion, à défaut de ne pouvoir lui en jouer, faute de piano. Parfois, il lui chantonnait des mélodies, il mimait ses gestes sur le clavier, prolongement invisible de son être, avant de remettre ses mains sur ses genoux, embarrassé. C'était un homme de goût, d'une grande finesse et d'une rare élégance. Depuis qu'elle vivait en Provence, Aurore avait un peu perdu ces belles manières, au profit d'une authenticité plus terrestre. Elle s'en amusait donc, tout en appréciant aussi de les retrouver. Toujours cette fameuse contradiction chez elle…

Ils burent du vin rosé durant le repas, ce dont Rodolphe se délecta. Le trouvant pétillant sur le palais, fruité et léger. Il le préférait même aux vins rouges plus corsés et épais, pourtant plébiscité dans le monde. Cet alcool présentait de plus l'avantage de conférer une légère ivresse, sans donner mal à la tête.

Après le souper, elle lui proposa d'aller sous le patio et de lui faire goûter une douceur italienne en guise de digestif : *le limoncello*, une liqueur de citron importée de Naples. Il dégusta avec plus de plaisir encore cet élixir servi frais, dont les saveurs d'agrumes s'exhalaient dans son nez. Il se sentit envahi d'une suave ivresse et d'une confortable chaleur, liée à l'alcool, certes, mais surtout à la présence enivrante et bienfaisante d'Aurore.

Ils devisèrent tranquillement en observant les étoiles très brillantes dans un ciel d'encre pur. Aurore y détailla alors les constellations devant un Rodolphe fasciné, avant d'expliquer que dans le Sud, tous les ans durant l'été, ils pouvaient assister à un ballet splendide d'étoiles filantes.

Il l'écouta parler avec ravissement tout en sirotant son verre. Il semblait venu d'une autre planète avec ses boucles et ses yeux clairs, une sorte de Pierrot lunaire, un peu poète, un être de lumière, irréel, élégant et éthéré.

Elle lui demanda si Paris ne lui manquait pas trop et il répondit :

— Je me sens tellement bien ici, avec vous. Je ne désire rien de plus et je voudrais que ce moment dure toujours…

Il lui tendit alors la main, l'invitant à lui donner la sienne. Elle approcha ses doigts, presque timidement. Il les saisit avec empressement entre ses mains chaudes, puis les embrassa avec ferveur.

Aurore sentit un immense frisson la gagner et le désir la consumer tout entière. Elle remit lascivement son châle sur ses épaules, et murmura :

— Je monte me coucher…

Puis elle ôta ses doigts de ses mains en les laissant doucement glisser, comme une invitation à la suivre.

Le personnel devait être au lit à présent, la nuit leur appartenait. Restait à savoir ce qu'il souhaitait…

Il la regarda partir avec des yeux à la fois interrogatifs et brûlants.

L'instant d'après, le cœur battant, elle grimpait l'escalier jusqu'à sa chambre, guidée par sa chandelle. Puis, elle s'immobilisa dans le noir, guettant d'éventuels bruits de pas, en vain. Déçue, elle se dirigea vers sa coiffeuse, fit un brin de toilette et passa une chemise de nuit légère.

Aurore eut alors la satisfaction d'entendre frapper à sa porte. Elle sourit. Elle ne l'avait pas entendu monter, c'était dire à quel point il avait le pied léger et beaucoup de distinction.

Elle se dirigea vers la porte, puis hésita un instant. Ne commettaient-ils pas là une faute ? Puis elle songea que leur seule erreur finalement jusqu'ici avait été de différer ce moment. Elle tourna la poignée et le découvrit devant elle, le regard consumé de désir.

À peine eut-il pénétré dans sa chambre, devinant sous sa robe sa silhouette nue dans la clarté bleutée de la lune, qu'il la saisit par la taille, tandis qu'elle étouffait un soupir surpris, et la plaqua tout contre la porte avant de l'embrasser avec ferveur.

Elle le reçut avec la même passion, offrant ses lèvres à son appétit vorace. Puis ses mains s'enhardirent et glissèrent le long de son corps jusqu'à agripper son dos. Il se colla tout contre son bas-ventre, lui manifestant ainsi la force de son désir et dans quel état elle l'avait mis. Cela sembla la flatter, car elle étouffa un petit rire.

Sans s'embarrasser de fausse pudeur, tous deux sachant exactement où ils voulaient en venir, elle l'emmena vers son lit, lui murmurant à l'oreille dans un souffle haletant :

— Viens…

Il s'employa alors à ôter son gilet, trébuchant sur les boutons avec la fougue qui l'animait. Elle l'aida de ses mains fines à le délivrer de ceux qui résistaient. Cela fait, il arracha presque son gilet. Tandis qu'il reprenait ses lèvres avec ardeur, elle s'attaqua au déboutonnage pressé et méticuleux de sa chemise. Enfin libéré, il s'en débarrassa et l'envoya promener sur le bord du lit, ce qui parut la surprendre, lui qui était toujours tiré à quatre épingles.

Elle découvrit alors son torse nu et le parcourut de ses mains douces et audacieuses, s'attachant à ses muscles saillants qu'elle explorait avec un plaisir non dissimulé. Elle ne l'imaginait peut-être pas aussi bien fait, mais le piano était cependant un art qui nécessitait une certaine condition physique et qui sollicitait la plupart de ses muscles, sans compter celles de ses cuisses. Les doigts d'Aurore ne s'aventurèrent pas jusque-là, du moins pour le moment.

Après la séance de déshabillage en règle qu'il venait de subir, Rodolphe s'employa à lui rendre la pareille. Il s'attaqua à sa longue chemise de nuit et, libérant sa peau nue au niveau du col, il fondit dans son cou pour l'embrasser avec appétit. Il plongea alors davantage, mais se heurta au tissu.

Mieux vaudrait ôter toute la tunique.

Il dirigea ses mains vers ses fines chevilles, pour remonter le vêtement sur ses jambes. Il caressa ses genoux au passage, tâta ses cuisses de nymphe et glissa le long de ses hanches.

Il la revit en pensée devant le piano, lorsqu'elle jouait et que son dos nu dans sa robe échancrée lui avait fait si forte impression. Si la forme de sa silhouette s'apparentait à un violoncelle, le bas de ses reins évoquait en lui les ouïes de l'instrument, dont il avait hâte de jouir. Il dévora ses lèvres avec plus d'intensité encore, tandis que ses mains remontaient toujours avec le tissu. Vint le moment enfin où il fit passer le vêtement par-dessus sa tête. En partie décoiffée, Aurore ôta les épingles qui retenaient ses cheveux en chignon. Rodolphe s'écarta pour contempler sa crinière brune tomber en cascade sur ses épaules nues, puis au creux de ses omoplates et encadrer divinement son visage.

— Tu es si belle ! lui murmura-t-il alors, fasciné.

— Tu n'es pas mal non plus ! lui rétorqua-t-elle, avec son formidable sens de l'humour.

Elle était à l'aise avec lui… Rodolphe, qui n'avait pas connu de femme depuis un moment, était ravi de trouver une partenaire qui soit son égale. Elle répondait à la moindre de ses sollicitations, s'offrant à lui, tout en prenant soin de ménager ses charmes. Elle était au sommet de sa féminité et de sa sensualité. Il n'y avait pas de faux-semblants, ils étaient parfaitement honnêtes l'un avec l'autre.

Rodolphe prit le visage d'Aurore en coupe et l'embrassa avec plus de tendresse passionnée encore. Puis, ses mains descendirent le long de son cou, épousèrent l'arrondi de ses épaules et se dirigèrent vers sa poitrine.

Elle est magnifique ! À l'image de son caractère…

Aurore arborait en effet une poitrine resplendissante et fière, avec des seins fermes et pommelés que Rodolphe prit plaisir à caresser de ses mains de pianiste. Ce qui la fit se cambrer de plaisir. Puis, ses lèvres glissèrent de son cou à ses seins, creusant un sillon enflammé sur sa peau de mille baisers humides et frais. Ce qui lui procura une avalanche de frissons, comme il put le constater à l'aspect granuleux de sa peau, comme si elle avait la chair de poule. Une peau à la fois souple, douce et veloutée que Rodolphe éprouvait avec la pulpe de ses doigts, optimisant les sensations pour lui-même et pour celle qui frémissait sous son contact. Chacune de ses caresses semblait provoquer le plus tendre et brûlant des tourments chez sa partenaire, dont les perceptions étaient à fleur de peau.

Les lèvres de Rodolphe descendirent vers son ventre rebondi, lui confirmant, s'il en doutait encore, qu'Aurore était une bonne vivante et qu'elle aimait la bonne chère, autant que la chair tout court. Elle aimait en effet faire l'amour, se donnant sans compter et de tout son être. Rodolphe réalisa le privilège qu'il avait de pouvoir posséder une telle femme. Il se remémora alors Aurore dans sa tenue masculine, combative et fière, Aurore époustouflante de féminité dans sa sublime robe à l'opéra et il en fut plus amoureux encore. Il pouvoir la toucher, lui prodiguer du plaisir et bien plus.

Il l'invita à s'allonger, mais l'indomptable avait quelque peu du mal à demeurer passive, lui caressant le dos, les épaules avec autant de curiosité qu'il en éprouvait à découvrir son corps. Après des assauts redoublés, elle finit par s'abandonner à lui cependant, preuve de son amour et de son dévouement. Elle le laissa prendre l'initiative, tandis que sa main avide jouait avec ses boucles souples et sa nuque. Ce qui lui procurait à lui aussi quelques frissons bien appréciables. Il descendit alors avec sa bouche le long de son ventre et plongea dans le creux de ses cuisses. Et elle ne put retenir un cri d'excitation et s'agrippa aux draps.

Il ralentit alors l'allure, pour revenir à son visage, embrasser tendrement ses paupières, la câliner, l'apaiser. Son corps couvrait à présent le sien, ses seins pressés contre son torse, et ce contact alimentait encore davantage leur désir. Il prit le temps de l'apprivoiser cependant pour qu'elle s'habitue à sa présence contre elle, tandis qu'il sentait son souffle court sous lui et ses mains en demande.

— Est-ce que ça va ? s'enquit-il alors, soucieux de son bien-être.

— Oui, oh, je t'en prie, ne t'arrête pas ! lui murmura-t-elle à l'oreille, l'invitant à poursuivre.

Rassuré, il reprit la partition où il en était resté. Jouant tout d'abord *pianissimo* de ses mains, avant d'enchaîner quelques arpèges jusqu'à ses hanches et de monter *crescendo* jusqu'à ses cuisses. Il sentit alors la main d'Aurore agripper ses fesses. Un geste osé, mais qui correspondait bien à cette maîtresse femme, insoumise. Elle put ainsi tâter de l'aspect musclé du pianiste et effleura même ses attributs virils. Cela provoqua une véritable ébullition en lui. Décidément, elle n'en finissait plus de le surprendre !

Il caressa la cambrure vertigineuse de ses reins, qu'il avait tant admirée sous sa robe et, n'y tenant plus, déboutonna son pantalon pour le faire glisser sur ses jambes avant de s'en débarrasser.

Aurore les couvrit alors du drap, par pudeur sans doute, avant d'écarter ses cuisses pour mieux le recevoir en elle. Elle était décidément la femme de tous les paradoxes !

Et tandis que leurs langues se mêlaient avec violence, il s'aventura dans son intimité. Elle se cambra sous son approche à la fois douce et ferme. Il explora quelque temps la zone secrète de sa partenaire, désireux de sonder ce qui lui ferait le plus de plaisir, tout en la préparant à ce qui allait suivre. Aurore semblait apprécier sa délicatesse et sa prévenance, tout son corps réagissant à la moindre de ses sollicitations. Il s'introduisit en elle dans la continuité de son élan. Et lorsqu'elle le reçut, elle émit un soupir de surprise, puis de contentement. Puis il commença à se mouvoir, selon un tempo de plus en plus rapide.

Aurore répondait en accord parfait et bientôt le duo ne fit plus qu'un. Ils bougeaient de façon fluide, naturelle, dans le même tempo, parfois en rupture de rythme, en opposition l'un avec l'autre pour mieux provoquer des soubresauts, une confrontation passionnée. Il déployait ainsi tout une palette de nuances et de sensations. Le plaisir de Rodolphe s'intensifia peu à peu, tandis qu'il sentait Aurore au diapason et qu'ils interprétaient parfaitement ensemble la mélodie du plaisir. Il l'entendit soupirer, puis gémir, de plus en plus fort. Il accéléra encore, puis un premier orgasme les cueillit tous deux au même moment. Elle cria. Pour lui, ce fut un déferlement de couleurs, comme un feu d'artifice dans sa tête et l'aboutissement d'un concerto lancé à toute allure avec l'orchestre. La musique continua de jouer un moment dans ses tempes sous la forme de percussions.

Ils se câlinèrent ensuite, s'apaisèrent, tandis qu'Aurore l'embrassait. Il pouvait sentir son souffle court et chaud dans sa bouche.

Il s'allongea près d'elle, le cœur et les tempes battant la chamade. Elle semblait aussi extatique que lui.

Ils se complétaient vraiment parfaitement, et à tous les niveaux. Ils venaient d'en avoir la confirmation charnelle.

Les doigts d'Aurore caressèrent son visage, comme pour mieux mémoriser ses traits. Il les saisit et les embrassa avec tendresse. Il aperçut alors par la fenêtre le ciel clair dans lequel brillaient les étoiles, complices et seuls témoins de leurs ébats. Il fit un vœu pour que ce moment dure toujours.

Après quelques minutes de repos, ils recommencèrent. Leurs corps frémissant de désir après avoir été si longtemps empêchés ne semblaient plus répondre qu'à leur propre loi. Ils vibraient mutuellement, et ils les laissèrent s'aimer, s'aimanter, s'opposer puis se réunir, se compléter enfin tout à loisir, savourant de s'être finalement trouvés.

Chapitre 20

Finale

Ils s'aimèrent ainsi toutes les nuits qui suivirent et parfois même en journée ; lors de siestes crapuleuses, la chaleur de l'après-midi invitant au festin des sens, ou après une promenade ensoleillée au bord de la mer, dans les vagues à la nuit tombée avec la lune pour témoin, ou encore dans les champs de lavande parfumés.

Les jours, les semaines et les mois s'égrenèrent, renforçant chaque jour davantage la passion qui les unissait.

En plus de profiter de la nature et de ses nombreux bienfaits pour le corps et l'âme en particulier, leur créativité semblait décuplée. Rodolphe composait beaucoup durant la journée, tandis qu'Aurore écrivait, souvent tard le soir et une partie de la nuit. Elle aimait en effet ces instants de calme absolu, propice au développement de son imagination. Il patientait alors dans son lit, réchauffant les draps en attendant qu'elle vienne s'y glisser, repue d'écriture et cependant affamée de ses bras. Ils se sentaient bien ensemble, loin de tout, et en particulier des ennuis.

Et même si de temps à autre quelques obstacles venaient obscurcir le cadre idyllique de leur lune de miel nourrie d'encre et de musique, ils s'en affranchissaient avec aisance. Plus rien ne semblait pouvoir les atteindre quand ils étaient tous les deux. Et ce, en dépit des ragots qui circulaient sur leur liaison. Le fait qu'ils vivent sous le même toit, sans être mariés, faisait en effet beaucoup jaser. Le personnel de maison avait d'ailleurs fort à faire pour s'efforcer de garder le silence face aux questions indiscrètes des habitants. Littéralement harcelée, la jeune Fanette avait même failli rendre son tablier et il avait fallu l'intervention d'Aurore au village pour qu'on la lâche. Finalement, Marius s'était interposé auprès des locaux pour demander qu'on les laisse tranquilles. Et avec le temps, la rumeur s'éteignit d'elle-même pour laisser place au chant des cigales de plus en plus présent à mesure que le soleil dardait la terre rouge de l'Estérel de ses rayons.

Il y eut enfin le jour où Rodolphe fut pris d'un accès de colère. Son piano lui manquait trop ! En dehors du manque physique de sa vibration, il en avait aussi besoin pour terminer son concerto. Aurore constata avec tristesse que *la musique, sa vraie maîtresse* avait fini par le rattraper. Mais elle se trompait lourdement, comme il le lui expliqua.

— Détrompez-vous, cher ange ! Mon instrument m'est au contraire plus que nécessaire si je veux achever la partition que je suis en train de composer. Un morceau auquel vous n'êtes pas étrangère d'ailleurs.

— Comment cela ? devait répondre Aurore, quelque peu surprise.

— Je l'ai baptisé : *L'Aurore*. Je l'ai composé pour vous, et en pensant à vous ! Et j'ai aussi promis à ma mère, qui apprécie beaucoup votre écriture du reste, que j'irais jusqu'au bout.

Ainsi donc, il a parlé de moi à sa mère ? songea Aurore, flattée et touchée par son attention.

Pour toute réponse, elle l'avait enlacé, puis embrassé passionnément, tout emplie de gratitude et de fierté qu'elle était.

De son côté, Aurore écrivait une pièce de théâtre sur un jeune peintre qui s'était exilé de son pays pour réussir à Paris, où il avait rencontré une femme avec qui il vivait une passion dévorante et secrète. Ce personnage comportait d'étranges similitudes avec Rodolphe !

La réalité était le terreau de leur création. Ne disait-on pas d'ailleurs des artistes qu'à l'instar des huîtres ils filtraient leur environnement pour fabriquer des perles ? Tout comme elles, ils transformaient les grains de sable et autres obstacles gênants surgis dans leur coquille en petites perles de nacre.

Aurore et Rodolphe puisaient abondamment dans leur bonheur tout neuf pour élaborer des œuvres parmi les plus abouties de leur carrière.

Rodolphe passa commande à Pleyel d'un piano droit qui fut acheminé quelques semaines plus tard, après quelques péripéties, jusqu'à Marseille avant de parvenir au domaine.

Le pianiste récupéra avec une joie non dissimulée son instrument favori. Il lui sembla même que cette séparation avait bonifié son jeu, qu'il avait eu le temps de mûrir et de se sublimer. En revanche, ses doigts avaient un peu perdu de leur vélocité et il devait pratiquer des exercices et des gammes peu agréables à l'oreille pour retrouver ses sensations et sa souplesse habituelle. De fait, Aurore fit installer une porte capitonnée insonorisée par du crin de cheval dans sa salle de musique. Ce qui permit au pianiste de bénéficier de davantage de tranquillité pour s'y adonner, sans être incommodé par les bruits des activités domestiques, et réciproquement.

L'été venu, Aurore convia quelques amis à venir les visiter. La perspective d'un séjour au soleil, agrémenté de discussions qui élevaient l'âme en compagnie de la maîtresse de maison, tandis qu'un pianiste leur jouait ses dernières compositions miraculeuses plut à nombre d'amis. Ils se succédèrent dans leur demeure provençale, et ce en dépit de la distance qui les séparait de Paris.

Entre autres artistes célèbres, le peintre Eugène Delacroix leur fit notamment l'honneur de sa visite durant l'été. La résidence resplendit ainsi de tous les arts : écriture, peinture et musique ! S'il avait pris ses pinceaux et ses couleurs, Delacroix avait toutefois omis d'emporter leur portrait. Il comptait s'imprégner de leurs visages rayonnants, même si leur teint avait quelque peu bruni, pour le compléter.

Les trois amis s'inspirèrent mutuellement ; le peintre enrichit sa toile de tonalités musicales dispensée par les touches du pianiste, tandis que celui-ci étoffait sa musique d'une palette de couleurs insufflée par le peintre. L'autrice, quant à elle, coucha tout ce petit monde sur le papier ; s'inspirant de leur art et de leur personnalité pour mieux incarner ses personnages et fournir du grain et de la matière sonore et picturale à son histoire.

Si ces amis amenaient avec eux la vie et les échos de la capitale, ils véhiculèrent également une certaine nostalgie de l'effervescence artistique qui y régnait.

Un soir après le souper, Delacroix leur demanda si Paris ne leur manquait pas trop. Si Rodolphe se garda bien de répondre, Aurore qui jouait avec le pied bleu de son verre finit par concéder :

— Il est vrai qu'en dehors de mon très cher pianiste, je souffre un peu de l'absence de beaux esprits et de cette population artistique qui stimule l'esprit.

— Vous ennuieriez-vous dans cette belle contrée ?

— Avez-vous vu la beauté qui nous entoure ? Mon cœur et mon âme sont ici comblés ! (Elle jeta un œil de côté à Rodolphe, qui lui répondit par un sourire.) Mais pour le reste, j'avoue que je reprendrais bien un peu de ce bouillon de culture que j'exècre pourtant quand j'y suis.

— Que voilà un bien étrange paradoxe !

— Mais je suis pétrie de contradictions ! Demandez donc à mon cher Rodolphe.

Ce dernier acquiesça, l'œil brillant.

— Est-ce à dire alors que vous pourriez revenir à Paris ?

— Cette pensée m'épouvante ! Et cependant…

Elle n'osa pas terminer sa phrase. Le silence les enveloppa.

Rodolphe se leva alors pour se diriger vers le piano. De ses doigts jaillit une cascade de notes empreintes de nostalgie et de poésie. C'était sa manière à lui de s'exprimer sur le sujet et de conjurer l'ennui qui commençait à s'installer. Ses amis goûtèrent avec bonheur ses improvisations nocturnes.

Peu de temps après cette soirée, le sujet éludé revint toutefois sur la table avec le manuscrit de son dernier ouvrage, qui lui avait été retourné, refusé par son éditeur.

— Il profite de la distance et que je ne sois pas en mesure d'argumenter pour me reléguer aux oubliettes ! s'exclama Aurore, furieuse. Ce n'est pas parce que j'ai disparu de la circulation que je ne suis pas présente par ailleurs !

Rodolphe qui l'avait entendue crier depuis le patio la rejoignit dans la salle à manger. Il savourait une infusion aromatisée au miel de lavande produite par un apiculteur local.

— Nous savons tous deux qu'il est nécessaire d'être à Paris si nous voulons faire avancer nos carrières, dit-il calmement.

Aurore baissa la tête.

— La reconnaissance se paie un peu trop cher à mon goût !

Rodolphe haussa les sourcils en signe d'approbation.

— Et vous, qu'en dites-vous ? Vous sentez-vous bien ici ? demanda-t-elle, inquiète.

— Je suis au paradis ! Mais je le serais où que j'aille avec vous…

— Sans compter votre piano ! compléta Aurore, fine mouche.

— La musique fait partie de moi ! Tout comme l'écriture de vous.

— En effet ! Oh ! Rodolphe, qu'allons-nous faire ?

Si nous restons là, nous finirons par nous faire oublier. Plus aucun éditeur ne voudra me publier.

— Nous pourrons toujours vivre d'amour et d'eau fraîche, et de cet excellent miel ! lança Rodolphe.

— Vous êtes bête !

Il redevint alors sérieux.

— J'ai aussi quelques affaires à régler. Les factures s'accumulent et je n'aurais bientôt plus de quoi les payer. Il faudrait que je fasse quelques concerts, que je donne des cours…

— Oh ! Rodolphe ! Quand comptiez-vous m'en parler ?

— Quand je me perds dans vos yeux, j'oublie tout ! Elle sourit, tristement cette fois.

— Alors, c'est décidé, nous repartons ? Cette idée m'effraie à un point, si vous saviez…, s'exclama-t-elle en se laissant tomber sur une chaise.

— Peut-être pourrions-nous nous concilier les deux ?

— Qu'entendez-vous par là ? s'enquit-elle avec une lueur d'espoir.

— Rien ne nous empêche de passer l'hiver à Paris et de revenir dans le Sud pour la belle saison.

Son visage s'éclaira.

— Mais c'est une excellente proposition ! J'y souscris tout à fait.

— Et moi donc ! D'autant que je pense avoir composé les plus belles pages de ma musique ici, avec vous.

— J'y ai pour ma part fabriqué mes plus beaux souvenirs ! répliqua-t-elle en le regardant profondément dans les yeux. Et rien ne pourra les arracher de mon cœur.

Paris, octobre 1840

— Ce cher Rodolphe ! lança Florian Varga en pénétrant avec sa compagne, Catherine Delorvel, dans l'appartement qu'habitaient désormais Aurore et Rodolphe. Quel plaisir de vous revoir ! Vous avez bonne mine, mon vieux.

Les deux pianistes se donnèrent l'accolade.

La domestique débarrassa les invités de leurs manteaux, et tout ce petit monde entra dans le salon-salle à manger où serait servi le dîner.

Restée en retrait, Catherine observait avec curiosité la pièce où se mêlaient les objets appartenant à Aurore et ceux de Rodolphe.

— Quel bonheur de vous revoir tous les deux ! finit-elle par lâcher. Ainsi donc, vous avez emménagé ensemble ?

— Comme vous le voyez ! répondit Aurore. Après tout ce temps passé dans le Sud, je n'aurais pas supporté d'être séparée de mon cher Rodolphe.

Il lui sourit tendrement, indiquant que cette considération était partagée. Depuis qu'il vivait avec elle, il avait trouvé une forme d'équilibre et de sérénité. Il était moins torturé par les affres de la création, il se sentait accompli et en pleine possession de ses moyens.

Catherine pinça les lèvres.

— N'avez-vous pas peur d'alimenter les ragots ?

— Parce que vous pensez qu'après notre exil notre duo puisse encore en susciter ? questionna Aurore, surprise.

— À vrai dire, vous vous êtes un peu fondus dans le paysage. Le scandale s'est porté sur d'autres à présent.

— Avons-nous été oubliés ? interrogea Aurore, contrariée.

— Je ne dirais pas cela, mais bon… Disons que le Tout-Paris a dirigé ses ires sur un autre couple illicite.

— Je crois cependant pouvoir ajouter que vos deux fortes personnalités ont cruellement manqué au monde des arts, compléta Florian.

— Que voulez-vous dire ? rétorqua Rodolphe, surpris.

— Que l'on vous pardonnera volontiers vos écarts !

Ils se sourirent d'un air entendu.

— Et sinon, vous arrivez à composer tous deux, sans vous gêner ? reprit Catherine, qui semblait un peu chercher la discorde dans une atmosphère pourtant harmonieuse.

— Le piano de Rodolphe est dans le salon, quant à moi, j'ai aménagé mon secrétaire dans le petit bureau doté d'une fenêtre à l'autre bout du couloir d'entrée. Cela me permet d'écrire la nuit, sans le réveiller. Et lui, de pouvoir jouer tout à loisir, quand il le désire…

— Et vous arrivez à écrire en entendant sa musique ? demanda encore Catherine, suspicieuse.

— Oh ! que oui ! Il m'inspire…, confia Aurore dans un soupir.

Ils échangèrent tous deux un regard tendre.

— Mais vous le savez bien, puisque vous le vivez !

— On va dire que j'y suis habituée désormais, après toutes ces années ! répliqua Catherine.

Cette dernière ne parut toutefois pas satisfaite, elle attendait davantage d'éclaircissements.

— Et sinon, toujours pas de mariage à l'horizon ?

Florian lui lança un regard réprobateur pour cette

question indiscrète, mais là encore Aurore se fit un devoir de lui répondre.

— Nous sommes deux artistes, un peu rebelles. Et nous privilégions un attachement solide scellé par un amour sincère. À quoi serviraient les liens traditionnels du mariage ?

— Ah…, répliqua mollement Catherine.

Ce qui incita Aurore à argumenter davantage.

— D'autant qu'ayant été mariée, je sais à quel point ces liens peuvent devenir des cordes. Je n'en ai pas gardé un très bon souvenir, ils signifient pour moi le devoir.

Rodolphe, qui s'était contenté de l'écouter jusque-là, s'avança alors pour dire :

— Je me suis proposé de l'épouser si elle le désire et se sent prête un jour…

Aurore rougit et Catherine soupira, sensible à cette marque d'affection.

— Le fait d'emménager ensemble est déjà en soi une preuve d'attachement et d'affirmation de notre couple aux yeux de la société, ajouta Rodolphe avec fermeté.

— Mais absolument ! s'exclama Florian, approuvant ainsi sa démarche pragmatique. Au fond, il ne vous manque plus qu'un billard pour être comblé !

— Oh ! ne me tentez pas ! répartit Rodolphe. J'en rêve ! Mais il faudra patienter un peu, que l'argent coule à flots.

— Ce qui ne manquera pas d'arriver, mon chéri ! Avec les superbes partitions que tu as composées dans le Sud, répliqua Aurore, fervente admiratrice de son pianiste.

— Plusieurs personnes m'ont d'ailleurs fait part

de leur envie de vous écouter, ajouta Florian, dont la comtesse Marliani.

— Cette chère comtesse ! répondit Rodolphe, non sans ironie.

Elle ne lui avait pas manqué ni aucune des aristocrates désireuses de tenir salon ou des perruches emplumées devant lesquelles il jouait jadis. De toute façon, Mme Knackel avait ruiné sa réputation auprès de la noblesse viennoise, alors il n'était pas près de les revoir. Ce qui lui causait même une certaine joie.

— Pleyel m'a déjà accaparé pour plusieurs concerts dans ses nouvelles salles, annonça-t-il non sans une apparente fierté.

— Formidable ! rétorqua Florian.

— Peut-être pourriez-vous lui parler à l'occasion de votre ami, Florian Varga ? suggéra Catherine, opportuniste.

— Mais bien entendu ! Du moins si vous le souhaitez, lança Rodolphe à son ami.

— Oh ! je ne suis pas pressé ! Je suis très pris par mes cours…, répondit l'intéressé.

— Et par votre billard ! ajouta Catherine, piquante.

— Aussi ! répartit Florian, en la défiant un peu.

— Désirez-vous un peu de vin ? demanda Rodolphe à ses invités, désireux d'alléger l'atmosphère. Nous avons rapporté quelques bouteilles de rosé de Provence dont vous nous direz des nouvelles !

— Du rosé ? Voilà qui est original…, ironisa Catherine, d'une voix aigre.

— Il est excellent, vous verrez ! Fruité et un brin

sucré, il est parfait pour séduire les palais les plus exigeants, masculins comme féminins !

— Alors là, vous m'intéressez ! répondit Catherine, esquissant son premier vrai sourire de la soirée.

La bouteille débouchée, une belle couleur rose saumonée se répandit dans les verres. Et tous trinquèrent avec joie.

Florian le huma avec curiosité, tandis que Catherine en buvait une gorgée, dont elle se régala.

— Quel délice ! s'exclama-t-elle, c'est léger !

— On dirait des petites notes de fleur et d'abricot, commenta Florian, attentif à identifier les saveurs. C'est très doux et agréable au palais.

— Il accompagnera à merveille la cuisine méditerranéenne que vous allez déguster ce soir ! déclara Aurore avec gourmandise.

— Un peu de soleil dans nos assiettes, voilà qui nous fera le plus grand bien ! reprit Catherine, qui commençait un peu à se dérider.

Aurore eut alors le bon goût de la détendre tout à fait en lui posant la seule question qui vaille :

— Où en êtes-vous de vos romans et de vos critiques ? Vous ne m'en avez guère parlé dans vos lettres…

— C'est parce qu'elles sont plutôt satisfaisantes, je dois dire ! répondit l'intéressée, avec un large sourire sur les lèvres.

— À la bonne heure ! s'exclama Aurore, heureuse pour son amie. Et vous nous aviez caché cela ?

— Il semble que j'ai enfin fini par gagner l'adhésion des journalistes avec mon dernier roman.

— Vous ne m'en avez pas parlé, s'enquit Aurore, tandis que la servante apportait le repas. De quoi s'agit-il ?

— Ragoût de légumes mijotés, confits à l'huile d'olive, accompagné d'un saumon aux herbes de Provence, annonça alors le domestique d'un ton solennel.

Des senteurs de thym, de laurier et de basilic se répandirent dans la pièce.

— Qu'est-ce que cela sent bon ! s'exclama Florian, charmé.

— Cela me rappelle notre chère Provence ! Elle me manque, répondit Rodolphe en soupirant.

— Nous la retrouverons bientôt, répartit Aurore en posant sa main chaude et rassurante sur la sienne.

Ils se sourient.

— Je me nourrirai de son souvenir en attendant… Et des *Préludes* que j'ai composés pour elle.

— Ce qu'ils sont beaux ! Surtout celui en *do* mineur…

— Ah, oui ? Tu l'aimes tant que cela, celui-là ?

— Je ne l'aime pas, je l'adore !

— Donc en ce qui concerne le résumé de mon roman…, reprit Catherine, un peu froissée que la conversation ait dévié de sa personne.

— Oui ! Racontez-nous…

La jeune femme adopta alors un ton conspirateur pour leur raconter son intrigue :

— Il s'agit d'un couple d'amants terribles, des artistes, qui se chérissent en dépit des convenances. Lui est compositeur et elle est autrice. Et pour fuir le scandale, ils partent vivre dans le Sud de la France.

Aurore manqua de s'étrangler.

— C'est curieux, cette histoire me dit vaguement quelque chose…, ironisa Rodolphe en se retenant de rire.

— J'avoue m'être inspirée de notre vécu à Florian

et à moi. Et peut-être aussi un peu du vôtre, concéda
Catherine, sans une once de culpabilité. D'ailleurs, vos
descriptions de la Provence dans vos lettres m'ont bien
aidée, je l'admets. J'espère que vous ne m'en voudrez
pas…

— Non, bien sûr !

Aurore prit sur elle de contenter son amie. Les deux
femmes semblaient sur le chemin de la réconciliation.
Aurore avait compris que l'amitié et la voie du cœur
importaient finalement beaucoup plus que la création
artistique, même si elle était sa raison d'être.

— Ah, tant mieux ! Cela m'aurait chagrinée.

— Toutes les histoires ne sont-elles pas dans la
nature ? conclut Aurore, tout en échangeant un regard
complice et amoureux avec Rodolphe.

Épilogue

Penchée sur une grande bassine en cuivre posée sur la table de la cuisine, Aurore préleva une dernière louche de confiture avant d'achever de remplir un pot en verre de sa précieuse mixture. Cela fait, elle contempla avec ravissement le pot dont le contenu translucide et ambré laissait filtrer un rayon de soleil. Trop fière de sa création, elle ne résista pas à la faire admirer. Elle se rua dans le salon, armée de son pot et d'une cuillère.

Rodolphe était installé devant le piano, une fillette brune aux yeux clairs d'une dizaine d'années sur les genoux. Il guidait ses doigts sur le clavier pour qu'elle puisse jouer les notes de *Ah, vous dirai-je, maman* tout en fredonnant les paroles de la chanson.

Aurore sourit en avisant ce charmant tableau, qui lui ravit le cœur.

— Tu veux vraiment faire de notre fille une pianiste ?

— Ah, mais elle possède de réelles dispositions ! Une véritable artiste ! Comme ses deux parents, ajouta-t-il en lui adressant un sourire complice et charmeur.

Le genre de regard qui la faisait fondre. Elle s'efforça de résister cette fois cependant.

— Et si elle désirait plutôt devenir écrivaine ?

— L'un n'empêche pas l'autre…

Soudain, la fillette chanta plus fort les paroles de la chanson de sa petite voix cristalline parfaitement juste.

— Ou chanteuse ! s'écrièrent de concert ses deux heureux parents, en accord parfait.

Aurore éclata de rire. Elle changea alors son pot de confiture de main, car il était très chaud.

— Où est son frère, d'ailleurs ?

— Oh ! comme d'habitude ! Il doit être occupé à fabriquer ses petits personnages pour sa pièce de théâtre à l'étage…, répliqua Rodolphe tout en rejouant le dernier couplet au piano.

— Je crois que nous n'aurons pas de banquier dans la famille, hélas ! ironisa Aurore, moqueuse.

— Je le crains aussi ! Cela t'étonne, ma chérie ? interrogea Rodolphe.

Ses yeux se portèrent alors sur le pot qu'elle tenait.

— Oh ! mais ça m'a l'air très appétissant ! Et cela sent bon !

Aurore lui tendit une cuillère de sa précieuse confiture.

— Goûte-moi cela, tu m'en diras des nouvelles !

Rodolphe s'exécuta aussitôt, sans se faire prier.

— Excellent ! s'exclama-t-il en se léchant les lèvres. Du citron ?

— Oui, j'ai deux confitures d'agrumes en route et une de pêche.

Rodolphe approuva en connaisseur, puis il l'observa en disant :

— Si Paris savait que la fière et rebelle Nicola Delestre faisait des confitures, cela ferait les choux gras de la presse à scandales !

— Oh ! c'est sûr ! Nous serions la risée des salons, à moins que toutes ces dames ne me commandent quelques pots…

— Ah, oui ! Tu contenterais leurs palais délicats, après avoir ravi leurs yeux de tes bons mots !

— Tout comme toi, tu as comblé leurs oreilles… Et on s'arrêtera là !

Ils éclatèrent de rire tous deux.

— Moi aussi, j'en veux ! dit alors la fillette en désignant le pot de confiture.

— Oui, ma chérie ! C'est prévu. ! Tu en auras une grosse tartine, une fois qu'elle aura refroidi. D'ailleurs, en parlant de chaleur, il fait un peu frais ici… Ne pourrait-on allumer un feu ?

Rodolphe ne se fit pas prier pour s'exécuter, il aida sa fille à descendre du tabouret et se dirigea vers la cheminée. Il prit alors quelques vieux journaux comme allume-feu. Mais il s'arrêta net en regardant la date de l'un d'eux.

— D'où viennent-ils ?

— Oh ! du grenier ! J'ai fait un peu de rangement récemment.

Le pianiste continua de les scruter et, en dépliant le bas de la première page, il parut visiblement ému. Aurore, qui jouait avec sa fille, le remarqua et s'approcha de lui. Elle lut alors le gros titre de l'article par-dessus son épaule.

— « *L'Aurore* rayonne sur Paris et les arts. »

— Mon concerto… Ton concerto… Tu te souviens ?

— Oh ! oui…

Aurore se remémora aussitôt cette époque. Lorsque, après leur périple en Provence, ils étaient revenus à Paris, le scandale entourant leur liaison s'était émoussé et la situation avait fini par s'apaiser. Ils avaient alors pu vivre leur amour au grand jour. Ils n'avaient plus à se cacher et étaient désormais libres d'être enfin eux-mêmes. Leur notoriété n'avait jamais été aussi haute et semblait même à son zénith.

— J'entends encore Florian dire que le couple d'amants terribles avait manqué au milieu des arts ! Il faut dire que Paris ne pouvait se passer du génie musical de Rodolphe Mayer…

— Ni du charisme d'Aurore et de l'acuité de sa plume inspirée ! répondit aussitôt le pianiste.

Aurore sourit et songea que leur relation avait contribué à nourrir leur légende finalement.

Une légende que Catherine Delorvel avait fortuitement entretenue en écrivant son roman. Les gens se l'arrachaient, pensant, plus ou moins à raison d'ailleurs, qu'il s'agissait du récit intime de leur existence, Catherine étant une amie proche du couple. *Sacrée Catherine !* songea-t-elle en soupirant.

Sans compter le double portrait d'eux réalisé par Delacroix, qui lors de son exposition publique avait suscité beaucoup d'intérêt et contribué à leur notoriété !

— Avec le succès, tu avais aussi reçu nombre de propositions de concerts…, reprit-elle.

— Dont la plus importante : celle de se produire devant le monarque français, Louis-Philippe I[er1] !

— Une demande que tu t'étais empressé d'accepter...

— Tu penses ! J'étais ravi que ma musique, seule, m'ait permis d'accéder à cet honneur.

Il avait interprété devant lui son concerto baptisé *L'Aurore* que le souverain avait grandement plébiscité. Ce qui avait définitivement installé sa notoriété.

En voyant sa mine s'assombrir cependant, Aurore se souvint que, si sa mère s'en était réjouie, son père était demeuré fâché avec lui jusqu'à la fin de ses jours. Sa mère devait toutefois avouer plus tard à son fils qu'il écoutait souvent ses mélodies, et qu'il n'était pas peu fier lorsqu'on le félicitait pour l'excellente éducation qu'il lui avait donnée. Son attitude revêche était davantage à mettre sur le compte de l'orgueil.

En définitive, en réussissant à conquérir Paris, Rodolphe avait assouvi l'ambition de ses parents, même si pour ce faire il avait pris un chemin différent de celui initialement prévu.

— Toi, qui vivais dans la musique, tu pouvais désormais vivre de ta musique, souligna Aurore, admirative.

— Je plaisais et j'étais aimé ; que pouvais-je demander de plus ?

Il prit Aurore par la taille et la serra contre lui. Elle approcha sa main de son visage et le contempla avec

---

1. Louis-Philippe Ier (1773-1850) est le dernier monarque à avoir régné en France entre 1830 et 1848 avec le titre de « roi des Français ». Sa conception du pouvoir était toutefois en rupture avec celle de ses prédécesseurs, puisqu'il se voulait être un « roi citoyen ». Isolé, il finira toutefois par abdiquer.

ses quelques rides, témoins du temps écoulé, avec ses joies et ses peines. Puis elle embrassa ses lèvres avec une ferveur sans cesse renouvelée.

— Je ne sais pas ce que fait ce journal ici, mais c'est une erreur. Nous devrions le garder, dit-elle ensuite.

— Pour quoi faire ? C'est du passé et il importe de vivre le présent ! Or, pour le moment, nous avons froid !

Il froissa la page, en fit une boule et la jeta près de la bûche avant d'y mettre le feu.

Serrés l'un contre l'autre, ils regardèrent le journal se consumer dans les flammes et disparaître.

— Toi aussi, tu as fait du chemin depuis cette époque ! murmura Rodolphe en l'embrassant sur le sommet de sa tête.

— J'ai changé d'éditeur. Ce qui fut chose aisée tant j'ai été courtisée à mon retour !

— Tu as publié plusieurs œuvres champêtres, emplies de beauté, d'âme et gorgées de soleil, écrites dans le Sud. Elles ont été encensées par la critique !

— Oui, cela a contribué à ma renommée. Et depuis, je n'ai plus de souci à me faire pour l'argent jusqu'à la fin de mes jours !

Tandis que Rodolphe la serrait plus fort encore en la congratulant, Aurore songea que l'enfant abandonnée par sa mère qu'elle avait été avait enfin été reconnue à sa juste valeur. Elle était profondément aimée à présent. Mais désireuse de ne pas verser dans la nostalgie, elle qui allait toujours de l'avant, elle ajouta :

— Mais ce n'est pas parce que le nombre de mes publications est substantiel et que je suis désormais considérée comme *un écrivain majeur de ma génération* d'après plusieurs critiques très objectifs, ironisa-t-elle, que je désire m'arrêter en si bon chemin !

— Ah, je te reconnais bien là ! Mon Aurore !

Elle, qui avait en effet aussi bien mis en scène sa vie que ses livres, avait décidé de s'engager en politique, devenant en quelque sorte la muse de la nouvelle république. Elle ne supportait plus la vision étriquée du roi, qui favorisait les nobles au détriment du peuple, en menant une politique de répression. Elle avait en cela suivi son cœur et un idéal de liberté, qui au fond l'avaient toujours portée. Son nouveau combat devait hélas se heurter à des oppositions et rencontrer nombre de déceptions. Tant et si bien qu'elle avait fini par trouver refuge dans les bras de Rodolphe, qui lui avait offert de savourer le repos de la guerrière.

— Finalement, la seule chose qui soit demeurée dans tout ce tumulte, c'est la persistance de l'union de nos âmes, dit l'autrice, comme pour elle-même, en se blottissant tout contre son compagnon, comme on s'accroche à un roc dans la tempête.

Dans leur petit paradis du Sud de la France où ils avaient fini par s'installer définitivement, ils coulaient des jours heureux ; entre musique, écriture, soleil et amour. Un bonheur que leurs créations désormais immortelles devaient heureusement transmettre aux générations futures.

— Dis, maman ! Tu peux me raconter une autre histoire ? lui demanda alors sa fille.

— Encore ? s'exclama Aurore, mais je n'en ai plus en réserve à force. Je ne suis pas inépuisable, tu sais…

— Mais tu m'as dit que toutes les histoires étaient

dans la nature… Et papa m'a dit que la nature était
si abondante et généreuse, qu'elle était inépuisable…

Aurore échangea une œillade contrite avec Rodolphe.

Et devant le regard clair de sa fille, qui avait ses yeux
à lui et ses cheveux fort bruns à elle, elle n'eut pas le
cœur de la décevoir. Elle prit une profonde inspiration,
posa sa confiture sur le piano et s'assit sur le tabouret,
sa fille sur les genoux.

— Et c'est reparti ! Alors, il était une fois…

Remerciements

En tant que musicienne moi-même (violoniste), je dédie ce roman à tous les amoureux de la musique et à tous les musiciens amoureux !

Toute ma gratitude va à Meri pour ses encouragements et sa relecture attentive.

Un grand merci à mon éditrice, Marianne Durand, pour son accompagnement éditorial, elle qui sait se mettre au diapason des auteurs et leur communiquer son enthousiasme.

Je remercie également toute l'équipe des éditions HarperCollins ayant contribué à ce roman.

BIBLIOGRAPHIE SÉLECTIVE

Platel Virginie, *Les Derniers Feux de la royauté*, collection Aliénor, aux éditions HarperCollins.

Platel Virginie, *Une dentellière à la cour*, collection Aliénor, aux éditions HarperCollins.

Platel Virginie, *L'Amour pour liberté*, collection Victoria, aux éditions HarperCollins.

Platel Virginie, *Alchimie amoureuse*, collection Victoria, aux éditions HarperCollins.

Platel Virginie, *L'Envol d'une étoile ou La Gladiateur*, Éditions 123.

À partir d'octobre, retrouvez vos
romances historiques françaises préférées
dans la collection

Victoria

Déborah Guérand
La guerrière et le Highlander
Île de Skye, Écosse, 1382

Urain est désespérée ! Alasdair MacKinnon, son meilleur ami depuis
l'enfance, a découvert son terrible secret : en réalité Urain est une femme
et a été élevée comme un garçon par une mère qui souhaitait lui offrir la
liberté et l'éducation accordées aux hommes. La situation est d'autant plus
intenable que la guerrière éprouve des sentiments pour le Highlander.
Malgré sa trahison, elle pense déceler dans le regard d'Alasdair un désir
si refoulé qu'il en devient brûlant. Mais acceptera-t-il d'aimer une femme
élevée comme un homme ? Au cœur des tensions de plus en plus violentes
entre les clans, l'amour a-t-il vraiment sa place ?

Isabelle Maltor
L'amour pour étendard
Périgord, Moyen-Âge

À dix-huit ans, Aubin n'a qu'un désir : prouver sa valeur. Le jeune écuyer,
en formation chez son oncle depuis sept ans, brûle de rétablir l'honneur
de son nom, de démasquer le traître responsable de la déchéance de son
père et de mettre fin à son exil pour enfin être adoubé. Son destin devait
se mettre en marche dans quelques jours, mais l'arrivée des Anglais aux
portes de la forteresse le dévie de sa course. Ces envahisseurs pillent et
brûlent tout sur leur passage, hors de question de les laisser s'emparer
de Canterac ! Aubin est prêt à se battre jusqu'à son dernier souffle, à les
occire un par un… jusqu'à ce qu'il croise le regard d'Eleanor. La farouche
guerrière aux cheveux de feu est aussi la fille du chef anglais, et il devrait
la haïr. Pourtant, son image ne cesse de le hanter, son cœur réclame de
tendres étreintes, et lutter contre le désir se révèle plus ardu au fil des
jours. L'amour peut-il vraiment s'épanouir au milieu de la haine ?

La romance historique n'a jamais été aussi moderne.

www.harlequin.fr

À partir d'octobre, retrouvez vos
romances historiques françaises préférées
dans la collection

Victoria

Marie Dewitte
Inavouable trahison
Belle-Île-en-Mer, 1765

Aimée n'a qu'un seul but : assurer sa survie et celle de sa famille. Chassés d'Acadie, éprouvés par de longs mois de navigation pour atteindre Belle-Île-en-Mer, les siens et elle ne sont plus que l'ombre de ce qu'ils étaient. Après avoir tout perdu, ils doivent recommencer à zéro sur cette terre peu accueillante, aux habitants méfiants et hostiles... sauf un. Merwen est attentionné, solide, un phare dans la nuit qui enveloppe Aimée. Il semble n'avoir que de bonnes intentions envers elle, et réveille des émotions qu'elle croyait éteintes à jamais. Seulement, peut-elle vraiment se laisser aller à l'amour, à offrir sa confiance à ce Breton aux envoûtants yeux bleus, quand elle s'apprête à le trahir de la pire des manières ?

Christy Carlyle
Un comte à conquérir
Écosse, 1897

Lucy n'en croit pas ses yeux ! Non seulement James, le comte aussi charmant qu'irritant qu'elle a rencontré dans le train, l'a suivie jusque chez sa tante, mais voilà qu'il prétend que la demeure lui appartient ! Et, pour couronner le tout, sa tante a disparu... Alors certes, Lucy voulait vivre une aventure pour oublier sa vie morne de Londres, mais là, le destin y va un peu fort ! Et puis, comment pourrait-elle résoudre tous ces mystères quand James la déstabilise de ses yeux bleus rieurs, de ses sourires en coin ? Comment se concentrer sur autre chose que le trouble intense qui l'envahit lorsque ses mains l'effleurent au détour d'un couloir ?

La romance historique n'a jamais été aussi moderne.

H HARLEQUIN
www.harlequin.fr

À partir d'octobre, retrouvez vos
romances historiques françaises préférées
dans la collection

Victoria

Laura Guilmet
Le feu de la liberté
Principauté de Sedan, 1572

Si Charlotte se trouve dans la principauté de Sedan, dans l'est de la France, c'est pour échapper au massacre de la Saint-Barthélemy. La jeune Parisienne, éprouvée par les événements, loge chez des amis de son père. Elle y fait la rencontre de Philippe du Plessang, un homme érudit, beau et ténébreux, dont elle tombe vite sous le charme. Tous les deux travaillent ensemble sur une pièce de théâtre et cèdent bientôt à une passion irrésistible… Mais l'arrivée de la mère de Charlotte, que cette dernière n'a jamais aimée, sonne comme un terrible retour à la réalité : elle exige que sa fille épouse un fervent catholique ! Charlotte est tiraillée entre son devoir envers sa famille et son désir de liberté entre les bras de Philippe…

Natacha J. Collins
Un serment inattendu
Série : Le souffle des Highlands – Tome 2/3
Écosse, XIIIe siècle

Il a suffi d'une promesse à un Highlander d'un clan ennemi pour que la vie de Brianna bascule : « Je vous donnerai tout, je ferai tout ce que vous voulez. » Ce serment fait à son sauveur, après une horrible attaque viking qui a failli coûter la vie à son cousin, devait au pire déboucher sur une demande de rançon. Pas sur un mariage ! Et pourtant Shaw ne lui laisse pas le choix : elle deviendra sa femme, en une alliance qui bénéficiera à son clan, et se pliera à sa volonté. Brianna a beau protester, son destin est scellé et lié à celui du guerrier aux yeux de glace. Et malgré elle la jeune femme se sent de plus en plus prisonnière d'un désir brûlant qui pourrait balayer toutes ses certitudes…

La romance historique n'a jamais été aussi moderne.

www.harlequin.fr

Les Historiques

HISTOIRE. AVENTURE. DÉSIR.

Qu'il soit Viking, Highlander
ou chevalier, l'homme idéal change
le destin d'une Belle et brave
les interdits au nom de l'amour.

6 romances à découvrir tous les deux mois.